UMA ESTÓRIA DANATUÁ

DAS PROMESSAS FEITAS A UM DEUS

Vol 03

MIKAEL LENYER

Livro Universo Tardisch – apenso 03-c

- 3ª edição -

Mikael Lenyer

Blog: mikaellenyer2a.blogspot.com
Canal youtube: Mikael Lenyer

Lenyer, Mikael

Uma estória danatuá – Das promessas feitas a um deus - vol 3 / Mikael Lenyer

1. Ficção – Ação e aventura 2. Ficção infanto juvenil – ação e aventura

Capa: própria.

PREFÁCIO

Os demônios sabem do segredo que envolve uma guerra tal como a guerra fimdeera, e farão de tudo para o destino siga os seus desígnios.

Mas, o destino não segue apenas uma vontade, e nesse jogo preparado os participantes são em incontável número, criando uma rede de consciências, tal como os anjos, os demônios, as pessoas, nefelins, dahrars, humanos... A única certeza que se pode ter, por aqueles mais versados no oculto, é que a guerra que está em desenvolvimento causará uma mudança de era, e sobre a nova era, apenas as profecias dão conta.

Mas, algo temido surge finalmente: as mutas estão despertando.

Akindará,

Mikael Lenyer

DEDICATÓRIA

Para Gaia..., e para toda a vida que ela aninha.

Akindará,

Mikael Lenyer

Sumário

RESUMO LIVRO ANTERIOR

Apesar de tanto terem se ajudado, muitas vezes com o risco de suas próprias vidas, não é fácil para Uivo e Allenda alijarem de suas almas a liberdade que tanto prezam. Como podem se acalmar e sorrir quando o mundo que conheciam e que amavam lhes é retirado, e uma promessa vaga ocupa seu lugar? Allenda se vai com a comitiva de Adanu, enquanto Uivo segue seu destino, acreditando na necessidade de esquecer Allenda, visto não corresponder ao que seu coração grita.

Já para Éfrera e Mercator as coisas estão diferentes: Éfrera entendeu Mercator com rapidez, enquanto Mercator sentiu o perfume da flor-azul na presença da demiana. Mas, o destino resolveu testá-los. Num embate com Trevas e Escuridão a demiana é morta, e assustado, Mercator teme voltar à sua velha e conhecida perdição. Os anjos viram isso, e acabam por interferir, acreditando que há um plano oculto por parte do Trovão. Por isso mostram a Mercator que Éfrera está retornando ao mundo, e que ele deve ter paciência.

Então explode a guerra tão anunciada, colhendo os quatro guerreiros e revolvendo suas vidas e as justificativas antigas em que se baseavam para olhar o mundo.

Akindará,

Mikael Lenyer

UIVO E A MORTE DOS AMIGOS E AVÔ

*Eu encontro linhas pela vida, esticadas
em tempos de que já não me lembro bem.
Sinto seus pulsos, pressinto a importância
que têm para o caminho. Sigo então, na
vida que se estica, no tempo que que se
estica no tempo pensado e acarinhado.*

Uivo rasgou o pequeno manta de um lado a outro, enquanto mantinha os outros três sob atenção. Então sorriu, ao ver aquela sombra espessa descer com violência sobre um, enquanto uma farpa destruía um outro. Se virava para encarar o terceiro quando viu uma demiana atingir o solo ao lado do demônio, rasgando-o com um golpe simples e fluído.

Uivo recolheu suas garras após conferir que o grupo de demônios que procurava cercar a comitiva fora totalmente destruído. Sorriu um pouco abatido quando LuaEscura se virou e foi se adiantando para o seu lado. Cumprimentou-a com o ar meio distante, se virando para examinar a bela demiana que também se aproximava. Ela tinha os cabelos arroxeados, os olhos violetas como uma ametista e um olhar franco e determinado. Ficou confuso, ao ver que ela acompanhava sua amiga juguena.

Pelos modos dela soube que LuaEscura devia ter contado muita coisa dele. A demiana parecia estar avaliando-o, medindo-o enquanto se aproximava. Aquela devia ser uma grande guerreira, sentiu.

- Uivo, está é Arael. E ela é uma demiana — cumprimentou LuaEscura assim que pararam à sua frente.

- Um prazer, Arael. Acho que já sabe que sou o Uivo - sorriu. - Bom ver vocês duas juntas - cumprimentou.

- O pumacaya, que é um demônio, neto de um demônio ainda vivo... Sim, ouvi muito sobre você, Uivo. Mas, por que é bom nos ver juntas? – Arael estranhou parando à sua frente, examinando Uivo discretamente. Ali, à sua frente, apenas via uma pessoa. Era como um puma, sentia, mas parecia ser uma simples pessoa, a não ser pela fina pluma de névoa que parecia rescender dele. Ficou tentada a observar com mais cuidado, para ver o demônio de que contara a juguena, mas resolveu deixar as coisas se mostrarem por si mesma.

- Sim... A LuaEscura aqui não é uma dêmona muito fácil de se fazer amizade – sorriu abatido.

- É verdade – LuaEscura deu um sorriso franco. – Eu quase matei a ele e a Allenda, a flor-do-mato de que te falei - esclareceu.

Então LuaEscura prestou mais atenção em Uivo, e viu que algo não estava bem.

> Ora, Uivo, o que aconteceu?

- Como assim, LuaEscura? – perguntou se sentando no chão pedregoso do morro.

- Você está muito abatido. O que aconteceu? – perguntou novamente, enquanto as duas se sentavam ao seu lado.

- Lembra de RoupaSuja e BraçoDePedra?

- Claro, BraçoDePedra e RoupaSuja... – ela reconheceu os nomes, a voz escapando bem lentamente, imaginado o pior. – BraçoDePedra é um ellos potaraobi, e RoupaSuja é um anjo. Eles lutaram conosco contra demônios e fantasmas, junto com a comitiva onde está Allenda – explicou para Arael. - O que aconteceu com eles, Uivo?

- Eu senti há pouco que eles foram mortos. Eu os procurava, e não os encontrava. Então, senti suas energias se dispersando, e soube que foram mortos.

- Mas, eles eram poderosos demais. Como podem ter sido mortos? Foram atacados por muitos?

- Só ouvi um nome, LuaEscura. Mas, sei que é egoísmo meu, desejar que continuassem vivos, mas eram bons amigos. Eles, pelo que vi, morreram com muita honra. Eles estavam dando forças à um demônio. E também senti que quem os matou, também matou o demônio que se dizia meu avô – contou.

LuaEscura observava Uivo com atenção.

- Se morreram em batalha, foi uma morte honrosa. E quanto ao seu avô, que bom que se foi. Vai dever isso a quem o despachou.

- Quanto ao meu avô, tudo bem.... Mas, quanto aos dois, acho foi mais que isso, LuaEscura. Eles procuravam o demônio não para o confrontarem, mas para tentarem ajudá-lo. Eles se sacrificaram, o que os torna ainda mais honrados. Vou sentir imensas saudades dos dois.

Arael sentiu um frio percorrer suas entranhas.

- Qual é o nome desse demônio, Uivo? – perguntou.

- Senti que o nome dele é Mercator...

LuaEscura deixou a cabeça pender, os olhos passando por Arael, que tinha os seus tristes e abatidos.

- Você o conhece, Uivo?

- Não, LuaEscura. Ouvi algumas coisas dele, mas nunca o vi, nunca o conheci.

- Planeja ir contra ele, Uivo? – Arael perguntou, a voz distante e pensativa.

Uivo suspirou, os olhos pesados no horizonte dourado da manhã que nascia.

- Não, não pretendo procurá-lo. O destino dos três pode não ser o meu...

LuaEscura o examinou, e viu a razão. Sentiu pelo amigo.

- Teme que, se enfrentar um demônio como esse, o seu assuma o controle?

Uivo estreitou os olhos e os plantou nos de LuaEscura.

- Consegue me ler muito bem, juguena – sorriu triste, por fim. – Mas, é verdade o que falou. Pelo poder que senti nele eu teria que me poderar em toda minha possibilidade. E acho que um pouco mais que isso – falou após um breve momento de silêncio. – Em todo o caso, além de que em nada eu mudaria o que aconteceu, que foi por escolha deles, eu ainda colocaria em risco muita coisa...

- Que bom que está maduro assim, Uivo – parabenizou LuaEscura. – Nós conhecemos esse Mercator, e você está certo em não ir contra ele. A força e o desnorteio dele iria exigir toda a escuridão que você possui para fazer-lhe frente. E acho que um pouco mais.

Uivo, repentinamente, ao saber que por elas poderia encontrar Mercator, se tornou mais alerta, a atenção retesando os músculos, o que não passou despercebido para as duas.

No entanto, vendo a repreensão nos olhos da juguena, relaxou, sorrindo novamente.

- Mercator não é o que pintam, Uivo – falou Arael. – Vai ouvir que ele é um louco, que sabota a própria evolução. Mas, ele apenas está mergulhado em si mesmo. Ele apenas quer silencio, para ficar ouvindo as perguntas que sua alma faz. Por ele, ele ficaria isolado nas montanhas sem nunca ver ninguém, a não ser as pequenas flores que planta. Ele apenas reage se alguém ou alguma coisa se aproximar demais, o que deve ter acontecido com os seus amigos.

- Sim, eu vi isso. Eles o procuraram, e se aproximaram demais – reconheceu Uivo.

- É realmente o que deve ter acontecido. Mercator apenas reagiu.

- E eu posso dizer que deve ter sido assim. Eu mesma me senti encorajada a me aproximar pelo jeito quieto e distante dele, e quando ele reagiu, nunca vi tamanha explosão de ódio e desprezo. Eu estava para morrer quando Arael surgiu e o acalmou, e ele me viu. E então me deixou viver.

- Você o controla, Arael? – Uivo perguntou, a estranheza em seu olhar.

- Não, não o controlo. Mas, ele se acalma quando estou por perto – reconheceu, um pouco sem-jeito.

- Eu conheço um outro demônio assim – riu LuaEscura debochada, o que fez Uivo sorrir abertamente.

- Está certo... Também ouvi algo assim. Namorados? – sorriu amigável para Arael.

Arael o observou, os olhos sorridentes.

- Não, Uivo. Eu não sei o que é, mas... A verdade é que ele é especial para mim.

- Pelo que sinto de você, demiana Arael, ele deve ser muito especial. Espero um dia encontrá-lo. Juro que não o tratarei como inimigo – sorriu, ao ver a preocupação nos olhos das duas.

- Obrigada, Uivo.

- Esse cara aqui, Arael, como já te disse, é também um demônio, e de muito, muito poder, que se obriga a ser fraco por medo do que pode ser. Mas, quando uma certa flor-do-mato se aproxima...

Arael riu e abaixou a cabeça.

- Isso é mesmo verdade, Uivo?

Uivo ficou em silêncio, observando as duas, um sorriso denunciando-se no canto da boca.

- Ah, ...

E ficou com a mente pensativa, escorrendo para longe. Em sua mente apenas o sorriso de Allenda, sua voz e seus modos. Sua alma cresceu e sorriu, ao ver como as duas, divertidas, o observavam.

- Viu, Arael? É tal como o Mercator. Mas, esse aqui sabe, e o Mercator ainda não - riu LuaEscura. – E não vem dizer que não é assim, porque até mesmo você se modifica quando Mercator está por perto.

- Ora, LuaEscura, isso não é verdade... – reclamou.

- Não? Verdade? – desafiou.

Arael ficou observando-a por algum tempo. Então capitulou.

- É que ele pode ser tantas possibilidades... Quando ele se decidir a ser vai mudar muita coisa...

- Viu só, Uivo? Dá até para ver Allenda falando isso...

- Allenda, que nome bonito, Uivo. Será que eu posso conhecer os seus amigos?

Uivo examinou Arael, e depois pôs os olhos em LuaEscura, avaliando a reação da amiga.

> Teme que Mercator se aproxime da comitiva, por minha causa? Eu entendo, Uivo, e aceito isso. Tudo bem....

- Essa é uma verdade, Arael – Uivo reconheceu. – Mas, sabendo do que LuaEscura contou, de que ele apenas quer ficar sozinho, pensando, procurando, não vejo como pode ser perigoso para a comitiva. E, em todo o caso, seria bom para a comitiva te conhecer, não seria? – sorriu. – Se acaso ele se aproximar, sentir sua energia na comitiva poderia suavizar seu demônio... Eu estava indo para lá. Será um grande prazer ter vocês em minha companhia. O que acham? – perguntou se erguendo e se poderando um pouco mais em pumacaya de sombras.

- Ah não – reclamou a juguena. – Só um pouquinho do demônio? Assim você vai ser lento demais...

- Se é o que acha... – riu se impulsionando com um grito festivo pela campina que dominava o morro, tomando a direção do Sudoeste.

FAMÍLIA

O tempo corre e as linhas, por mais esticadas que estejam, nunca perdem a forma e a força. É pura verdade que o tempo e a distância não têm poder para isso.

- Uivo – Allenda gritou de alegria, vendo-o surgir da floresta, diminuindo de tamanho enquanto vinha ao seu encontro. Sem pensar correu até ele e o guardou num longo abraço.

Uivo se despoderou rapidamente, envolvendo-a num abraço apertado.

Quando se separaram viram a comitiva em torno, observando com curiosidade a demiana que aguardava ao lado de LuaEscura, um belo sorriso pendurado no rosto.

Allenda suspirou cumprimentando com um aceno amigável LuaEscura e a demiana.

- Pessoal, essa é uma demiana, e seu nome é Arael – Uivo apresentou a demiana, ainda em um abraço abandonado com Allenda.

Sorriu quando a comitiva, feliz, puxou as duas, deixando-os ali apenas abraçados, em silêncio, um sentindo o calor e a alma do outro.

- Vamos... Esses dois agora vão ficar assim por um bom tempo hipnotizados um com o outro – falou Itanauara acompanhando as duas para o acampamento. – E você, demiana, que bom que veio...

- Ora, e por quê? Me esperavam?

- Sabíamos que alguém se aproximava. Sabe como é, tempos difíceis. Sentimos LuaEscura, e vimos que tudo estava bem. Porém, não sabíamos de você. Mas, se veio com essa dêmona terrível, então deve ser de muito valor – riu.

- O que foi, Uivo? – Allenda perguntou, assim que viu que todos se afastavam, ao perceber uma sombra de tristeza nele. Não conseguiu evitar sentir como que um nó no coração. - Aconteceu alguma coisa? – perguntou, puxando-o para baixo, obrigando-o a sentar-se ao seu lado.

- Já ouviu falar de um demônio chamado Mercator?

- Acho que todos já ouviram. Alguma coisa sobre um demônio solitário, que se deixado em paz não incomoda ninguém – falou.

- Esse mesmo. RoupaSuja e BraçoDePedra foram tentar conversar com ele. Acho que pensaram que poderiam ajudá-lo.

Allenda franziu os cenhos, já desconfiando do que acontecera. Seus olhos pesaram, relembrando os dois, e como pareciam muito amigos, e de como se alinharam com perfeição à comitiva.

- Eles se foram? – perguntou num sussurro esmagado.

- Sim – Uivo murmurou. – Mercator os matou. Acho que Mercator nem mesmo se deu conta do que fez... – sofreu.

Allenda levantou os olhos pensativos para as nuvens.

- Morreram tentando ajudar... Foi uma morte mais nobre que a de um guerreiro – suspirou.

- Sim, sem dúvida. E Mercator foi procurado por um outro ainda, de quem também deu cabo.

- E quem foi esse?

- Meu avô. Ao que parece, ao desistir de me perseguir, foi ter com Mercator. Foi morto quase que no ato.

- Esse morreu como um guerreiro, temos que admitir – falou, sentindo em seu peito um hausto de ar renovado. O futuro agora tinha um fator complicador a menos. – Esse Mercator é louco, irascível, de quem nem se pode aproximar?

- Pelo que soube dele, desde a segunda era ele está assim, apenas cismando dentro de si mesmo. Pelas lendas antigas ele matou um arcanjo, depois de torturá-lo por um bom tempo. Dizem que ele é mais poderoso que Trevas ou Escuridão...

- Nossa, então é bom a gente se manter longe dele...

- Sinto que há algo mais quanto a ele, Allenda. Acho que ele pode ser um peso na balança. Parece que os demônios o querem do lado deles, mas os anjos também. E aposto que os anjos são os que têm mais possibilidades.

- Ora, e por quê?

- Arael... LuaEscura disse que ela é para aquele demônio o que você é para mim...

Allenda abriu um enorme e grandioso sorriso.

- Ora, e o que eu sou para você, demônio?

- Luz, Allenda, um maravilhoso facho de luz na escuridão.

- Ai, ai... Vamos. Agora com certeza eu preciso conhecer essa demiana – riu, puxando Uivo para junto dos outros.

Quando Uivo e Allenda se juntaram à comitiva elas já estavam entrosadas com todos, que sorriam e se divertiam contando casos.

Durante um bom tempo ficaram todos juntos, conversando. Foi quando Uivo contou para todos que seu avô havia sido morto, e que BraçoDePedra e RoupaSuja também haviam sido, e os três pelo mesmo demônio chamado Mercator, o que causou enorme comoção em toda a comitiva. Então Uivo falou da relação especial que Arael tinha com esse demônio em particular.

Todos sorriram, ao perceber nas entrelinhas que devia ser a mesma relação de Uivo com Allenda.

- As coisas estão ficando muito boas, assim tão emaranhadas, não estão? – riu Ybynété feliz.

- É isso aí, gigante – concordou LuaEscura encarando o mapinguari.

- Não é mesmo? – falou Ybynété, dando um sorriso imenso para a dêmona, que o observou com mais cuidado.

Como a noite já se anunciava a fogueira foi logo acesa. Carnes foram postas nas cuias, e água e suco de amoras recém-colhidas em cumbucas, do que se serviam todos por meio de pequenas cumbuquinhas.

- Allenda... – Arael falou o nome lentamente, como se o saboreasse, procurando ligações, os olhos luminosos na flor-do-mato. – Sabe, eu sou uma entrante, e sei que sabem bem o que isso representa. Então, em mim tenho lembrança de dois seres, o que eu era, e algo das lembranças do corpo que ficou.

Allenda se descolou um pouco de Uivo, o corpo dobrado em direção à demiana, a atenção toda em Arael. Todos os outros, até mesmo a juguena, observavam as duas, totalmente curiosos. O silêncio se manifestou e permaneceu, aguardando o que estava acontecendo.

- Já nos encontramos? Qual era o seu nome?

- Meu nome era Éfrera...

Allenda se levantou de súbito, os olhos presos na demiana, que também se levantara.

Uivo examinou rapidamente as duas, temendo que tivesse trazido para o acampamento alguma antiga inimiga de Allenda.

Sua alma relaxou de súbito quando Allenda se aproximou rapidamente da demiana e a abraçou com força. Havia energia ali, e muita alegria.

- É você mesma, Éfrera? Não está de brincadeira? Quando te vi senti algo que reconhecia, mas não conseguia definir. É você mesma?

- Sou eu mesma... Eu não reconheci o seu nome quando LuaEscura me contou sobre vocês. Sabe como é... Como entrante as coisas ficam bem confusas. Mas, quando a vi, algumas coisas começaram a vir à tona, e eu julguei que te conhecia de algum lugar, de algum tempo. E agora, as coisas estão ficando mais claras – sorriu, mostrando-se mais luminosa. – Ah, Allenda, não imagina quanto estou feliz por te encontrar.

- E eu então? – falou se sentando e puxando a amiga para baixo. – Uivo, essa é Éfrera...

- Eu já ouvi, meu bem...

- Sim, mas é Éfrera – repetiu, apontando para ela as duas mãos espalmadas, um sorriso abandonado e surpreso no rosto. – Me desculpem – riu, os olhos se voltando para a amiga.

- Posso contar, Allenda?

- Claro, claro que sim – concordou Allenda, se levantando e tomando acento ao lado de Uivo. Alegre tomou sua mão entre as suas enquanto seus olhos se postavam sobre Éfrera.

- Foi há muito tempo. Me desculpem se a estória ficar um pouco confusa, porque eu ainda estou lembrando. Mas, naqueles dias, eu soube depois, Allenda caçava os que haviam atingido sua família – contou, a voz tomando uma suave nota de dor e um pouco distante, por se esforçar no lembrar. - Eu estava longe, muito longe daqui. Eu caçava demônios que estavam destruindo várias aldeias ao Norte. Quando dei uma passada sobre uma área da floresta eu vi um poder que me preocupou. Era um poder diferente, feito de ilusões e manipulações. Quando dei uma nova passada eu vi um magnífico ser de fogo tomado de ira se jogando contra eles. Eu sondei suas mentes e vi tudo o que enviavam contra esse ser, mas ele dava de ombros pelas fantasias que lhe lançavam, e destruiu cada um deles.

> Eu, desavisadamente, desci à sua frente, e ela, sem pensar, me atacou com uma ferocidade terrível. Eu me defendia,

e gritava que não queria o seu mal. Mas ela, julgando que eu era a ilusão de um daqueles que ela caçava, não parava. Então me lancei para o alto, e tive muito trabalho para escapar de suas flechas de fogo. Então, num descuido, ela já estava num galho bem à minha frente, uma seta de fogo entre os meus olhos. Eu me preparava para me defender quando vi que ela segurava a seta. Resolvi arriscar e ficar em silêncio, flutuando na frente dela.

> Então, sem nada dizer, ela recolheu a seta e saltou para o chão, e simplesmente começou a se afastar pelo meio das árvores.

- Eu não vi o mal nela, e resolvi ir embora – Allenda tomou a conversa para si. – Eu tinha sentido mais alguns potaraobis negros à frente, e resolvi ir atrás deles. Mas ela desceu na minha frente de novo, e no ato me lembrei de sussurros nas sombras, que diziam de uma demiana que combatia demônios por aqueles lados. Então saltei para um galho e me sentei, e logo ela estava ao meu lado. Conversamos durante bastante tempo.

- Por anos ficamos por lá, caçando, limpando, protegendo.

- Senti muitas saudades suas, Éfrera. Quer dizer, Arael.

- A grata surpresa é minha, Allenda. É muito bom rever velhas amigas. Passamos grande bocados, não foi?

- É sim... Por várias vezes achava que não iriamos conseguir – riu satisfeita. – E, ainda mais agora, porque me disseram que somos muito parecidas – sorriu.

Arael a olhou confusa. Então, ao examinar a cara de Uivo, não pode deixar de sorrir.

- Ah, não... Não é assim não, Allenda. LuaEscura está alucinando.

- Tomara que seja assim, Arael – falou com suavidade, o que fez Arael sorrir feliz. – E esses são meus amigos – e um a um apresentou os membros da comitiva para Arael, falando com carinho alguma coisa sobre cada um deles, que a cada apresentação se tornava mais alegre e feliz. Então, na noite que escoava, contaram, todos, algumas das aventuras que tiveram. Até mesmo a juguena, esquecida do demônio que era, foi pega rindo muitas vezes. No começo contara algumas vezes em que torturara ou matara por prazer, mas logo viu que a temática estava errada, e se ateve mais às vezes em que, sem que percebesse, confrontara o mal. E isso a fez ficar pensativa, vendo que, por mais estranho que fosse, que esse ir contra a escuridão fora a grande maioria das vezes.

Assim que percebeu isso suas nuvens se foram e, sem perceber, ela se mostrou, para surpresa de todos, como realmente era.

Ali, junto deles, estava uma mulher, o corpo todo de um cinza brilhante, mavioso e elegante, a esclera branca como uma louça, a íris em um tom de abóbora. Ela estava com uma tanga e o busto estava coberto por roupas de névoas, que ficavam esvoaçando pelo seu corpo.

- Nossa, isso é que é uma dêmona bonita... – riu Ybynété, o que foi confirmado pelos suspiros dos outros. Allenda e Itanauara riram, vendo como LuaEscura se tornara um pouco mais tímida, o que foi uma surpresa para todos.

Uivo suspirou fundo e demorado, o sorriso abandonado no canto dos lábios, deixando-se perder naquelas pessoas, nos risos que subiam nas fagulhas da fogueira. Como poderia ter imaginado que a vida iria se mostrar assim?

ARAEL E MERCATOR

Antes eu dava um nome para essa saudade no meu peito, e a chamava de deus, ou em alguns momentos de família. Agora descobri que ela ainda não possui um nome, até que você me diga o seu.

I

Arael ficou martelando isso em sua cabeça, como as pessoas da comitiva de Adanu pensavam sobre ela e Mercator, como pensavam em Allenda, a guerreira dura, tão maluca pelo seu demônio, demônio esse que já mostrara inúmeras vezes ser capaz de absurdos para protegê-la.

Riu descrente de que isso pudesse ser replicado, ainda mais com ela e Mercator.

Na madrugada que findava se deixou quieta, sentindo o ar fresco e agradavelmente frio.

Estava assim tranquila até que o sentiu ao longe, quieto. A mente dele parecia um pouco mais diferente, como se houvesse alguns nódulos de paz entre os pensamentos de questionamentos que era seu comum.

Então foi até ele, descendo a alguns metros de distância, dando tempo para que ele a sentisse, para que se lembrasse.

Sentou-se e olhou para além, para o horizonte, e viu que a barra do dia surgia, anunciada por uma faixa abóbora que delineava as montanhas e delimitava o céu ainda escuro.

Foi só quando o viu se virar e observá-la, e conferir que havia tranquilidade no seu olhar.

Ele estava sentado num promontório, os pés imensos no vazio descomunal. O vento açoitava suas vestes, com o que ele não mostrava se importar. As imensas asas estavam recolhidas, quase ocultas, tão pensativas quanto ele.

Ela sorriu, vendo que ele aguardava o alvorecer.

Arael o observou mais uma vez. Conferindo que estava em paz e o semblante tranquilo, decidiu que devia arriscar.

Sem qualquer palavra Arael se levantou e sentou-se na beira do penhasco bem mais perto dele, onde deixou seus olhos pensarem sobre aquelas distâncias, também esperando o dia nascer.

Seu coração batia um pouco mais forte, se perguntando se, quando se levantara e mostrava sua intenção, Mercator havia se mostrado mais alerta.

Suspirou longamente, totalmente em paz.

O vento uivava naquelas alturas, e parecia querer contar estórias. Então ela se deixou em paz a ouvi-las.

Em um momento voltou os olhos para Mercator, e viu que ele estava bem. Os ombros estavam caídos, o rosto um pouquinho para frente, parecendo estar tocantemente em paz.

Foi então que percebeu que, sem que se desse conta, Mercator havia se aproximado alguns centímetros dela, estando ao seu alcance. As mãos imensas dele estavam apoiadas na rocha, diminuindo ainda mais a distância entre os dois. O corpo e o rosto estavam um pouco fletidos para a frente, e ele parecia distraído e, até mesmo, feliz.

Arael sorriu maravilhada.

Então, sem pensar, pôs sua mão direita sobre a mão esquerda dele com imensa suavidade.

Ela quase se assustou quando sentiu os nervos da mão dele se enrijecerem numa reação súbita.

Sua atenção subiu ao máximo, o sangue pulsando em seus ouvidos. No entanto, apesar de todo o receio que rondava sua alma, manteve sua mão quieta, sentindo o calor que emanava daquela imensa mão.

Seu coração pulsou mais forte ao ver que ele não havia tirado a mão, mas que, lentamente, voltava a relaxar.

Então, num momento, ele estava como antes, em paz, aceitando a mão dela sobre a dele.

Ela não pode deixar de sorrir ao ver o quanto sua mão era pequena sobre a dele.

Arael o examinou pelo canto dos olhos, e viu o momento em que ele a observou com um pequeno movimento da cabeça.

Arael podia jurar que havia carinho naqueles olhos que rapidamente se voltaram para as distantes montanhas.

II

Miguel inspirou demoradamente.

Não tinha como negar que estava comovido com aquela visão, como todos os que estavam ao seu lado. E, sem que houvesse anunciado ou chamado, em pouco tempo estavam dezenas de anjos ao seu lado a examinar a cena inusitada. Sorrisos bobos e esquecidos pareciam congelados nos rostos angelicais, dando-lhes ainda mais luz.

Miguel teve que concordar que era uma visão tocante e comovente.

À frente deles, bem à frente, havia um gigante e uma pequena demiana de mãos dadas, vendo o nascer do sol.

- Que bom... Dois demônios que estão despertando – suspirou feliz. – Que caminho longo e incrível eles tiveram, e como o caminho foi duro e perigoso. Que aventura se desenha...

- Vocês dois sempre acreditaram neles – suspirou uma demiana, mantendo os dois sob vigília amorosa.

- Acho que Yeshua sempre acreditou mais que eu nesses dois demônios. Ele nunca deixou de acreditar, nem por um momento que fosse.

O RECEIO NOVAMENTE

Há algumas coisas que não aceitam mudanças, sob pena de pôr a perder a própria alma.

I

Uivo ficou parado no acampamento, cismando como tudo correra desde que souberam que os demônios desciam das montanhas. Parecia ser tudo de eras muito antigas. Muita coisa já acontecera, coisas que mudaram cada um que se sabia vivo. Nada ficara sem ser tocado.

Inspirou fundo, vendo as montanhas imensas à frente, a gigantesca cordilheira sobre a qual viviam os demônios e os seus escravizados. Devagar abanou a cabeça, espantando a enormidade de tudo que ainda teria que ser feito. Se chegar ali, às raízes das montanhas já trouxera enormes sacrifícios, isso talvez fosse a parte mais fácil do caminho. Agora, a verdadeira guerra estava para ser iniciada.

À frente, como formigas, podiam ver os thianahus subindo e descendo trilhas e caminhos. Seu coração se apequenou um pouco.

Ele e a comitiva haviam chegado há alguns dias, e depressa foram incorporados no exército de Danbara, num primeiro momento, depois nos danatuás, assim que eles se organizassem pela região.

Mas, não houve qualquer tentativa de dissolver a comitiva dentro de qualquer exército. Eles permaneciam como comitiva, sempre próximos, sempre unidos, o que era muito bom para todos eles. E todos bem sabiam que estavam ali por pouco tempo, que poderiam partir para continuar sua missão a qualquer momento.

Uivo inspirou o ar frio, satisfeito. Finalmente o exército danatuá estava ali, reunido aos pés da imensa cordilheira, fazendo frente ao volumoso exército thianahu.

Uivo suspirou, pensando o que Otag poderia estar querendo com ele. Ele convocara uma reunião com muitos chefes e alguns guerreiros, e pediu que comparecesse. Então, ficou sem entender o que poderia querer com ele, visto o grande receio que tomava os outros, com exceção da sua comitiva e da comitiva de Danbara, de lutarem ao seu lado, do que não lhes tirava a razão de todo.

Subitamente viu um movimento pela direita, um pouco além do perímetro de defesa. Fingiu que não havia percebido, enquanto mantinha o lugar sob atenção pelo canto dos olhos.

Foi então que viu quatro estranhas pessoas das montanhas, reconhecendo duas delas como um nagonau corpulento e a outra sendo claramente um Turuakai, enquanto as outras duas pareciam, segundo os espiões haviam descrito, serem quintrals.

Em silencio ficou observando-os se esgueirando, tentando passarem despercebidas.

Assim que percebeu que eles começavam a se movimentar em direção ao perímetro de defesa depressa se virou para eles e começou a correr na sua direção, gritando alerta para os seus da presença desses inimigos.

Mais que depressa um curupira e um anhangá já estavam convergindo para aqueles lados, enquanto Uivo sentia movimentação de pessoas pela sua retaguarda, além do aumento da intensidade de alerta por todo o perímetro, se desdobrando por todo o imenso acampamento.

Ainda um pouco distante viu um dos quintrals se avermelhar, se posicionando para bloquear o seu caminho, um sorriso cínico no rosto, enquanto vários coloridos de que não havia se dado conta se levantaram do meio do mato. Então Uivo viu a extensão do ataque surpresa de que eram alvo quando um sombra e dois mantas surgindo mais além, rapidamente caindo sobre os seus dois companheiros que vinham ao seu encontro. Uivo urrou de raiva quando os sombras se elevaram, deixando seus companheiros mortos.

Sorriu satisfeito ao ver que agora os sombras vinham rapidamente contra ele.

Uivo acelerou o passo, cortando o quintral com enorme rapidez em sua passagem. Todo poderado saltou em um arco diretamente contra o sombra e os mantas.

Allenda ainda correndo para o local do conflito, acertou vários coloridos com suas setas, enquanto outros eram rapidamente mortos pelos que vinham ao seu lado.

Então parou, vendo Uivo se batendo com os três voadores.

Otag gritou de alegria quando atingiu o turuakai logo à sua frente, voltando também os olhos para a luta de Uivo, visto que na terra tudo já havia terminado, tal a força com que haviam reagido.

Allenda sentiu todo o horror assim que viu mais três sombras caindo sobre o grupo que atacava Uivo. A força com que atacaram foi tamanha que um dos mantas foi morto na própria descida de um grande sombra, enquanto o outro manta se punha em desabalada fuga.

- Era o Uivo que eles queriam anular desde o começo. Foi uma armadilha para o Uivo – ela gritou desesperada, disparando várias setas incandescentes contra eles, que quase nenhum efeito produziu.

Allenda virou-se para o interior do acampamento, e se preocupou ao ver que um bando de carcarás e duas harpias ainda levariam vários minutos para chegar até Uivo.

- Pelo Trovão – surpreendeu-se Otag, os olhos postos no céu, onde Uivo repentinamente se tornara um grande demônio.

Ele não era mais nem uma mistura de pumacaya com demônio, mas apenas um demônio imenso e terrível. Em cada mão um sombra, enquanto suas farpas entravam pelo peito de um terceiro, que lentamente ia abrindo.

O quarto sombra, tomado de ira, se enovelou em seu ombro esquerdo enquanto, sob o olhar de todos, seu esporão estocava com violência o peito de Uivo. Mas, todos viram, o peito era feito somente de densa neblina, que o esporão revolvia com suas estocadas frenéticas.

Para horror dos sombras que estavam presos nas mãos de Uivo, as mãos simplesmente se tornaram farpas, alongando-se dentro de seus grossos pescoços.

Quando Uivo os atirou para baixo o sombra que o atacava, vendo a inutilidade do que fazia e vendo que tudo se acabara por ali, soltou-se e velozmente e tomou a direção do exército thianahu, que estava alerta, seguindo tudo o que acontecia em sua tentativa de matar o Uivo.

Sem perda de tempo, ignorando os gritos de Allenda que era para ele deixar ir, porque aquilo era uma armadilha, Uivo perseguiu o sombra, alcançando-o muito perto do perímetro inimigo.

Desanimado, Otag viu uma imensa horda de voadores se movendo contra Uivo, que já alcançara o sombra fugitivo e dele dava cabo.

E então o grande demônio que era Uivo foi envolvido e desapareceu na massa de mantas e sombras.

Allenda foi impedida de correr para aqueles lados, os seus modos desesperados, olhando a massa que girava em torno de um ponto que era sabia ser Uivo.

De súbito Allenda se incandesceu e todos se afastaram depressa.

Itanauara, tomada de desespero, ficou atônita, vendo Allenda em chamas correndo pelo campo em direção aos thianahus.

Logo, a comitiva estava ao seu lado, e começavam, sob os protestos irados de Otag, a progredir na direção de Allenda e de Uivo.

Então a comitiva parou, os olhos estupefatos na massa que se desfazia, porque o demônio que cercavam disparou para cima, furando o bloqueio. Subitamente viram Uivo, num movimento absurdo, trocar a subida pela descida, colhendo inúmeros mantas e sombras enquanto avançava contra o solo onde se bateu com violência, lançando para os lados inúmeros coloridos despedaçados e arruinados.

Foi então que ele viu Allenda correndo para o seu lado, e foi então que viu que os sombras e mantas se preparavam para um novo ataque, agora contra os dois.

Num impulso muito rápido todos viram o demônio fazer um buraco no meio de um bloqueio que os coloridos haviam preparado para Allenda e a comitiva. Quando os thianahus já estavam bem próximos da flor-do-mato toda inflamada viram o demônio descer e abrir as farpas como um manto escuro e a recolher, logo subindo com violência muito alto no céu.

II

- Por que Uivo, por que foi contra os thianahus? Era o que eles queriam – sofreu Allenda flutuando alto no céu, amparada com imenso carinho pelo demônio, que agora tinha o tamanho normal de uma pessoa.

Os olhos vermelhos da criatura permaneceram em silêncio, observando Allenda.

- Por quê? – ela insistiu, controlando o desespero que ia em sua alma.

- O receio, novamente, Allenda. Teve que ser assim, porque eu precisava tirá-los de perto de você... – falou com a voz grave, estranha e tomada de carinho.

- Ah, Uivo, meu amor. Não pode ser assim...

O demônio deu um sorriso. Allenda achou o sorriso estranho, descasado daquela face de sombras, mas já estava se acostumando com isso.

- Digo o mesmo para você. Correndo sozinha contra um exército?

Allenda ficou em silêncio, um sorriso confuso no rosto. Então, sem qualquer argumento plausível, se apertou mais dentro da capa de sombras, onde se sentia protegida e aquecida. Naquela altura o frio era intenso demais.

- Ora, olha quem encontramos aqui nessas alturas, Arael – falou para LuaEscura, as duas se aproximando, vendo bem abaixo os dois exércitos formados, mantendo uma grande faixa como terra ninguém entre eles. - Namorando por aqui? – riu.

III

Otag estava furioso, o que nem procurava disfarçar.

Assim que Uivo e Allenda desceram junto da comitiva soltou um resmungo de cumprimento para a dêmona e para a demiana, após lhes endereçar um olhar de confusão e interesse. Então, atento a Allenda e a Uivo, que se despoderava rapidamente, os fuzilou com o olhar.

- Mas, que loucura foi essa? Você, Uivo, se jogando contra um exército, e a senhorita, Allenda, correndo feito uma louca em chamas para salvar o Uivo... Ficaram loucos? E quanto a vocês? – falou mirando a comitiva – Enlouqueceram também? Correndo como dementes para salvar Allenda e Uivo. Que sequência mais bizarra e perigosa... E tudo começou com você, Uivo. Continua independente demais. Isso foi uma grande irresponsabilidade – bufou.

- Não se sinta incomodado comigo, Otag – falou Uivo com tranquilidade, se despoderando completamente.

- Mas me sinto sim – reclamou.

- Isso que aconteceu foi força do hábito, Otag – Itanauara interveio rapidamente, tentando explicar.

- Força do hábito... Sei! Mas, não vem não, Itanauara. Você bem sabe que, quando no exército danatuá, danatuá você é. Vocês puseram muita coisa em risco.

- Ih, não liga não, atandé. Nesse grupo, um é doido pelo outro – riu Ybynété, que a tudo assistia com um sorriso malandro no rosto.

- Co... como? – Otag bufou, vendo o gigante passar por ele como se ele fosse um cisco no chão, tomando a direção de uma sorridente LuaEscura.

- É o que eu disse, atandé. Essa união é que é a nossa força... – riu sem se virar, chegando mais pertinho de LuaEscura.

> Oi, LuaEscura. Que bom que está aqui. Otag, essa aqui é uma juguena, e é a LuaEscura. Ela é nossa amiga. E essa é uma demiana, e seu nome é Arael, e ela também é nossa amiga – apresentou, sorrindo feliz, de tudo o mais esquecido.

Otag, vendo os sorrisos pendurados nos rostos de todos, abanou a cabeça, satisfeito por eles não fazerem parte de seu grupo regular.

Então se aproximou das duas e as cumprimentou.

- Ficarão aqui conosco? – perguntou, a voz mostrando que ainda estava contrariado.

- Na comitiva de Itanauara, se ela permitir.

- Ah, entendi... Mais duas do grupo – riu. – Está bem, está tudo bem – falou abanando as mãos. Então depressa se virou e se foi, para conferir a proteção do perímetro.

- Ora, ele não gostou? – espantou-se LuaEscura abraçando Ybynété pela cintura.

Arael tirou os olhos do atandé que se afastava e passou-os pela dêmona, divertida com o que via, como todos os outros.

- Vocês fazem um par maravilhoso – elogiou.

LuaEscura, se dando conta de como estavam, se desligou depressa de Ybynété, que ria todo feliz.

- Você é chata, Arael – Ybynété riu um pouco mais, mostrando toda a felicidade que sentia. – Não é não, LuaEscura?

LuaEscura abanou a cabeça, um sorriso grudado nos lábios, olhando com carinho para o gigante.

Então, quando passou próxima de Arael, olhou bem fundo em seus olhos.

- Chata – sussurrou com um enorme sorriso.

Os outros da comitiva, que a tudo assistiam, depressa se aproximaram e fizeram um bolo, falando alto e rindo, enquanto se dirigiam para o monte onde estava o exército de Danbara, que a tudo assistia, em companhia de Jádina.

- É uma pena que seja preciso uma guerra para que pessoas assim, tão diversas, se vejam como irmãos, não é?

Jádina se abraçou em Danbara, olhando com carinho para o grupo que vinha ao encontro delas.

- Eu acho que a guerra facilitou. Mas, acredito que almas assim, mais cedo ou mais tarde, acabariam por se encontrar, como acredito que almas assim, quando se encontram, vão permanecer sempre uma próxima da outra.

- Sabe, Jádina, é fácil para eu ver que você faria bem em ser parte daquele grupo...

- Tal como você, irmã... – falou descendo o monte na companhia de Danbara, para se reunir com a comitiva de Itanaura.

OS MEIOS E OS VAZIOS

Sou pensamento, sou forma, e consciência me tornei. Mas, ao me expandir vi esse mundo e seus corações, e uma dor imensa me tomou. Foi por isso que resolvi não partir.

I

Devagar Uivo foi na direção da cabana de comando improvisada, onde o comandante dos danatuás, Otag, os convocara para um empreendimento de alta importância e perigo, segundo suas palavras.

Ele já discorria por vários minutos, explicando como os thianahus estavam tentando se espichar pelas terras baixas, abrindo caminho por prisioneiros que tiveram suas mentes limpas e suas almas subjugadas.

- Combatemos muitos deles - falava, - mas sabemos que há muitos mais. Eles foram batidos antes, mas, agora, parece que aceitam os riscos. Talvez acreditem que estamos focados demais no exército deles e os deixaremos seguir – Otag falava para os dois comandantes presentes e para os convocados. Eram dez ao todo, atentos ao que estava sendo mostrado.

> E essa é a missão de vocês – falou, os olhos passeando por todos os que estavam ouvindo suas palavras. – Eles estão tentando se infiltrar novamente, usando esses dominados, os vazios e os meios.

Uivo reviu em sua mente aqueles seres que caminhavam apalermados, como marionetes, conduzidos por mantas e sombras. Um frio percorreu sua espinha ao lembrar de ter visto homens e pessoas assim, vazias, cascas que andavam. Já os meios, eram mais perigosos, porque eram dominados que, apesar de terem perdido sua vontade, ou consciência, ainda mantinham seus poderes, poderes que podiam ser usadas plenamente pelos dominadores.

- Mas deve haver um meio de acordá-los – aventou um cheira-trilha, arrancando-o de suas visões.

- Vários foram feitos prisioneiros, e pareciam mortos, os olhos parados. Não havia mais alma, nada. Eram apenas cascas vazias. Foi o medo deles que os derrotou. Não eram guerreiros, não eram danatuás – falou, a voz inerte, como se falasse de uma coisa, de uma pedra.

- O que vale também para os meios – Canvas falou, como consultora convocada sobre esse assunto, visto que ela, Túnis, Trília e alguns outros magos foram usados para tentar reverter a dominação.

- Sem possibilidade de reversão, então? – Itanauara perguntou diretamente para os três.

- Sem qualquer possibilidade – Trília confirmou.

- É como se as almas, as consciências deles tivessem sido expulsas - Túnis completou.

- É por isso que vocês foram convocados. Vocês comandarão tribos, que devem encontrar esses dominados e destruir tanto os vazios e os meios quanto os obsessores. Temos que livrar nossas terras, proteger nossos totens, proteger os que vieram até aqui em busca de proteção e esquecimento. Aqui... – apontou para a pedra onde riscara a carvão linhas e mais linhas. – Eles avançaram por aqui – apontou com uma vara. – Vocês podem ver que eles estão avançando metodicamente, não deixando nada escapar. Eles estão procurando sinais, talvez até mesmo atendendo chamados de algumas das rainhas. Eles não podem encontrá-las, como não devem sujar nossos totens. Cada um de vocês levará a própria tribo que comanda.

Os olhos observaram dissimuladamente Uivo, que continuava tranquilo e atento.

- E quando começaremos essa caçada? – perguntou um capelobo.

- Já! Vocês serão instruídos pelos comandantes aqui – falou fazendo menção aos dois comandantes que estavam na reunião - sobre os setores que cobrirão. Que o Trovão os acompanhem. Vão, que o tempo urge... – falou despedindo-os. - E você, pode aguardar um pouco mais, Uivo? – pediu, vendo que ele se preparava para sair.

Uivo o observou por um segundo, e depois voltou a ocupar o mesmo lugar onde estivera.

Assim que todos haviam saído aceitou a oferta de Otag e sentou-se sobre uma pedra, de frente para ele.

- Então, devo reunir uma tribo? – perguntou Uivo com um certo cinismo na voz.

- Conseguiria? – perguntou Otag por sua vez, os olhos penetrantes perfurando Uivo.

- Sabe que não... Os que confiam em mim são necessários aqui, e sobre eles não tenho mando. Estou só! Por isso, não entendi por que me convocou.

- Simplesmente porque preciso do medo que impõe.

- Infelizmente o medo que imponho é somente sobre os nossos.

- Não é bem assim, por tudo que ouvi de suas batalhas. Se conseguir impor esse medo, descaradamente, aos nossos inimigos, será uma grande vantagem. Ainda mais agora, depois do que fez com eles na armadilha que tentaram nos envolver.

- Ora, então agora aprova a minha atuação irresponsável? – debochou.

- Pensei bem depois – reconheceu, a voz simples e indiferente. - Essa atitude de vocês ficarem se protegendo tanto assim pode ser a força de vocês, mas também é a fraqueza de vocês. Porém, a sua atitude ainda continua um ato repreensível, mas nos serve.

- Na verdade, Otag, você só precisa do demônio...

- Preciso de você, Uivo, como demônio... Adanu confiava em você, sua comitiva claramente confia em você, tal como a comitiva de Danbara. Então, também confio em você. Você dará conta...

- Devo entender que estou sendo enviado para uma missão onde vou só?

- Sim, é isso mesmo...

- Minha sobrevivência é importante, Otag?

- Ah, mas é claro que sua sobrevivência é importante, Uivo. Claro que sim – repetiu com indiferença. – Você sobreviverá... Vi bem do que é capaz. Os sombras ficaram apavorados... – esgarçou um riso satisfeito.

- Claro que sim... – falou Uivo, o rosto sério passeando no rosto de pedra de Otag.

- Então é isso! Você seguirá sozinho! – disse tomando a vara e agachando-se. Com movimentos medidos rabiscou no chão de terra. - Esse é o caminho que deve seguir. Vários dominados e seus controladores foram vistos por essa área, e parece uma área de grande concentração. Há alguma coisa ali, e temo que quer ser encontrada. É o indício mais forte que temos.

- Entendo... Já pensou que, se for o que pensa e eu falhar, eles poderão ter acesso a ela?

- Meu amigo, a uma coisa que deve saber sobre as mutas: elas se mostram e se entregam apenas àqueles que elas escolhem.

- Entendi... Ganho sem risco – sorriu com deboche, o que o atandé desconsiderou.

- Mais uma coisa, Uivo... Vi você correndo contra os mantas e o sombra, quando podia voar; vi você atacando com sutileza, quando podia destruir com prazer; e só vi você sendo a maior parte fantasma para proteger a comitiva e, principalmente, Allenda. O que o segura, Uivo? O demônio é mais do que você normalmente apresenta.

- Como me disse um demônio que conheci uma vez, "apenas a minha vontade" - falou.

- Ótimo então! – falou se levantando, dando por encerrada a conversa. - Que o Trovão o acompanhe. Minhas esperanças vão com você.

Sob o portal Uivo parou, de onde lentamente se voltou.

- Caso eu não volte, também será uma vitória, não será?

Otag se virou e se concentrou em seu rosto.

- Ouvi muitas estórias sobre você, como pumacaya e como demônio... Mas poucas ainda sobre esse que se tornou. Porém, hoje eu vi o potencial de um demônio. Então sim, será! Confesso que, como demônio, a insegurança ronda seus atos. Você é um demônio perigoso, inconstante eu vi, ainda buscando seu lugar, mesmo que acredite que avançou muito. Prove que estou errado e terá seu lugar – falou sem demonstrar qualquer emoção.

- Você está enganado, Otag. Eu já tenho o meu lugar. Não vê? Você mesmo o reconhece – falou se afastando.

II

Uivo procurou por Allenda no meio daquele tumulto, mas não a viu. Não queria estender seus sentidos para encontrá-la. Ela devia estar muito atarefada.

- All lantun, Allenda – se despediu, lançando no ar tudo o que sentia.

Então rumou direto para a entrada da mata, bem lentamente. Não iria se despedir de seus amigos. O que poderia explicar? Nada havia para explicar. Suspirou profundamente. Então encarou o profundo da floresta, seu coração batendo forte. Talvez aquele fosse o momento de fazer o que devia ser feito, o momento de vencer o receio que tinha em seu coração. Mas...

Por mais que tivesse acreditado, ainda havia insegurança e medo quando estava como demônio. Era um poder muito profundo, muito escuro, com uma pesada e terrível dose de esquecimento – cismou, se lembrando de quando lutava no meio da massa de sombras. Sentiu um prazer imenso lá, destruindo, matando, sugando a energia deles para usar contra eles mesmos. Então lá estava novamente o medo de que a escuridão escapasse ao controle, medo de que se transformasse em tudo o que abominava. Otag era inteligente. Ele o expunha a grande perigo, obrigando-o a se enfrentar, a se mostrar. Ele queria o demônio em suas fileiras, mas até mesmo ele tinha medo do que ele poderia ocasionar. Por isso, que se exigisse e se exibisse como demônio distante do exército, e que lá aprendesse a se controlar, ou que morresse se falhasse. Na verdade, o atandé torcia e queria demais que ele se vencesse, mas havia, no fundo, aquele medo de descobrir que era apenas um demônio.

Seus olhos pesaram.

Pensou em desistir e seguir apenas como pumacaya, mesmo sabendo que pumacaya puro não conseguiria mais. No entanto havia a natureza que o puxava, que o exigia, e ele sabia que, um dia, teria que se encarar de vez. Mas a indecisão, fruto do medo e insegurança, o travavam. Como poderia não se esquecer ao ser demônio? A imagem de Allenda ajudava, mas não era suficiente. No entanto, a presença dela era... – cismou confuso. Eu coração pesou de saudades. Como partir sem falar com Allenda? Ela, como parte do conselho, deveria estar a par da missão que lhe fora dada. Era mais razoável partir, e não permitir que ela se arriscasse por ele, ou com ele, tentou acalmar seu espírito.

> Talvez deva começar como pumacaya demônio bem suave e ir liberando lentamente, testando limites, tornando isso algo mais comum, mais normal... – sussurrou inseguro para o céu opaco e para o chuvisco que caia sem cessar já há vários dias.

- Acho que não deve temer – ouviu às suas costas.

Uivo não se virou, apenas sentiu seu coração pesar ainda mais, tal como seus ombros.

> Sei de sua missão, sei das palavras ditas. Otag quer confiar em você.

- Confiança é algo que se conquista, não que se ganhe.

- Você se sairá bem, Uivo.

- Tenho medo, Allenda – confessou.

- Sei que tem. Eu também teria, mas eu conheço sua índole, vejo seu coração. Não tema a si mesmo. Essa é uma chance para aprender a se controlar...

- Ou uma chance para me perder...

- Claro que essa chance existe sim, mas terá que enfrentar isso, não terá? Você já se venceu muitas vezes antes...

- Achei que o meu maior risco em demônio seria o ódio e desprezo, mas não é, Allenda. É o esquecimento, que deixa as outras coisas sombrias livres para se externarem.

Uivo se virou, e então não pode deixar de sorrir. Seu coração cresceu e tudo pareceu se encher de uma luz suave.

- Eu sei... – ela murmurou – Então, me mostre! – pediu ela.

Uivo a olhou confuso e recuou instintivamente.

- Com você não há o esquecer. Você é como uma âncora para mim. O demônio que sou te reconhece na escuridão.

- Sei disso, e é isso que você precisa ver, como um observador. Me mostre! – insistiu.

- Esqueça! Não vou fazer isso.

- Medo de se esquecer quem sou? – sorriu. - Pois terá que me mostrar...

- Por quê?

- Porque os planos mudaram... Quando estou próxima do conselho de guerra, sou uma conselheira. Está comigo a decisão de você seguir ou não sozinho.

Uivo sorriu, a cabeça baixa.

- Então, você não confia em mim... O que mais há a dizer? – falou se virando para ir embora.

Mas parou, ao sentir que seguravam seu braço.

- Sabe que não é isso. Eu confio! Você é que não confia em si, e isso pode ser um perigo... Me mostre!

- Sim, então vou te mostrar, membro do conselho.

E dito isto seu corpo foi, lentamente, se envolvendo em neblina cada vez mais densa, até que nada mais havia do que um corpo escuro envolto em sombras vivas, onde dois olhos vermelhos perscrutavam ameaçadores.

- Viu? Não foi tão difícil, foi? Mesmo sabendo que não está como demônio completamente... – brincou ela se aproximando do demônio, que recuou.

Allenda sorriu.

- Por que recua, Uivo? Ah, não se lembra? Hoje você me levou para voar...

Allenda avançou mais um tanto, e mais outro, até que Uivo parou de recuar.

Sem que ele esperasse ela se incandesceu e, com sua faca, atacou. Uivo se esquivou da faca em brasa e se posicionou às suas costas. Ela girou velozmente, e Uivo bloqueou seu golpe à poucos milímetros de sua garganta fumarenta, até sentir um calor estranho e perigoso em seu flanco.

Ele levantou os estranhos olhos e a soltou.

Allenda sorriu e recuou a outra faca.

- Vê? Você apenas se defendeu. Preocupado comigo se deixou atingir. Você tem que estar focado, Uivo.

- Ora, você também se segurou bastante. Esse não é o seu melhor... – sorriu aquele sorriso estranho.

- Obrigada, Uivo – riu. – Vou ver isso como um elogio. Ah, Uivo, meu querido Uivo, você se sairá bem. Tenho certeza! Que o Trovão te acompanhe em sua caçada.

Uivo se deixou esquecer. Sem pensar a puxou pela cintura, os olhos de sangue postos nos olhos que se tomaram de chamas.

Eles nada disseram. Allenda amainou as chamas que era, enquanto o demônio apenas a observava, em paz. O demônio se foi como indivíduo, tal como o pumacaya. Ali apenas os três em um. Uivo ainda a mantinha junto de si, os olhos abandonados.

Allenda avançou o rosto e o beijou demoradamente.

> Você vai vencer. Você é Uivo...

- Obrigado, Allenda... – falou numa voz embargada, soltando a flor-do-mato, que sorriu.

Então sorriu para Arael e LuaEscura que desciam ao lado.

- Uivo, soubemos agora da sua missão. Se quiser, podemos ir juntas com você. O que acha? – perguntou Arael, puxando Allenda para um abraço.

- Agradeço demais, meninas. Mas, se eu puder pedir, gostaria que ficassem. Os thianahus estão forçando alguns pontos do perímetro com sombras de muito poder. Se vocês puderem ajudar, isso me deixaria muito mais tranquilo.

- Sem problema. Mas, se precisar de ajuda com sua missão, é só chamar, não é, LuaEscura?

- Sem dúvida, demônio.

- Que bom que vão ficar mais tempo – Allenda se mostrou alegre.

- Também acho. No entanto, vamos ficar por pouco tempo. Há grupos de thianahus forçando pelo Norte, e há muito sofrimento por lá. A gente vai para lá, a partir daqui. Além disso... Ora, o que vocês duas estão com essa cara? E você também, Uivo? O que foi?

- Estou fazendo gosto de você e de Ybynété...

LuaEscura riu abertamente.

- Ele é muito fofinho, não é?

- Fofinho? Você está falando daquele gigante mapinguari? – debochou Allenda.

- Ah, ele é muito fofinho – riu. – Então até mais, Uivo. Akindará...

- Akindará para vocês – falou se despedindo, após dar mais um longo beijo em Allenda.

Então, sem falar mais nada, Uivo se virou. Sem olhar para trás o felino de sombras, num salto suave, se afundou na mata.

- Temos que pensar num nome para esse puma escuro – riu LuaEscura.

- Nossa, mas você é debochada demais, LuaEscura – riu Arael, puxando a juguena de volta para o acampamento. – E quanto a você, Allenda, quando cansar de suspirar pelo puma escuro – riu, - estaremos te esperando.

- *Puma escuro, o meu puma escuro...* – Allenda sorriu em despedida.

Otag ficou observando Allenda pensativa na borda da mata, absorta observando o lugar por onde Uivo se fora. Então, a viu girar nos calcanhares, o andar majestoso e tranquilo, dirigindo-se para o acampamento.

Suspirou agradecido.

- Esse mundo depende de muita sorte, e muito cuidado dos que nos amam – sorriu. – Que bom que é assim.

III

O tempo escorria lento, minutos em horas, horas em dias. Os ataques no perímetro cessaram, Arael e LuaEscura se foram para o Norte, e tudo parecia pulsar numa energia estranha. As notícias chegavam de caçadas memoráveis das tribos lançadas contra os mantas e seus dominados. Ao perceberem que estavam sendo caçados, matilhas se armavam em escolta dos controlados, o que funcionou por um tempo, causando inúmeras baixas nas tribos, até que as elas aprenderam a lidar com elas e a senti-las com antecedência. Então o jogo virou novamente, e a perda para os inimigos se tornou insustentável.

Mas era da caçada de um pumacaya demônio, que o exército agora chamava de PumaEscuro, que acabou novamente se chamando apenas de Uivo, que caminhava sozinho que mais ficavam esperando notícias, e que acabara ganhando alguns pássaros espias só para si.

Não havia dia que bandos de pássaros não traziam notícias de batalhas memoráveis dos caçadores enviados, que muitas vezes quase lhe custavam as vidas.

Mas houve um dia em que um espião do demônio não veio apenas com notícias a serem espalhadas no vento. Ele veio afobado e preocupado, e com ele o conselho de guerra se reuniu rapidamente, sob a atenção preocupada dos outros.

Os que viram o voo afobado e agitado do pássaro que vigiava o demônio imaginaram realidades, e os boatos surgiram.

O demônio morrera, diziam uns, enquanto outros diziam que ouvira que ele fora capturado e levado para cima das montanhas, ou então que ele se tornara realmente um demônio e passara a aterrorizar todos aqueles lados onde se afundara. Mas, a que mais se alastrava, é a de que ele fora gravemente ferido e era dado como desaparecido, o que alastrou uma onda de preocupação pelo acampamento.

O conselho ouviu o espião e soube que os inimigos haviam montado uma armadilha muito perigosa para ele. Ele estava sendo atraído para dentro de um vale, onde muitos o aguardavam, com alguns grandes sombras incorporados. O espião disse que pensou em alertá-lo, mas não teve como, porque o cerco se apertava, e ele não iria conseguir passar.

- Não podemos deixá-lo, não podemos abandoná-lo... – falou Danbara tomada de ira, ao perceber que não havia disposição de enviarem socorro a ele de imediato. – Ele está lutando por essa terra.

- Ele é um demônio, e muito perigoso. Temos as notícias do quão perigoso ele é... A forma como luta, como destrói os inimigos tomado de prazer é preocupante – Otag tentou acalmar os ânimos. - Temos que pensar em como...

- Ele é perigoso contra nossos inimigos! Contra nossos inimigos! Nós não somos o inimigo dele... Ou somos? É a nós, à nossa terra que ele protege – Danbara gritou para o conselho.

- Não devemos ir até ele assim apressadamente! Não vou enviar batalhões para lá sem uma avaliação correta– declarou Otag se levantando.

Danbara olhou para os lados, estupefata com o desenrolar da reunião.

- É um dos nossos! Um grande batalhão está indo contra ele. Ele é muito capaz, mas não contra o que vai contra ele. Ele não vai sobreviver...

- É uma briga de demônios... – ralhou Otag olhando friamente para Danbara, que examinou a cara de cada um do conselho. Eles estavam frios e distantes, como se não se importassem pelo que estava acontecendo. – Temos que ser cuidadosos.

Danbara olhou para o conselho de guerra, sentindo a falta de Allenda, que estava no perímetro Norte, avaliando as condições de segurança.

- É estranho como conseguem abandonar os que lutam por nós, por vocês.... – falou pegando seu arco. – Eu sei que isso já aconteceu uma vez, em eras passadas, e não pensei que isso poderia acontecer novamente. E era você, Otag, quem estava do outro lado – acusou furiosa.

Otag olhou para a porta da oca, onde batalhões de guerreiros se postavam em silêncio, observando a reunião.

- Ele não está abandonado – falou Otag se voltando para Danbara. - As guerras são duras e exigem sacrifícios. Não vou mandar um batalhão em seu auxílio assim de qualquer jeito – repetiu. – Só precisamos de mais informações e tempo para...

- Ele não está abandonado? – Danbara riu com desprezo. - Deve ter sido isso que disseram quando te abandonaram à própria sorte, Otag – vociferou. – Foi isso que ouviu quando se voltou contra o conselho na guerra dosvivos? – falou, o dedo em riste. – Mas não é assim que vai acabar dessa vez.

- Você não tem autorização deste conselho para...

- Eu não preciso da autorização para proteger um dos nossos... – ralhou.

Com determinação se virou e se afastou a passos pesados.

Assim que saiu da oca do conselho deu com muitos guerreiros reunidos que se armavam.

Uma triga de lobisomens e onças se postou à sua frente, totalmente armados e prontos.

- Se você vai – falou o lobisomem que comandava aquela triga, - estamos prontos. Se não vai, nos diga onde ele está que partimos agora.

Danbara parou, sua raiva se diluindo.

- Devem ficar! Precisamos de vocês aqui. Eu vou e vou trazê-lo de volta.

- Mas...

- Fiquem!

O comandante lobisomem se postou ao seu lado, o olhar duro e determinado.

- Eu sou Encardido! Eles ficam, eu vou com você! - falou com uma voz que não aceitaria discussão.

- Obrigada! – agradeceu, se afastando a passos largos, seguida de perto por Encardido.

Depressa foram até a cabana tosca onde Danbara se pôs a arrumar alguns mantimentos e se armar com armas mais apropriadas.

Jádina a observava tranquila, já toda equipada.

Danbara parou, observando a irmã com cuidado.

- Vou só, Jádina! Você precisa ficar e comandar nosso exército.

- Por que não vamos todos? – perguntou Jádina. – Eles estão abandonando um dos nossos. Então...

- Não devemos quebrar os danatuás, você sabe bem disso. Fique e cuide de tudo.

- Itanauara estava no conselho? E Allenda?

Itanauara estava, e acho que nada podia fazer... Ela sabe que é uma situação perigosa e... Quanto à Allenda, ela ainda não voltou do Norte e...

Ao se virar, por causa da sombra que inundara o aposento, se assustou. Na porta estavam Allenda e PisaManso, os rostos sérios e resolutos, equipados para a guerra. E, ao lado de Allenda, estava um enorme queixada com cara de poucos amigos.

- Vocês devem ficar aqui – falou Allenda colocando sua palma sobre a cabeça enorme do queixada.

- Otag mandou dizer que não enviaria um batalhão, mas sim, combatentes experientes, com quem o demônio estivesse familiarizado. Ou vai ver que só quisessem medir o pulso da situação, vá saber – PisaManso sorriu. – Em todo o caso, Danbara, ele disse que você saiu tão depressa que ele não teve tempo de explicar – sorriu novamente. - Itanauara e Otag, assim que nos viram chegar da vistoria, explicaram tudo e nos mandaram cuidar disso, mesmo sabendo que não precisaríamos da aprovação deles – falou se virando, não dando tempo para Danbara esboçar qualquer reação.

- Vá com eles, Encardido! – Danbara, conformada, ordenou ao lobisomem que, num giro rápido, partiu atrás deles.

Danbara e Jádina ficaram paradas, observando a trilha por onde rapidamente haviam sumido.

IV

Uivo suspirou quando os viu se esgueirando pelas rochas e matos dentro da mata fechada, progredindo com cuidado em sua direção.

Então esperou.

- Vocês não deveriam ter vindo. Se estão fechando uma armadilha tão grande assim, é muito arriscado para vocês – ralhou, os olhos presos em Allenda. – O conselho poderia ter mandado um emissário – reclamou Uivo, voltando os olhos resolutos para a frente. – No entando, eu já havia percebido a armadilha – informou.

- O cerco está muito atento. Além disso, seria difícil achar um emissário – riu maldosamente PisaManso. – As notícias que recebemos dão conta de que, quando está como demônio, se torna muito feroz.

- E vocês não têm receio disso? – sorriu por sua vez.

- Não, não temos!

- E por que não?

- Porque não precisamos – falou Allenda. – Quer dizer, acho que para PisaManso isso não tem muita importância, nem para Encardido... - sorriu.

Uivo parou e examinou os três, e sorriu.

- Está bem! – concordou, retomando o caminho. – Sabia que estavam preparando uma armadilha, mas se essa informação é verdadeira de que é um grande contingente, eu não deveria estar sendo espreitado por eles?

- Acho que eles o viram entrar na mata fechada e julgaram que você havia mordido a isca, como de fato havia... Eles não poderiam se arriscar a tentar segui-lo muito de perto... – falou Allenda. – Eles estão se esforçando muito em permanecerem nas sombras.

- E então, qual o plano? Não demora muito e vamos chegar no vale – perguntou Encardido. – Tem algum, PumaEscuro?

- PumaEscuro? – estranhou, olhando interrogativamente para Allenda.

- Só te conhecem assim. Não é mais pumacaya, mas a "O PumaEscuro" – riu Allenda.

Uivo balançou a cabeça, sorrindo.

- Então está bem... PumaEscuro – repetiu. - Bem, agora que estou avisado da armadilha, vamos pelo topo do monte, fora da vista deles – falou examinando a floresta. - Saímos da trilha lá na frente e procuramos um ponto de observação. De lá decidimos...

- Bom plano! – riu PisaManso, tocando com suavidade na cabeça do queixada, para avisá-lo para ser silencioso.

Devagar e em silêncio tomaram o monte e subiram, tendo o cuidado de sempre ficar embaixo das copas mais espessas das árvores para evitar espiões no ar. Assim que atingiram o topo se esgueiraram até a crista, de onde podiam avistar o vale.

Assim que viu o ajuntamento disfarçado numa face do monte, Uivo suspirou pesado.

- E há outro grupo daquele lado – apontou Allenda. - Nossa, eles devem estar com uma raiva danada de você.

- Parece que sim. Ou então, há algo muito importante aqui, algo que não podem se arriscar a não possuir.

Uivo ficou em silêncio, examinando cada parte do vale.

> São somente esses... – confirmou por fim. – Sugestões?

- Podemos ir pela encosta contrária e atacar o grupo menor, um a um. Quando perceberem eles estarão num número um pouco menor e...

- Não, acho que não! Vão pela encosta e aguardem na boca do vale, que é uma entrada apertada e coberta por árvores muito altas e grossas, o momento de atacar – falou Uivo.

- O que você pretende? – perguntou Allenda, olhando-o intrigada.

- Apenas devolvendo a armadilha... – falou se esgueirando e sumindo na floresta.

PisaManso olhou para Allenda e Encardido e deu de ombros.

- Esses demônios e seus mistérios – brincou, se levantando e tomando a direção da boca do vale.

Demorou algum tempo até que viram, bem no alto, um manta parecendo seguir alguém que vinha bem abaixo. Então, quando se aproximaram da boca do vale, o manta deixou aquele que seguia e foi se juntar ao menor dos grupos.

Allenda prendeu a respiração assim que Uivo surgiu. Preocupada viu que ele não surgiu como demônio, mas como um PumaEscuro.

Seu corpo poderoso parou na entrada do vale e cheirou o ar. Lentamente foi ficando em prontidão, como se tivesse percebido algo.

- Ele os está chamando contra ele, no funil – sussurrou Encardido.

- Eles terão que se espremer ali para atacá-lo – sorriu Allenda.

- Eles estão dando a volta – falou Encardido se ocultando num caramanchão de folhas que haviam feito.

Os quatro ficaram imóveis e frios.

Alguns demônios passaram sobre eles e foram descendo a encosta, acreditando que estavam invisíveis. Assim que atingiram a metade do monte PisaManso, Allenda, Encardido e ArrancaToco se levantaram lentamente e se posicionaram. Tensos, ficaram observando os dois grupos se aproximando de Uivo, como sombras. Quando estavam prontos para desferir o ataque viram Uivo se poderar como demônio e atacar.

Assim que saíram da surpresa Uivo já havia matado três mantas. O ataque foi violento. Uivo revidava e girava, mas a massa escura e rápida parecia querer sufocá-lo. Uivo atingiu dois grandes mantas, e por um momento parecia que conseguiria escapar do ataque, quando o grupo maior se aproximou. Era como uma grande esfera negra se revolvendo sobre ele.

Foi então que Allenda, PisaManso, Encardido e o queixada atacaram pela retaguarda, apanhando-os de surpresa.

A batalha foi encarniçada. Ao final os mantas e sombras foram todos mortos.

Allenda ficou parada, o demônio que era Uivo, imenso à sua frente, tranquilo.

Viram então o demônio se virar e tomar a direção dos dominados. Eram doze deles, inertes, parados sob a proteção da floresta.

Allenda viu quando Uivo apenas passava, deixando-os mortos, retalhados com selvageria.

Os dois últimos eram meios. Um deles se incendiou e atacou, enquanto o outro, como turbilhão, levantou toras e rochas e tentou atingi-lo.

PisaManso sentiu um arrepio pelo corpo quando ele levantou o último deles e o destroçou, como um boneco de folhas de grama.

- Essas terras são proibidas para vocês! – ouviram seu grito na voz que parecia vinda das profundezas de uma caverna.

Allenda olhou para PisaManso e Encardido, e os viu meio poderados, atentos aos movimentos do demônio.

Allenda sorriu e, ignorando a tensão dos dois, se aproximou de Uivo com ArrancaToco fungando ao seu lado, que vinha decidido e poderoso na direção deles.

Ela ficou parada, em silêncio, aguardando. Ele se aproximou e parou, os olhos presos nela. Então, lentamente, foi se despoderando, até Uivo se mostrar.

Allenda o examinou, e viu muitos ferimentos, que lentamente iam sumindo.

- Que bom que sabe se curar... – sorriu.

Ele nada disse. Apenas olhou para os lados. Uma tristeza imensa parecia estar nele.

- Talvez fosse aqui que eu deveria morrer... Talvez fosse aqui que eu iria morrer. Vocês foram enviados ou apenas vieram?

- O conselho nos enviou.

- Ora, isso foi uma surpresa. Otag concordou?

- A ideia partiu dele e de Itanauara – PisaManso revelou. – Lógico que avisou para ter cuidado com você – sorriu.

- Claro que sim... E por que só vocês três?

- Na verdade, seríamos apenas eu e PisaManso. Encardido veio de graça – Allenda sorriu.

- Por que só vocês dois? – refez a pergunta.

- Ora, nós mesmo julgamos que seria o suficiente – falou Allenda.

– Na verdade, a aceitação dele ou do conselho pouca importância teria. Danbara, Jádina e eu já nos preparávamos para vir – contou Encardido. - Foi quando Allenda e Pisamanso, que estavam patrulhando o perímetro norte, voltaram e assumiram a missão.

- E Otag aceitou sem questionar que vocês viessem?

- Sim, aceitou – sorriu PisaManso.

- Será que o conselho teve receio de arriscar um grupo maior?

- Talvez, quem sabe? Isso não era importante. Não lhes tenha raiva – falou PisaManso se aproximando. – Eles têm medo...

- É sempre assim, e não apenas com homens e nefelins. Tememos o que não compreendemos, o que não podemos controlar. Agradeço a vocês, e não só por terem vindo em meu auxílio. Agradeço por terem confiado em mim.

- Você fez por merecer, Uivo – falou PisaManso se despoderando discretamente, juntamente com Encardido.

- Ficaram com receio? – perguntou Uivo, vendo Encardido embainhar suas garras logo após PisaManso se despoderar, com um sorriso franco, para divertimento de Allenda, que examinava os ferimentos do queixada.

- De jeito algum... Saí do meu poder para não te amedrontar...

- Está bem... Obrigado! – Uivo sorriu.

- O que vamos fazer? Vamos voltar? – perguntou Encardido.

- Ainda não. Temos que procurar o que pode estar escondido aqui – Allenda sugeriu se levantando, satisfeita com os poucos e rasos ferimentos do queixada.

- Procurar! – Uivo sorriu. – Vamos dar uma olhada nesse lugar. Deve haver alguma coisa aqui, porque eles não iriam me atrair apenas para me matarem aqui.

- Está intrigado, não está?

Uivo olhou para Allenda e concordou com a cabeça.

- Tenebe me disse uma vez que, em sonhos, soube que uma rainha pode ser revelada se uma batalha feroz for travada em suas redondezas. Eles não me atraíram aqui à toa. Eles tinham uma intenção. E ter um demônio envolvido era um bônus para o que quer que esteja aqui se revele. Vocês também sentiram isso, não sentiram? É certo que o conselho desconfia do que pode estar escondido aqui...

- Não viemos só por isso – falou Allenda.

- Sei que não, sei que não, meu bem. Mas, eu fui enviado para que isso se mostre.

- É, isso é verdade, acho que tanto pelo conselho quanto pelos thianahus – cismou PisaManso. – Os thianahus pareciam estar tendo muito trabalho para te atrair para cá. Mas, em todo o caso, que bom que viemos, não? Precisamos manter nosso demônio bem vivo, não é mesmo? – riu suave.

– As rainhas estão começando a acordar – cismou Encardido, - procurando a quem se ligar. Elas devem estar chamando. Sente algo por aqui, Uivo?

- Acho que forças mágicas, bem maiores do que podemos imaginar atuaram aqui, e aqui continuam... Mas, por enquanto, não sinto nada.

- É, realmente deve haver uma muta por aqui... – arriscou PisaManso se pondo pensativo, a mente girando.

- Também acho – cismou Allenda, os olhos sondando ao redor.

- Vamos então ver o que temos por aqui... – falou Uivo.

- Sim, mas só mais uma coisa, antes de procurarmos o que pode estar escondido aqui – pediu Allenda. – É bom lembrar que as mutas são perigosas, de vontade própria. Ao que parece fomos atraídos para cá. Se realmente for uma muta, talvez ela tenha como objetivo um de nós. Então, devem saber que, quem ela escolher, verá que ela entrará em seu corpo e se esconderá dentro dele. Se ela vai dominar ou apenas ficar quieta; ou se reagirá, e em quais circunstâncias, não sabemos. Mas, há um risco nisso!

- Cartena... – falou PisaManso.

- Sim! – confirmou Uivo. - Cartena aceitou os riscos, apesar de que, naquele dia, não sabíamos o que poderia acontecer, como sabemos agora.

- E se ela te escolher, Uivo? – perguntou Allenda, os olhos mostrando temor.

Uivo a olhou pensativo, uma nota de tristeza toldando seu rosto.

- Eu terei que aceitá-la – falou por fim. - Talvez seja a única forma de protegê-la e tirá-la da possibilidade dos demônios.

- Pode ser você – falou PisaManso se referindo a Allenda.

Uivo estreitou os olhos, a face se endurecendo perceptivelmente.

O silêncio se tornou pesado, todos sabendo do risco que correriam, mesmo não podendo dimensioná-lo e identificá-lo corretamente.

- No entanto, há uma coisa de que Otag me lembrou – falou Uivo. – As mutas já fizeram suas escolhas, e não podem ser forçadas a uma mudança. Então, será o que tiver que ser... – falou, evitando encarar Allenda, temendo que ela lesse seus receios de que ela fosse a escolhida. Temia que ela lesse em seus olhos que isso era algo que ele não iria aceitar, fosse uma muta ou não o que os chamara.

Sem qualquer palavra PisaManso começou a caminhar, seguido de perto pelos amigos.

- A energia está subindo por aqui – Allenda chamou a atenção, parando e olhando ao redor.

Uivo se apressou em ficar ao seu lado, a atenção sobre todo movimento que ela fazia. Não queria correr o risco da muta se dirigir para ela. Foi então que percebeu que Allenda parecia estar com o mesmo cuidado quanto a ele. Então se esforçou em ficar um passo à frente dela.

PisaManso viu a situação dos dois, e não pode deixar de rir baixinho.

De repente Uivo ficou em silêncio, a sua atenção se concentrando em Encardido, que olhava fixamente para um lado da floresta.

- Lá, para aqueles lados! – apontou Encardido para um setor na borda da floresta, para onde começou a caminhar com passos decididos e rápidos.

Sem aviso Encardido parou, como se estivesse confuso, como se aquilo que o conduzia tivesse se emudecido. Ao lado de uma pedra havia uma poça de água, ao lado da qual ele se ajoelhou.

- Sabe o que vai fazer? – perguntou PisaManso.

- Sim, eu sinto saber... Destinos...

- Se for uma muta negra... Ela vai te exigir demais, sabe disso? – perguntou Allenda.

- Se for uma muta, é quase certo que ela o escolheu, Encardido, e isso porque de nós você é o que parece saber o que está acontecendo - falou Uivo.

- Se ela me escolheu, aceito que ela tem suas razões e seus motivos – declarou Encardido, concentrado na poça junto à pedra.

Uivo respirou fundo, e por um momento até que se sentiu mal. Allenda, por enquanto, estava fora de perigo, suspirou, passando os olhos rapidamente pela flor-do-mato.

Como se soubesse o que deveria fazer o lobisomem esticou sua mão, que submergiu lentamente na água. Ela parecia ser uma poça rasa, mas não era o que se mostrava. Encardido já estava até o ombro enfiado na poça.

Os três se fixaram no rosto do lobisomem, que estava aéreo, sua atenção totalmente concentrada em seus dedos, que tateavam o interior da poça. De repente ele parou, o rosto se mostrando surpreso.

Uivo fixou os olhos, surpreso com uma luz arroxeada que ia surgindo como que por encanto, vindo do fundo da poça, que se fortalecia enquanto ele puxava seu braço. Todos se fixaram no braço que saia devagar da poça, até que uma caveira pequena de forte tonalidade violeta foi surgindo em sua mão.

Havia o som das gotas correndo pelos cabelos grossos do braço, despencando em multidão de volta à poça. Tudo estava em alerta enquanto a muta se mostrava, após tanto e tanto tempo.

Uivo olhou surpreso a pedra enquanto sua mente se perguntava se ele e os sombras haviam sido usados para atrair o lobisomem, que surgiu como que por encanto no grupo enviado para ajudá-lo, ou se ela simplesmente aceitara se mostrar ao dar com o lobisomem.

- Eu sei seu nome... – suspirou o lobisomem. - Nanindeua... – chamou maravilhado, sentindo um formigamento suave e morno subir pelo interior de seu braço enquanto a pedra se dissolvida em luz. Então a luz foi se tornando baça, pulsando suavemente nos braços e peito de Encardido. – Ela é cheia de paz e luz – ele murmurou maravilhado, entregue às visões que somente a ele eram dispensadas.

Uivo observou os outros, e viu o quanto eles estavam entregues àquela visão.

A luz arroxeada, então, suavemente foi pulsando lentamente, até que pareceu adormecer.

Encardido rapidamente pareceu despertar de algum sono. Os olhos recobraram o brilho e seu rosto se tornou novamente vívido. Então levantou o rosto, mostrando um esplêndido sorriso no rosto.

- Já temos o que viemos buscar – ouviram-nos declarar, notando que sua voz estava uma oitava diferente. - Que tal irmos embora?

VEJA, SÃO ELES

Eu sinto essa sensação, e sei que é o meu
coração sussurrando...

Como observadora Arael se viu, os três observando o pequeno grupo de seres do alto das montanhas. Arael se voltou, observando Mercator, os olhos denunciando toda a esperança que ia em seu coração.

LuaEscura não conteve o sorriso ao ver a expectativa da amiga. Era justificável, entendeu, a esperança qual suave chama que ela embalava ao desejar que Mercator se preocupasse com outras pessoas, desejando que, se ele tirasse o foco de si, o faria sair do círculo vicioso em que estava mergulhado por eons sem conta. Que vida ele tivera, com o que tivera que lidar, que não fosse só dor, desamparo e abandono imaginados?

- Aqueles lá são parte da comitiva – falou Arael, em referência às quatro pessoas abaixo, ignorantes das atenções de que eram alvo.

- Aquele que você viu se tornar um demônio chama-se Uivo, e ele está em conflito – explicou LuaEscura; - Allenda é aquela menina, que se torna uma torre de chamas. Ela é brava, guerreira, e não consegue medir o amor que tem pelo demônio.

- Aquele outro, o lobisomem, não sei seu nome, mas parece ser uma pessoa de valor. E tem também aquela pessoa demônio, o anaquera, que luta pela luz, e é amigo dos outros. E tem aquele outro ser, um queixada que se faz parte da menina. E eles encontraram uma muta – falou Arael. - Vê, Mercator, uma muta da luz os chamou.

Mercator ficou observando, a mente tentando chegar até eles.

> Vê? Nada nunca foi só sobre você, Mercator – falou Arael com tranquilidade e suavidade. - As dúvidas que você tem, as perguntas que se faz, não são só suas, são de todos os que vivem. E você não deve procurar as repostas ou tentar respondê-las apenas olhando o seu reflexo no rio. Observe o rio e tudo o que o cerca, e você poderá começar a encontrar as respostas.

Mercator ficou hirto, os músculos tensos. Devagar tirou sua atenção das pessoas abaixo e se fixou nas duas mulheres.

- Não é só sobre mim... Eu não estou sozinho nas minhas perguntas – falou, a voz estranha e dura.

De súbito, numa explosão, se foi para longe.

LuaEscura olhou confusa para Arael, que permanecia tranquila, seguindo os cinco seres que continuavam a ignorar a atenção que lhes era dispensada.

- Não entendi, Arael... Nós o perdemos?

- Não, minha querida amiga. Acho que agora ele está despertando, ele está descobrindo, se descobrindo. Ele só ficou confuso, e um pouco assustado. Apenas vamos lhe dar um tempo. Ele, LuaEscura, descobriu que o mundo está forrado de flores azuis. Vamos apenas dar um tempo. Que tal descermos as montanhas, um pouco para o Leste? A guerra por lá está um pouco complicada.

- Os danatuás?

- Sim, os danatuás... Além disso há vários thianahus que estão despertando, desejando timidamente deixar a escuridão... Talvez possamos ajudar...

LuaEscura ficou em silencio, analisando o que se passava no Leste. Então, ao mudar o foco, entendeu o que Arael estava dizendo. Entre os danatuás havia as pequenas torres de luzes, que mostravam as pessoas, mas dentre os thianahus muitas das pequenas e frágeis torres começavam a pulsar com um pouquinho mais de força. E se elas podiam ver e sentir esse despertar, os demônios também podiam.

- Realmente, minha amiga. Temos que ajudar – concordou se adensando mais em suas sombras.

O DEMÔNIO SOBE A MONTANHA

Até mesmo minha alma destruo, se isso te salvar. Te perder seria algo maior, que destruiria todas as esperanças que possuo, todos os sonhos que mais prezo. Isso eu não posso permitir.

Já havia algum tempo que haviam abandonado as terras baixas. Não foi fácil deixar os amigos, deixar os companheiros, deixar aqueles lugares que estavam sendo tão oprimidos.

Um dia, em silêncio partiram. Otag, de longe, apenas os saudou, porque era de seu conhecimento a continuação de sua missão.

Itanauara parou, voltando-se para ver ao longe o exército danatuás. Com um suspiro, mais uma vez disse adeus a ele, e principalmente para Canvas, Trília e Túnis, que resolveram atender ao pedido de Otag e formar fileiras com eles.

A guerra, agora, era a guerra dos semnome, e todos sabiam escolher seus lugares.

A missão dos semnome, cismou. Subir em silêncio pela retaguarda, atacar e destruir os portais, reunir em si as resistências que existiam sobre as montanhas, forçando os exércitos inimigos de volta para cima delas, destruir e manchar seus totens, tirar suas forças, e qualquer outra oportunidade válida para o esforço de guerra que se apresentasse.

Por caminhos tortuosos quase abandonados e por caminhos abarrotados de thianahus, pelo fluxo febril dos mensageiros, por soldados e toda sorte de gentes e de voadores, além das sentinelas atentas e desconfiadas nos caminhos seguiam, subindo cada vez mais, procurando atingir o teto do mundo.

Tudo mudava lentamente. O frio aumentava, as árvores se modificavam, a respiração ia se tornando mais difícil no caminho que se vencia cada vez mais lentamente, além da dor de cabeça que parecia existir desde sempre naquelas alturas. E havia o vento, que fazia com que o frio parecesse ainda maior.

Não foi um início de subida fácil. Mas, como sempre, tudo foi se acomodando em uma nova realidade.

- Ondas sobre ondas – falou Itanauara, seguindo os montes que se sucediam em direção ao horizonte, cada monte mais alto que o anterior. E neles, caminhos vários, tomados pelos thianahus.

Pararam junto de Archabarr, que cono batedor viera na frente do grupo. Ele descansava num grande cavado entre enormes pedras.

- Descanse um pouco antes de seguir à frente como batedora – sugeriu Itanauara, vendo que Allenda já se dispunha a tomar o lugar de Archabarr.

- Essas rotas estão muito congestionadas. Temos que continuar a nos movimentar – Allenda falou. – Vou ver se encontro caminhos mais abandonados – falou se despedindo e tomando o passo.

Itanauara meneou a cabeça em consentimento. Sua cabeça latejava, como de vários deles. Altitude, bem sabia. Torcia para logo se acostumassem.

Algum tempo depois Uivo parou sobre um grande monte, dando uma pausa, procurando por Allenda, a quem iria substituir como batedor.

Havia uma grande poça entre as pedras, e junto dela Uivo se ajoelhou, matando a sede.

Então pôs a mão no peito, querendo calar uma dor chata que o pressionava.

Era uma dor suave, incomum, sentia, enquanto examinava as montanhas pequeninas sob o céu azul imaculado.

Allenda havia se afastado um tanto razoável da comitiva, de tal sorte que não conseguia mais ouvi-la. Que eles descansassem dessa subida insana, pensou sobre a comitiva, cativo pelo vento que uivava naquelas plagas desoladas.

Com os pensamentos girando em sua mente tirou os olhos da paisagem sem fim, a amargura espremendo seu coração.

Uivo agachou, pensando, os olhos perdidos na água límpida do olho d'água. Em seus pensamentos apenas um ódio intenso, puro, que se mesclava em confusão e vergonha. Com força tentou se controlar. Como poderia avançar, seguir, se deixasse que fosse manipulado pelos vivos? Como poderia avançar, ameaçar ser, se deixasse o controle de suas emoções com os outros? Quem deveria controlar sua alma?, se perguntou, nela se perdendo.

No fino e borbulhante espelho da água seu rosto movia-se, deformava-se, transformava-se. Um demônio em mutação, pensou triste. Em mutação, falou para si mesmo, se erguendo.

Quando se ergueu, uivo estava sério.

- Sou dono de mim, sou dono do que sou. Sou o que quero ser – recitou com convicção, suspirando.

Subitamente se aquietou, a atenção toda à sua direita. Eram movimentos dissimulados, muito sutis, quase imperceptíveis, que não estavam postos sobre si.

Sabia quem era.

Em silêncio se ergueu e foi se aproximando.

Com bastante cuidado parou na sombra de uma árvore retorcida pelo vento, os olhos fixos na mulher.

Sabia que ela já o notara, e que o ignorava.

Allenda estava hirta, o corpo esticado, tenso, caçador. Nada se mexia nela. Uivo prestou atenção, lançando os olhos um pouco além, procurando o que a atiçara. Então os sentiu pela vibração da terra, subindo a encosta, sorrateiros, movendo-se como sombras que pensavam ser.

Talvez eles tivessem visto algum sinal de que eles estavam por ali, talvez apenas fosse apenas um pelotão em movimento, mas o certo é que logo poderiam dar de cara com a comitiva. Em todo o caso, era um enorme risco, e não tinha como a comitiva buscar evitá-los, não naqueles lugares estreitos com caminhos estreitos agarrados nas faces dos precipícios.

Uivo voltou os olhos para ela e ficou maravilhado pelo controle que ela demonstrava, pela frieza focada que mostrava. Havia um pequeno movimento, pendendo tão lentamente para a frente que o sol levaria o arco inteiro do céu para que ela completasse o movimento.

Uivo não pode deixar de se maravilhar quando ela atacou. Ela simplesmente saltou e voou no ar. Quando tocou no solo girou o corpo e se perdeu na encosta.

Uivo saltou e se agarrou no topo de uma árvore, posição privilegiada para ver toda a batalha. Eram uns seis e ela já matara dois deles quando conseguiu encontrá-los.

Allenda sorriu ao vê-lo atento à batalha, mas foi só isso. Após conferir que ele não iria interferir voltou-se novamente para os inimigos. Dois a seguraram, e os outros se preparavam para atacá-la quando, simplesmente, ela se incendiou. Os dois que a seguravam gritaram e se afastaram para, assustados, darem de cara com ArrancaToco, todo incandescente.

Allenda tirou a atenção deles. Como uma árvore caindo começou a correr na direção dos outros dois, que aprontavam suas lanças, mirando em seu peito. No último segundo Allenda se ajoelhou e tombou o tronco para trás, passando rente às lanças.

Assim que estava às suas costas freou o movimento com um giro, lançando terra e folhas para trás ao se levantar. Suas adagas ígneas, uma em cada mão, enterrou com tranquilidade e firmeza na base da nuca de cada um deles, que tremeram e foram caindo com agoniada lentidão.

Allenda tocou a presa de ArrancaToco, que rescendia a sangue queimado, uma pluma de fuligem se desprendendo de suas ancas e presas.

- Espero que tenha gostado, Uivo – gritou para Uivo enquanto guardava as adagas. – Foi uma beleza, não foi?

- Não deveria ter se afastado tanto da comitiva – repreendeu. – E, quanto à sua luta, eu diria que foi... boa - sorriu.

- Você é que não deveria se afastar muito da proteção da comitiva – riu. – E minha luta não foi boa! Foi bela – reclamou séria.

- Não!!! Foi boa – ele insistiu.

- Não! Boa foi a sua luta, quando atacou aqueles inimigos lá atrás. Não, não foi boa – repensou. – Foi mais ou menos. Afinal, conseguiram te ferir.

- Eram em um número muito maior que o desse bandinho que atacou – falou enquanto se aproximava dela.

- Não se justifique, puminha – rebateu, dobrando o quadril, os olhos maliciosos, a boca num muxoxo de que ele tanto gostava.

- Vem cá, sei que não estamos numa fase boa, apesar de eu ainda não saber dos motivos, mas dizer que minha briga foi... mais ou menos, é demais, não é não?

Allenda sorriu, o jeito bem mais malicioso.

- Não, eu saber que você é temerário e confiante demais e que pode nos colocar em risco, e que parece dar pouca importância a nós, não muda em nada sua atuação, puma – ela sorriu debochada.

- Ah, ainda chateada por eu ter dado cabo daqueles caras lá embaixo?

- Caras? – sussurrou ela. – Você se arrisca, como se a vida tivesse pouca importância.

- Não se preocupe comigo. Eu...

- Não seja convencido. Quando você se arrisca, coloca em risco todos nós, coloca em risco toda a missão. Você ainda acredita que agora é só você? Por que insiste em esquecer de nós? Dê mais valor à sua vida, e à nossa – falou se endireitando e sumindo na curva do morro.

Uivo ficou um tempo ainda olhando para o local onde ela tinha sumido, um sorriso preso no rosto. Mas o sorriso se foi assim que os percebeu. Quando seus olhos buscaram o céu e os viu, bem ao longe, bem alto, seu corpo ficou teso, observando cuidadosamente, a respiração como que presa.

Foi no momento em que os viu descer que se agitou. Depressa tomou o rumo por onde Allenda se perdera, o coração batendo forte e descompassado, o medo atingindo o que era.

À frente viu uma imensa árvore toda recoberta de liquens, porque ali a umidade era muito grande. Em poucos segundos estava em seu topo, procurando-a desesperadamente.

Seu coração se apertou e bateu mais forte, a pressão nos ouvidos subindo, a vista apurada ao máximo. Suspirou de alívio assim que a viu, pequenina no meio das árvores, andando despreocupada. Mas logo todo o medo voltou, ao ver confirmadas suas suspeitas. Sem pensar saltou de árvore em árvore, se aproximando veloz. O baque foi estrondoso quando caiu ao lado de Allenda, que apenas o cumprimentou, sem tirar os olhos do alto enquanto continuava a caminhar.

- Eu os vi! Acho melhor você ficar um pouco distante - aconselhou, se inflamando lentamente.

Uivo, por precaução, atendeu o conselho, vendo a aproximação de um grande caititu, que se incandescia quanto mais se aproximava de Allenda, se juntando ao ArrancaToco.

> São bem numerosos – ouviu Allenda falar.

- Sim, vamos poder nos divertir bastante com eles – Uivo falou abrindo as garras envoltas em rala neblina que brilharam em vermelho, refletindo as chamas de Allenda e adensando um pouco mais a neblina escura que o envolvia. – Tem seis desses trapos que voam, e na terra estão vindo alguns coloridos. Estão nos cercando. Acho que não sabem da comitiva – sorriu feliz.

- Deveria ter ido embora. Eles estavam atrás de mim.

- Não te deixaria com toda essa diversão só para você. Você iria ficar convencida demais.

Allenda pôs os olhos nele por um instante, e sorria quando os mantas se fecharam sobre eles. Allenda se curvou enquanto dava um pequeno giro para a esquerda, a adaga de fogo cortando um manta que tentara atingi-la. O grito foi estridente. Allenda pegou a borda da aba e puxou o manta, que atirou no chão. Segurou-o contra o chão, mirando em seus olhos venenosos. O grito foi estridente quando atingiu um dos olhos com uma seta de fogo. Virou-se e viu Uivo segurando dois mantas, que num impulso rodou no ar e bateu-os contra o chão. Eles tentavam se levantar quando ele agachou entre eles, desviando-se do golpe de cauda de um deles. Quando subiu suas garras os rasgou de cima abaixo.

Allenda ainda derrubou outros dois antes que o grosso dos thianahus irrompesse das sombras da mata.

O queixada e o caititu rodavam e fuçavam, atingindo muitos deles, que caiam em dores e agonia. As lanças os atingiam, mas eles continuavam matando, tomados de desvario.

Allenda correu para o meio dos dois, rasgando e quebrando, enquanto Uivo destruía o último manta.

- Cuidado!!! – Uivo gritou a plenos pulmões para Allenda ao ver uma estranha criatura descer. Ela era maior que os mantas, e parecia bem mais forte.

Um sombra estava ali, viu com temor.

Viu como se fosse em quadros Allenda levantar os olhos e tornar-se ainda mais incandescente, até que a criatura a cobriu. Como se fosse em sonhos viu que havia um fogo intenso dentro da criatura, e viu a sombra de garras atingir esse fogo. A criatura girou e lançou longe o fogo que enfraquecia. Tudo em pouquíssimos segundos, que desesperaram Uivo.

Sua alma gritou ao ver surgir ainda outro daquele ser, e mais um terceiro.

Uivo olhou para o seu lado. ArrancaToco e o caititu resfolegavam, as flechas que haviam atingido ArrancaToco se evaporando no meio do fogo, os olhos em brasa encarando os demônios.

- Vá!!! – gritou para ArrancaToco, apontando para onde estava Allenda, o fogo quase apagado, enquanto corria contra os três em companhia do caititu.

Uivo sentiu o baque, como se tivesse batido contra um grande paredão. Se revestindo com toda sua força e ódio se recobrou e atacou o que se dirigia contra Allenda, as garras entrando fundo nas costas da criatura, que guinchou e se dobrou. Satisfeito Uivo viu que os outros dois estavam parados, como que hipnotizados, deslumbrados com a luta dele com seu igual. Uivo puxou suas garras curvas, rasgando e dilacerando a criatura que se contorcia e tentava subir. Com um golpe seco abriu suas garras traseiras, que passou a cortar em movimentos frenéticos. Por fim a criatura cedeu e caiu no chão com estardalhaço.

O caititu correu para onde estavam e prendeu com suas presas a cabeçorra do demônio contra o chão. Uivo se levantou, conferindo que os movimentos do sombra se enfraqueciam cada vez mais, até que parou e silenciou.

Uivo se virou e encarou os outros dois, o caititu postado ao seu lado. Uivo sorriu, se envolvendo em um grossa penugem escura, sentindo o calor ao lado de sua perna. Não era de um fogo vivo como de um queixada, mas era um calor que chegava a incomodar. Com um movimento se afastou um pouco, e riu quando ouviu o grunhido satisfeito e orgulhoso do animal.

Como se tivessem acordado, os dois sombras avançaram ao mesmo tempo. Mas o avanço foi tão violento e rápido que os pegou de surpresa. De repente se viu enrolado numa manta que fedia e parecia tirar a alegria de tudo o que havia. E ele sabia que o outro ia contra o caititu e contra Allenda. Em vão tentou se desvencilhar. Num movimento quase instintivo segurou os esporões, os mesmos que vira atingindo Allenda. Eles ficavam dentro da manta e pareciam extremamente perigosos.

Como se fosse ao longe ouviu um gemido, como um guincho, e soube que o caititu que lutava com o outro fora atingido. Seu desespero aumentou, mas de nada adiantou utilizar suas últimas reservas de força. Não conseguia se desvencilhar.

E havia Allenda.

Quanto tempo teria? ArrancaToco conseguiria parar o ataque e salvar Allenda?, ficou se perguntando, o medo e o desespero aumentando, imaginando que o demônio logo a alcançaria, e a mataria.

Quando isso o atingiu todas as suas barreiras se foram.

O demônio que era simplesmente surgiu e assumiu, e ele permitiu que toda aquela força e fúria dominassem.

Com um golpe se libertou.

Num piscar estava à frente de Allenda e ArrancaToco, bloqueando o ataque do segundo demônio.

Ele era neblina fria e escura, era o fim, o vazio, o mal. Seus olhos ansiavam destruir. Com prazer viu a dor do caititu estirado ao largo, a dor de ArrancaToco encostando de forma protetora seu corpo ao de Allenda; com prazer estranho onde havia preocupação por ela, viu o sofrimento de Allenda, e com um prazer absurdo viu os dois demônios, que o olhavam confusos.

Num pensamento se esticou, adagas de neblinas frias, espadas escuras, que atingiram os dois demônios. Antes que conseguissem escapar os segurou contra as espadas de sombras, puxando-os para si. Os demônios guinchavam e se mexiam frenéticos, e usavam as garras e suas bocas e suas maldades, e tudo em vão. O demônio que era Uivo apenas observava, enquanto lentamente os rasgava.

Quando eles tombaram desfeitos na terra Uivo se virou e ficou cismando sobre os animais e sobre Allenda.

O caititu havia rastejado, e também protegia Allenda. ArrancaToco o observava, desafiador, as patas fincadas no solo, as presas enormes rasgando o chão, os olhos de fogo desejando sua alma.

Os animais se posicionaram como barreira à frente de Allenda, as cabeças abaixadas, os olhos presos no demônio, as presas brilhando. ArrancaToco crepitava em chamas.

ArrancaToco o olhou confuso, e por fim relaxou, o que deixou o outro também mais tranquilo, ao ver assomar um sorriso que tanto conhecia.

Os animais relaxaram em definitivo ao sentir a alma de Uivo, e se concentraram em Allenda, lentamente curando a todos. Uivo se agachou ao lado de Allenda, os olhos vermelhos nos olhos dela, que o observava, fraca, sonolenta. Com carinho amparou sua cabeça, um alívio profundo tomando sua alma.

Desconfiado examinou as feridas onde as garras a haviam atingido, e ficou aliviado ao não ver qualquer traço de veneno.

- Que bom – disse o demônio. – Não conseguiria te perder – sussurrou ele na estranha voz, enquanto Allenda adormecia, um sorriso tranquilo no rosto.

Em sua mente ficava indo e voltando a velha questão, que tinha que resolver. Se tivesse se poderado como demônio bem no início, assim que vira os sombras, Allenda não teria sido atingida, se recriminou. Sabia que tinha que resolver rapidamente seus receios quanto à essa sua parte demônio.

Então olhou para o caititu e para ArrancaToco, que permaneciam atentos à Allenda. Não pode deixar de sentir uma certa tristeza ao saber que logo eles não poderiam mais continuar com eles. Os caminhos subiam cada vez mais, e em dado momento o sofrimento de todos eles iria aumentar. A altitude iria cobrar seu preço, e os queixadas e caititus seriam deixados para trás, para que voltassem para seus lares. Ficou preocupado, sabendo da grande diferença que eles faziam ao lado de Allenda.

Assim que viu que Allenda estava curada, apesar de ainda adormecida, o demônio deixou sua cabeça descansar suavemente numa moita enquanto, abraçado aos dois bichos, se puseram a guardá-la.

O OUTRO MUNDO

Tudo que se observa se altera, cresce e se agiganta, se tornando cioso da vida que lhe demos, da parte capturada de nossa alma. Que pena que você se esqueceu.

Allenda acariciou a cabeça ossuda de ArrancaToco, com quem estava preocupada. Quanto mais subiam mais difícil parecia ser para ele, e para o caititu e o queixada de FogãoDeLenha e de AchaDeLenha, o curupira e o caipora recém-incorporados à comitiva.

Allenda examinou as feições dos dois, e viu que eles sentiam que o momento de se despedirem dos seus companheiros estava se aproximando, porque a altura estava cada vez mais judiando deles.

Com discrição observou Atanua, a sedenerá que antes formara na comitiva de Danbara, e que se juntara a eles por vontade própria há pouco tempo, junto com AchaDeLenha. Ela era uma figura singular, de modos sinuosos e que inspirava bastante cuidado.

Como toda sedenerá ela tinha os cabelos longos e escorridos até abaixo do queixo, escondendo todo o rosto, de onde, de quando em quando, se podia vislumbrar apenas os dois olhos totalmente negros. E ela era uma mulher lindíssima, percebiam, e muito silenciosa e de poucas palavras. Ela parecia não se importar muito com a altitude.

Allenda suspirou, olhando para o alto, para as montanhas que não paravam de subir no céu. Logo, tal como os caititus e queixadas, até mesmo eles iriam começar a sentir realmente os efeitos das alturas, previu com uma certa tristeza.

A subida, que havia começado sem esforço, só feita de morros suaves e gentis, que fazia parecer como se estivessem andando sobre ondas, logo foi se alterando, cada vez se tornando mais íngreme, subindo-os cada vez mais no ar. As árvores foram se modificando com maior velocidade e dramaticidade, tal como o ar e os animais que viviam naqueles lugares, cada vez trazendo-lhes mais desconforto e dor.

Em dado momento uma neblina espessa e fria a tudo cobria. Por uma vasta floresta entraram, floresta que era muito diferente das florestas que conheciam. Esta era apoiada nas encostas íngremes, subindo sempre, gigantes, recobertas de liquens espessos e úmidos, como cabelos molhados. O cheiro era de terra e vida molhadas. Ainda quase no início da floresta todos já se mostravam totalmente encharcados.

Com determinação subiam, sentindo que o ar se modificava ainda mais fortemente. A umidade era grande, e Uivo se manteve poderado, pois seus pelos ajudavam a não se esfriar, apesar do peso extra que acumulava.

- Acho que este é o ponto – falou Itanauara parando. – Nossos amigos começam a sofrer demais para nos acompanhar – avisou, fazendo referência aos queixadas e ao caititu.

A comitiva parou em silêncio, aguardando.

AchaDeLenha e FogãoDeLenha desmontaram, os semblantes solenes.

Talvez a despedida dos três seres do fogo e seus amigos tenha sido a despedida mais pungente que tinham visto. Havia dor naquelas separações, muita dor...

Allenda ficou um bom tempo abraçada ao imenso pescoço de ArrancaToco, que resfolegava tristemente.

Uivo se aproximou dos dois, e acariciou também a cabeçorra do queixada, que encostou com suavidade uma das presas em seu rosto.

Durante bom tempo a subida foi em silêncio, os três poderosos seres, de quando em quando olhando para trás, para os animais que se mantinham indecisos no lugar onde haviam sido deixados. De vez em quando eles tentavam subir, mas escorregavam na encosta íngreme, bufando com esforço no ar que estava um pouco mais ralo. Num determinado momento deram um grunhido baixo e se foram para a guerra que estava para começar lá embaixo, provavelmente esperando encontrar algum curupira ou caipora que precisasse de seus serviços. E foi isso que livrou Allenda, AchaDeLenha e FogãoDeLenha da dor da separação, deixando-os livres para se concentrarem no caminho que subia para o céu.

As árvores altas e portentosas se foram, junto com a espessa neblina, trocadas por um ar mais ralo e por árvores mais finas e esparsas. Depois, as árvores ralas também foram raleando, até que elas também desistiram e foram substituídas por arbustos ralos e resistentes.

Olhando em volta era bonito ver como os morros iam ficando cada vez mais altos à medida que se sobrepunham uns aos outros, com suas faces se mostrando mais esgarçadas e denteadas. Morros em montes, montes em montanhas e serras. O ar se tornando cada vez mais frio e ralo.

Quase todos estavam sofrendo com terríveis dores de cabeça, zonzeira e falta de ar, o que foi tornando a subida cada vez mais angustiante.

A noite caiu e o frio aumentou de forma dramática. O sofrimento foi intenso, ainda mais por não poderem acender qualquer fogo sob pena de serem denunciados. O mais angustiante foi quando o sol ameaçou surgir, momento em que a temperatura caiu de uma vez. AchaDeLenha e FogãoDeLenha então, e Allenda junto com as mulheres, cuidadosamente foram elevando a temperatura dos corpos, o que foi muito satisfatório porque, além de consumir muito pouco de suas energias, fez tudo ficar suportável, ainda mais quando se aconchegaram numa reentrância de algumas rochas.

- Essa dor na cabeça está quase me matando - reclamou Ybynété logo na retomada da caminhada, sentando-se no chão com suavidade, para não balançar muito a cabeça.

- Não é só você, meu amigo - falou AchaDeLenha. – É por causa da falta de ar. Eu já senti isso nas terras altas, mas aqui falta mais. E ainda tem esse frio medonho que nunca senti antes. Vejam só, nem fogo direito eu tenho mais - reclamou choroso.

- E tudo isso ainda vai piorar - disse Archabarr olhando para o alto. - Quanto mais subirmos mais vai faltar ar e mais frio vai fazer. Temos que ir mais lentamente, para dar tempo da gente ir se acostumando.

- Isso se tiver algum jeito de acostumar – reclamou Ybynété meio desanimado.

Quietos ficaram olhando para as terras atrás, e viram o quanto estavam subindo. Então olharam para cima e viram que Archabarr estava certo. Acima deles estendia-se um teto imenso de uma nuvem gigantesca que seguia até quase o horizonte. Não demoraria para que pudessem esticar a mão, furar esse teto e entrar por ele.

- Temos que arrumar desses panos com que esses que moram nessas montanhas se enrolam, tipo os ellos. Eles se esquentam com eles – observou Uivo. - Só precisamos pegar alguns. Podemos atacar esses que achamos de vez em quando por aqui.

- E tem uma outra coisa que eu vi – falou Itanauara. – Eles mascam, de vez em quando, umas folhas. Eu ouvi um deles reclamando de falta de ar, e o outro deu um pouco dessas folhas para ele.

- Bem, então – inventariou PisaManso – precisamos de panos e de folhas.

- Só precisamos ter cuidado quando formos pegar essas coisas – alertou PisaManso. - Não podemos chamar a atenção sobre um grupo que fica atacando os caminhantes. Foi sorte não desconfiarem do sumiço dos que quase deram conosco – falou, virando o rosto para Allenda e Uivo.

- Mas vai ser tão bom pegar essas coisas... Quanto mais depressa melhor – Ybynété reclamou baixinho.

- Eles podem acabar achando que se trata de uma patrulha das terras baixas, e virão atrás de nós. Não podemos chamar a atenção sobre nós, Ybynété, por mais que desejemos nos aquecer e diminuir a dor de cabeça – concordou Dhorn.

- O que vamos fazer então? - perguntou Legião tremendo de frio. Vendo a estranheza com que o olhavam, retrucou: - As tatuagens desses peludos não podem me ajudar, tampouco a vocês...

- Está certo! – falou Itanauara reprimindo o riso, tal como os outros.

– Precisamos roubar essas roupas e as folhas deles - falou Axouara.

- Não vai dar no mesmo? Eles não vão ligar o sumiço das roupas com um grupo de seres que vem das florestas, onde não faz tanto frio assim? - perguntou Atanua.

- Não se pegarmos só algumas peças de quando em quando, em locais diferentes - considerou Archabarr. - Vocês viram essas ocas de pedras que eles constroem e que cobrem de palha e capim? Pois eu vi que em algumas tem roupas arrumadas lá dentro... E vi grandes cestos de folhas.

- Isso seria bom... E acho que temos que dar as primeiras para Allenda, AchaDeLenha e FogãoDeLenha... - falou Ybynété com simplicidade. - Afinal, eles são os que mais estão sofrendo com esse frio. Mas as folhas, por favor, peguem bastante. Se elas realmente cuidarem dessa dor de cabeça vai ser muito bom...

- Está certo! Vamos andando então, e a partir de agora vamos ficar de olho nessas ocas deles, pra gente poder se abastecer - concordou Uivo se levantando e olhando com determinação para o teto branco que corria lentamente acima de suas cabeças. - Tudo bem, gigante?

- Tá bom... – sorriu triste Ybynété, se levantando.

Com alguns passos chegaram bem embaixo das nuvens.

Ybynété, totalmente maravilhado, levantou seus longos braços e tocou o teto branco e macio, e riu como só uma criança riria. E brincava com a nuvem imensa que seguia até o horizonte. Ao longe, bem longe, se maravilhou com uma nesga de azul por onde um raio de sol atingia a terra como uma flecha atirada por um deus artista. Todos ficaram um tempo se divertindo com a nuvem, esquecidos da missão e das dores e desconfortos que sentiam.

Itanauara chamou os outros por fim, sendo ela a primeira a desaparecer dentro da nuvem. Não demorou para que todos a ultrapassassem rapidamente, porque dentro dela o frio parecia aumentar de maneira terrível, como uma pancada gelada que ia até aos ossos.

Por longo tempo subiram dentro daquela neblina espessa que pouco se movia.

Então, em dado momento, a nuvem gigantesca que fora teto se tornou piso. Ybynété, totalmente espantado com o que via, deu alguns passos para a borda de um precipício de onde a nuvem se esticava para longe. O precipício não podia ser visto, mas todos sabiam que ele estava lá. Ybynété ficou parado perto do precipício invisível, e todos temeram que ele desse um passo, acreditando num falso chão. Mas Ybynété sabia. Apenas ficou olhando, pensativo, para aquele piso floculado que se estendia até se tornar horizonte. Acima, o céu de um azul maravilhoso, límpido como nunca haviam visto, dentro daquele ar frio. Por um bom tempo ficaram lá, olhando, perdidos nessas visões, que a mente se esforçava em não deixar escapar.

- Deve ser incrível para vocês que podem voar – murmurou maravilhado. – Não é, Uivo?

- Sim, é sim, amigão. Se você olhar com bastante cuidado para isso que está na frente, logo vai poder sonhar que voa sobre essas nuvens.

- Ah, isso é bom – agradeceu, voltando os olhos para as nuvens, que observou com bastante cuidado por alguns minutos.

Quando se virou para a subida, olhou diretamente para Uivo.

- Obrigado, Uivo. Acho que hoje vou poder voar quando eu dormir...

- Vai sim, grandão – sorriu Uivo, se votando também para a subida.

Então, lentamente, um por um foram subindo, escalando a face pedregosa. Continuaram subindo sem descanso, deixando para trás a grande nuvem.

Algumas raras vezes viram thianahus pelos caminhos. Aparentemente aquele não era um dos caminhos principais, o que lhes deu tranquilidade.

Os caminhos, que no princípio eram trilhas disfarçadas, foram ficando cada vez mais elaborados, até que deram com trilhas calçadas com muito trabalho e que se utilizavam de muitas escadas escavadas na rocha. Quando deram com elas as olharam surpreendidos. Era um caminho fácil de andar, calçado com pedras como nunca tinham visto. Para satisfação do grupo viram ao lado ocas construídas de pedras cortadas, totalmente desocupadas. Dentro encontraram algumas mudas de roupas, de mantas deixadas arrumadas em prateleiras de pedra, de mantimentos e cestos de folhas. AchaDeLenha logo estava recoberto com uma delas, e seu rosto mostrava o quanto se sentia melhor. Aproveitaram o local para descansar, deixando Dhorn cuidando da segurança, de bem alto. Alguns, tão cansados, até tiraram um cochilo.

Do lado de fora o vento começou a açoitar com mais violência, parecendo feito de navalhas frias que haviam sido lançadas pelo deus da montanha para cortar suas carnes e seus ossos. A comitiva deu graças por estarem protegidos dentro da guarita dos thianahus.

Itanauara tomou algumas folhas e as colocou na boca, sob o olhar preocupado dos outros. Bem devagar as mascou, pronta a cuspir ao menor sinal de mal-estar.

- Gosto ruim, amargo – disse, mascando um pouco mais rápido. Colocou mais uma folha pequena na boca. - Se essas gentes das montanhas fazem uso delas, e estavam muito acostumados e não lhes fazia mal, então está tudo bem.

Então, lentamente, sentiu que sua respiração ficava mais fácil e a dor de cabeça começava a ceder. Até mesmo a fome que a estava incomodando amainou.

- É, estou vendo que logo logo iremos todos ficar iguais a eles – riu Legião, também se servindo.

- Como? Não entendi! – reclamou PisaManso botando algumas na boca.

- Ora, com os dentes verdes!

- Ah, acho que sim, né? – concluiu sorrindo.

- Nossa, agora sim. Agora estou me sentindo bem melhor, com mais energia. O cansaço que eu tinha está diminuindo – falou Axouara. – E você, Ybynété? Melhor?

Ybynété, mascando um grande bocado, apenas lhe deu um grande sorriso, aliviado, recostando satisfeito na grossa parede de pedras.

Então, convencidos, os outros tomaram uma parte das folhas e começaram a mastigar. Alguns fizeram cara de horror pelo gosto amargo, mas logo sentiram os lábios adormecerem, e não demorou para sentirem alívio em suas aflições.

Ybynété, com o rosto bem mais feliz, estendeu a grande mão cheia de folhas para Dhorn, que acabara de chegar. – Mastigue! Vai se sentir bem melhor, meu amigo, você vai ver.

- Acabamos de descobrir que não poderemos ficar sem as folhas – riu Legião pegando uma pequena bolsa colorida trançada com losangos vermelhos, marrons e de barras pretas, onde colocou mais das folhas.

Assim que a ventania amainou saíram rapidamente e se puseram a caminho. Na subida encontraram mais três guaritas, de onde pegaram algumas mudas de roupas de cada uma, e mais folhas.

Refeitos, retomaram o caminho.

De repente PedraVelha, que seguia na frente, fez sinais apressados e se escondeu atrás de grossas pedras na beira do caminho, indicando que haviam chegado numa encruzilhada movimentada. Itanauara fez sinal, indicando uma outra estrada do outro lado, não tão boa quanto a que utilizavam, mas que parecia quase sem movimento.

A estrada principal quebrava à esquerda, descendo em direção às planícies alagadas, lotada de gentes e homens subindo e descendo, carregados de armas e mantimentos, de soldados e de feridos. A guerra estava bem lá embaixo e, pelo movimento dos soldados, deveria ainda se desenvolver por um bom tempo. Aparentemente eles não estavam dispostos a desistir com facilidade.

Por muito tempo aguardaram, até que o movimento foi parando. Numa brecha conseguiram passar para a outra estrada, onde depressa se afundaram.

Allenda percebeu primeiro que todos alguma coisa surgindo na face de Uivo. Mas logo todos o viram parar, a atenção posta abaixo do grande tapete de nuvens já bem abaixo deles.

- O que foi, Uivo? – Allenda perguntou preocupada.

- Não se preocupe. É alguma coisa que sinto, longe daqui. Eu preciso ir ver – falou.

- Então não me deixe aqui. Quero ir com você – Allenda falou determinada, encarando-o.

Uivo a examinou, e examinou a comitiva, que parecia aceitar com tranquilidade a separação momentânea dos dois.

- Tudo bem... Quanto a vocês, não se preocupem. Logo voltaremos. Sei como encontrá-los – falou se poderando em demônio um pouco mais claro do que quando enfrentava algo.

Lentamente se elevou e, abrindo uma manta ligada aos lados do corpo, com delicadeza tomou Allenda e a envolveu.

Allenda se viu coberta e não conseguiu não sorrir ao ver que, apesar dos outros pensarem que ela estava totalmente oculta, ela os conseguia ver como se visse através de uma gaze extremamente fina. E ali dentro estava quente e protegida do vento e do frio.

- Akindará – Allenda falou para a comitiva.

- Akindará – respondeu a comitiva num sussurro.

- Akindará – cumprimentou Uivo.

Logo, em um movimento silencioso e rápido Uivo se esgueirou por entre as pedras, atravessou a barreira de nuvens e sumiu entre as grandes árvores musgosas das faces das montanhas.

- Para onde estamos indo, Uivo? – perguntou Allenda, tomada de curiosidade.

- Vamos ver um gigante que acha que quase não tem amigos. Só te peço que não se aproxime dele, nem seja descuidada quanto a isso – avisou. – E sempre fique atrás de mim.
- Mercator... – murmurou Allenda, tentando ver para onde estavam indo através da pele que a protegia.

REDENÇÃO DE UM DEMÔNIO

Um lagarto preso num raio de sol, as listras da zebra se movendo na brisa como ramos nas sombras, a onça disfarçada na floresta, a imutável face da montanha de pedra. Qual meu lugar nesse mundo que criei?

I

Mercator sorriu quando Escuridão e Trevas atingiram com violência o solo à sua frente. Devagar o gigante tirou os olhos da flor e se levantou. Ao encarar os dois uma intensa irritação e um pesado amargor dominaram seu olhar, pois que havia perdido a paz e os pensamentos livres em que estivera mergulhado até aquele momento.

- Então aqui está Mercator, tal como o conhecia, apesar de estar com essa forma diferente, essa aparência esquisita – falou Escuridão. - Até que está bem, não como nós, não como os homens e anjos. Mas está melhor, não está, Trevas? – riu debochado junto com o outro. - Está certo – concordou com sua própria avaliação. - Ah, mas essa fúria, esse desprezo... Assim é que eu gosto.

- Eu estava preocupado, sabe? – disse Trevas. - E quanto aquele anjo que andava com o feiticeiro, era um cretino. Que bom que acabou com eles. Esse anjo nos trouxe alguns contratempos. Agora vamos, precisamos ir. Temos coisas para decidir e...

Os dois pararam, os olhos examinando Mercator. Foi então que toda certeza e confiança que tinham se foram.

Algo estava definitivamente errado.

> Ah, não me diga que você caiu no teatro do anjo esquisito, caiu? – estranhou Escuridão. - Ele estava morrendo, e apenas veio para abreviar o tempo de agonia que tinha e...

Mercator encheu o peito e respirou devagar, controlando seu ódio e impaciência com a presença dos dois demônios.

- Calem-se! – Mercator falou, a voz simples e firme.

Escuridão e Trevas sentiram o ódio crescer.

Com esforço se controlaram, observando com desdém uma pequena flor amarela aos pés do demônio.

- Você me manda calar... – Escuridão resmungou. - Tudo bem, tudo bem. O que o aflige? Essa florzinha o afetou de alguma forma? Ah, o que aconteceu? Mudou a cor dessa merda? – debochou.

- Não há nada para vocês aqui, nem qualquer possibilidade de sucesso, nem a vocês nem aos anjos. Vão enquanto podem!

- Se não está conosco está contra nós – Trevas ameaçou. - É isso que quer? Às vezes não pensamos nos passos que damos, mas cada um deles pode mudar um mundo. Pense nos seus. Sabe, estou começando a me cansar dessas atitudes suas.

Mercator examinou com interesse os movimentos dos dois demônios. Tudo em Trevas e Escuridão estava pronto para o ataque. Eles estavam numa imobilidade letal.

Mercator sorriu para os olhos de Escuridão, examinando-o com prazer. Ali também via indecisão.

Foi então, para surpresa dos três, que um ser de sombras, que sabia se ocultar, pousou ao lado. O viram abrir a capa e dela sair uma flor-do-fogo, os olhos fixos nos três.

Então ela deu um passo para o lado, colocando Uivo entre ela e eles, três flechas incendiadas no arco, o corpo totalmente em chamas, as tatus num branco incandescente.

- Ora, o que é isso – riu Escuridão. – Um demônio com um carrapato?

Mercator ficou tenso com a intromissão.

Virando o rosto se lembrou deles, de alguns dias atrás, quando Arael fizera questão de mostrar um grupo que resgatara uma muta, que sabia fazer parte de uma comitiva. Deu uma bufada, os olhos nos dois que acabavam de chegar. Então algo nele se atenuou, e ele apenas abanou quase imperceptivelmente a cabeçorra em sinal de reconhecimento, se virando para encarar os demônios.

- Olha só, Escuridão, o torturador de arcanjos fazendo amigos – Trevas sorriu com sarcasmo.

- Vão embora – falou, a voz pesada e dura, - se temem destruir possibilidades ao me atacar agora – sorriu Mercator, o deboche evidente.

Trevas examinou os três por algum tempo, observando Uivo com evidente interesse.

- Vamos, Escuridão. O tempo que se conta, muitas vezes, não é o tempo que se tem.

Mercator manteve o sorriso, vendo com indiferença Escuridão e Trevas se impulsionarem e sumirem no céu anil.

Então se virou para Allenda e Uivo, que estavam tranquilos, observando-o. A flor-do-mato, conferiu, guardara suas armas, apesar de que o estranho demônio estava poderado, apesar de não totalmente. E não era por ele que aquele demônio receava, mas por ela, ele viu.

Suspirou.

- Não sei o que os trouxe aqui, neste momento. Vão embora. Não vou contra vocês.

- Arael e LuaEscura nos falaram de você, Mercator – falou Allenda, a voz suave e gentil. - Não somos seus inimigos. Vamos, Uivo. Akindará, Mercator...

- Akindará... – cismou Mercator em voz pensativa. – Ao vento e à vida sem fim – pareceu saborear. – Não sei quando ouvi isso pela última vez. Vão agora e me deixem...

- Akindará – Uivo se despediu, a voz estranha e um pouco rouca.

- Akindará – Uivo e Allenda ouviram o demônio retribuir o cumprimento.

Com cuidado Uivo tomou a flor-do-mato, que lhe deu um sorriso enquanto era envolvida.

Enquanto partiam Mercator ficou embalando o sorriso da flor-do-mato, que vira nas dobras do demônio de farpas.

- Foram vocês que os enviaram, não foram? – perguntou para os anjos que o vigiavam de longas distâncias.

- Os amigos se ajudam... – ouviu o sussurro das altas distâncias.

- Amigos... Anjos, anjos... Foi grande o sacrifício – falou para o céu, para os dois seres que se mostravam. – Agradeço a vocês pela paz da minha consciência.

- Estaremos sempre aqui, se precisar.

- Não preciso de vocês! Podem ir. Agradeço os milênios com que se preocuparam comigo, mas esse tempo acabou. Vão em paz. Não sou inimigo de vocês enquanto meus inimigos não se tornarem.

Então, com um passe de mão, fez pequenas flores, azuis, brancas e amarelas surgirem por entre as pedras.

> Essas são flores de anjos – declarou num sussurro. – Por que algo fez aquele anjo e aquele mago se decidirem ao sacrifício? Por uma possibilidade?

- Porque negar essa possibilidade colocaria em risco uma grande parcela da vida que eles prezavam – declarou um dos anjos, antes de desaparecerem no límpido azul. – Foi por amor à vida, Mercator...

Mercator fechou os olhos.

E lá a pedra pulsante; o marulhar das águas, os raios de sol como setas na flor dos lagos; o vento nas asas; uma música suave envolvendo a vida; a força intensa e quase insuportável de se sentir... bem; o sorriso de despedida da flor-do-mato; os olhos em brasa e gentis do demônio dahrar; bem como lá os sorrisos, a redenção de uma juguena, os olhos de jabuticabas, bondosos e felizes de...

Subitamente, na explosão de um rosto de uma demiana[1], sua alma se viu luminosa, procurando se reconhecer.

- A vida, a vida – suspirou tocado, agora consciente de sua força. – A consciência em que ela está imersa...

Parou um momento, a mente vasculhando, sentindo. Suspirou, como poucas vezes se lembrara de o ter feito.

Devagar se ajoelhou e tocou o solo. Uma onda baixa reverberou a partir da montanha, e então soube de tudo o que acontecia.

Os anjos não iriam intervir na guerra que se mostrava diretamente, a não ser no último momento, descobriu. Era assim que faziam. E isso porque, para eles, tudo tinha que cavar seu próprio caminho, bem diferente dos demônios, que usavam o que quer que pudessem para transformar, manipular, criar, dirigir e, por fim, dominar e destruir.

- Mas não sou anjo ou demônio, e nem mesmo eles, tal como imaginam. Trovão, Trovão... É você, não é mesmo? Escondido em cada partícula de vida, experimentando o bem e o mal, porque bem e mal não são. Consciência eu sou. Agora eu

---

[1] Éfrera foi uma demiana dos tempos da queda. No princípio ela se bateu com Mercator, mas viu nele algo que os anjos também haviam visto: possibilidades. E, em uma dessas possibilidades, os dois se uniram, após Mercator se tornar o que sempre buscara ser, sem nem mesmo se aperceber.

sou! Você, realmente, nunca abandonou nenhuma de suas consciências, não é mesmo?

II

- Mercator? – Itanauara e todos os outros, ocultos num buraco de pedra na face de uma montanha, se assustaram quando os dois lhes contaram o que tinham ido fazer.

- Você fala do mesmo Mercator, que contam que matou um Arcanjo e que mata todos os que se aproximam dele? Vocês estão falando daquele que matou o seu avô, que matou RoupaSuja e BraçoDePedra?

- Esse mesmo, PisaManso.

- Vocês são loucos – murmurou Itanauara mostrando todo seu desconforto. – Por que achou que tinha que ir lá, Uivo? Você enlouqueceu de vez? E ainda levou Allenda junto?

- Eu quis ir - rebateu Allenda com tranquilidade.

- Não diminuiu a loucura, agora de vocês dois. Então, enlouqueceram mesmo? O que deu em você, Uivo? Ainda mais com Trevas e Escuridão por lá – falou irada. – Até que dá para pensar em você ir como demônio ajudar o Mercator, mas.... Mas levar Allenda junto? Em que alucinação sua ela poderia ajudar?

- Agora eu fiquei chateada – Allenda Sorriu.

- Allenda, eu estou falando muito sério. O que aconteceu?

- Sexto sentido, eu acho – Uivo sorriu. – Pessoal, ele está despertando, o coração dele está se abrindo. Eu senti isso, e eu sabia que Arael falou sobre mim e Allenda, e sei que ela fez um paralelo entre eles.

- Muitos que tentaram ajudar esse demônio morreram, Uivo – rebateu desconsolada. – Sempre acham que ele está para fazer uma escolha...

- Ele está fazendo escolha, como uma muta?

- Não, Ybynété. Para mim, acho que ele já escolheu – Allenda falou com suavidade, se lembrando de Arael, recolhendo entre as suas mãos a mão de Uivo. Sinta a terra, sinta a energia dele, Itanauara – Uivo incentivou.

Itanauara ficou confusa, observando Allenda por algum tempo. Então, a contragosto se ajoelhou e tocou a terra, agora curiosa sobre a possibilidade aventada por Uivo.

Apesar da grande distância e da atenção que um demônio lhe devolvia, não pode deixar de se maravilhar.

- Inacreditável... – suspirou.

A MORTE DE UM RENEGADO

*Você é minha força e minha fraqueza,
como sei ser a sua. Tupã sabia o que
fazia quando nos pensou?*

Uivo deixou, satisfeito, os olhos perdidos na extensão do mundo, imenso, de horizontes amplos e distantes. A partir de um determinado ponto haviam subido ainda mais, mas haviam aprendido como superar algumas dificuldades. Observando os thianahus haviam aprendido sobre folhas de coca e sobre vestes mais adequadas, o que fazia uma enorme diferença para aqueles que não conseguiam se adaptar. Poucos agora reclamavam das dores de cabeça, como também Allenda e AchaDeLenha pareciam ter superado a impossibilidade de ter a companhia dos seus amigos de presas.

Mudanças e adaptações, havia muitas. A última mudança fora pensada tendo em vista o último ataque. Cientes de que quanto mais subissem mais perigosos os caminhos seriam, os batedores agora só trabalhavam em dupla.

E foi assim, em uma ronda de Uivo e Allenda, que a viram, alta no céu.

- Não estou gostando dessa harpia – Uivo falou, seguindo o voo da ave. – Ela está caçando.

- Não sinto boas coisas dela, Uivo – Allenda concordou. - Deve ser uma das renegadas. Lembra-se dos ovos que foram roubados das harpias[2]?

---

[2] Esse roubo ocorreu a mando dos sombras, que desejavam possuir algumas das poderosas harpias sob suas ordens. Desses ovos roubados nas terras baixas nasceram três harpias, que foram conhecidas pelos danatuás como "as renegadas". Esclarecimentos de como se deu o roubo, e as

- Sim, me lembro. Essa pode ser uma delas e...

- Ela nos encontrou – Allenda gritou, alertando Uivo sobre a descida quase em queda livre da harpia na direção deles.

Uivo, tomado de apreensão pela segurança de Allenda, maldisse o momento em que sugeriu que seria importante vasculhar as redondezas. Deveria ter feito isso sozinho. Agora, Allenda estava em perigo.

Aquela era uma harpia grande e de aspecto insano. Tinha certeza de que era sobre ela que murmúrios corriam; ela devia ser uma das renegadas. Antes da eclosão da guerra, missões de thianahus roubaram ovos e curumins de diversos entes das terras baixas, mas poucos vingaram nas montanhas. E o roubo mais comentado foi dos ovos das harpias. Dizem até que haviam conseguido roubar um dos ovos da rainha Minas Dhan.

Agora, tinha certeza, haviam dado de encontro com um dos renegados.

Allenda saltou, escapando do bico. Usando-o como trampolim saltou e girou, atirando uma flecha que a atingiu no músculo da asa. Ela gritou de dor, o voo meio errático. Quando ia se virar viu Uivo, que corria ao seu encontro.

Allenda examinou todo o espaço.

Estavam perto de uma ladeira muito forte e longa, toda gramada e lisa. A ave estava bem na crista. Se Uivo saltasse, previu que deslizariam pela encosta lisa e terminariam por cair no imenso precipício. Apesar dele poder se transformar em demônio e assim conseguir escapar da queda, a preocupava a insistência dele em evitar se poderar como tal.

Mas não teve tempo para tentar impedir Uivo de atacá-la naquele lugar íngreme. Assim que se virou viu Uivo e a águia caindo, escorregando declive abaixo. A águia se soltou e se

---

consequências, estão descritas detalhadamente no livro 1 DE "Os danatuás", do mesmo autor.

impulsionou alguns centímetros para cima, pairando por alguns segundos. Então partiu em perseguição de Uivo, que se deixava deslizar de costas, os olhos fixos na águia. Quando as garras estavam quase se fechando sobre ele, com um golpe Uivo girou o corpo, as patas traseiras rasgando a face quase vertical e verde da montanha, o corpo esquivando-se da garra, que segurou e empurrou para cima.

Com um puxão se elevou.

Mas a águia percebeu e com o bico o feriu fundo no ombro. Uivo ignorou a dor e com um movimento brusco e inesperado agarrou e puxou uma das asas, o que fez a águia perder o controle e cair de costas na face da montanha. Uivo caiu ao lado, apenas uma mão segurando uma enorme garra, os olhos presos no ventre da ave. Com um golpe seco, usando a garra da águia como apoio, girou o corpo e cravou profundamente suas garras no peito da ave, que emitiu um pio longo e doloroso. O corpo estremeceu violentamente. Uivo sentiu quando ela amoleceu, as imensas asas pendendo inertes ao lado do corpo, escorregando pela montanha. Uivo se virou e viu que a borda do precipício se aproximava. Com força se impulsionou e girou o corpo no ar, caindo de frente para a face da montanha. Sentiu nas garras e nas palmas pedras e grama escorrendo enquanto aplicava toda sua força contra a montanha. Devagar a queda foi parando, a ave ganhando velocidade, despencando inerte e abandonada. Então ficou parado, deitado na face quase vertical.

Lentamente, ignorando a dor, se ergueu e foi subindo o declive.

No topo a viu e sorriu, apesar do talho no ombro.

- Por que não se poderou como demônio, Uivo? – ela reclamou.

- Ara, Allenda, não era preciso. Se fosse necessário eu estava preparado para ser o demônio, mas não foi preciso – gritou para ela. - Além disso... - Uivo parou, atento ao rosto de Allenda, que parecia estar tomada de aflição.

Sem pensar, como um reflexo saltou para o lado.

Uivo sentiu o impacto no solo da criatura toda de sombras que atingiu o local onde estivera. Era muito grande, bem maior que os demônios que vira até então. Ele girou a cabeça e o olhou diretamente. Os olhos estavam vermelhos, maldosos. Ele era imenso, um ser feito de escuridão. Estranhou a capa que se movia mesmo sem vento: era como se fizesse parte dele, ainda mais colada aos seus lados e às costas, como se mostravam. E havia aquela imensa espada ao seu lado, que brilhava maldosa dentro de sua bainha.

- Ora, nos encontramos novamente – reconheceu em um tom de deboche. – Mas, confesso que ainda não consigo saber quem é quem... Trevas ou Escuridão...

Um grito ao longe e sons de passos, silvos de setas disparadas em sequência. Uivo gritou para que ela se fosse, mas ela avançava. O demônio o olhou com uma satisfação perigosa nos olhos. Num momento não estava mais lá. As setas passaram silvando, cortando e queimando a linha do ar. Uivo viu o momento exato em que a criatura caiu sobre Allenda. Seu coração se desesperou e seu corpo foi tomado de uma urgência escandalosa. Sem pensar saltou baixo e rápido, como uma bala, e mais uma vez e outra. Com um movimento brusco se fixou na terra, e se acalmou. A criatura parecia estar tomada de surpresa e dor. Com um guincho estranho saltou e libertou Allenda, que se mostrava toda em fogo, brilhando como um sol. Uivo não se aguentou e gritou de alegria e alívio. Mais um salto e outro mais e logo estava ao lado de Allenda, encarando a criatura que planava, pesando-os com um olhar terrível.

- Se queimou? – Allenda perguntou com cinismo. – Esse é Trevas ou é Escuridão? – perguntou para Uivo.

- Tudo feio e desprezível do mesmo jeito. Sabe, não saber quem é está me incomodando – Uivo sorriu.

- Não deveriam brincar com o que não conhecem...

- Bem, acho que nem quero te conhecer – falou, vendo que ele observava as marcas da batalha dele com a harpia na encosta da montanha. Seu sorriso aumentou, ao ver que ele estava chateado pela perda do animal. Aquele renegado devia ser dele, percebeu.

- Ah, entendi... O passarinho era seu? – perguntou Uivo como se estivesse preocupado. – Ah, que pena. Então as estórias que ouvimos, de que haviam roubado algumas harpias, eram verdadeiras... É, acho que você vai se dar mal. As harpias são rancorosas...

- O que é nosso, assim era para ser...

- Não sei quantas harpias vocês têm, mas não se iluda com elas. O coração delas não pode ser domado. Mais cedo ou mais tarde vão descobrir isso. Há algo nelas que não pode ser corrompido, nem mesmo por demônios como vocês.

- Seres frágeis... Então subiram a montanha esperando fazer diferença? Sabemos de vocês. Por aqui não ficarão muito tempo.

- Quem sabe, não é mesmo? Melhor se cuidar. Então aqui está você, um dos velhos demônios. Foi você o primeiro a conspurcar a terra, não foi?

Trevas ficou em silêncio, os olhos interessados em Uivo. Então, subitamente sua calda ondulou.

- Ah, sim... Eu os reconheço, os amiguinhos de Mercator - sibilou. – Escaparam uma vez, mas não mais...

- Que vacilo, não? – Uivo deu uma risada sarcástica.

- Seus pais morreram de forma trágica, não foi? Um pumayacaya e uma frágil dâmia...

Uivo se retesou, os olhos presos no demônio. Agora sabia que à sua frente estava Trevas, o assassino de seus pais. Inspirou lenta e profundamente, sabendo o quanto o momento era perigoso.

Sorriu com tranquilidade.

- Sim, morreram, de uma forma tão poderosa e honrada que você nunca poderá entender.

- Não, não foi assim que morreram. Eles choravam quando morreram – sibilou tomado de prazer. – Eu sei! – saboreou, esperando que Uivo se descontrolasse e o atacasse.

- Sei que foi você o assassino... Uma pena que não tenha aprendido nada, desde então. Nem mesmo desconfiou do porquê eles choraram. Amor não o toca... Mas, você se verá comigo, no momento que eu escolher. Hoje, demônio, a escolha é sua, não minha...

- E acha mesmo que vocês terão algum futuro a partir de agora? – riu maldoso.

- Isso é o que vamos descobrir, não é mesmo? – debochou.

- Então você não sabe, não é mesmo? Foi o seu avô quem me indicou onde eles estavam – saboreou a informação. – Não é terrível quando se pensa que a filhinha foi entregue a mim pelo seu próprio pai? – riu satisfeito ante o cenho franzido do puma, vendo que a neblina que o envolvia se adensava e se revolvia cada vez mais. – Não é maravilhoso como as coisas se encaixam? – sibilou, as bordas se movendo satisfeitas.

- Você está atrasado, Trevas. Já sei de tudo.

Uivo estava com os olhos fixos na criatura à sua frente, a mente acompanhando tudo o que ele dizia. Inspirou com cuidado; em sua mente viu claramente que aquilo não era importante. Importante era o que faria com a sua vida, e com Allenda. Aquele era o sentido de sua vida. E viu os amigos, e viu tudo o que se enrodilhava à sua volta, que lhe davam sentido, e o sentido que dava ao que estava ao redor.

Uivo viu a face preocupada de Allenda, e sorriu.

- Isso deixou de ter importância para mim – sorriu debochado. – Descobri coisas que realmente importam.

- Não é por ser demônio que acho que não entende isso – falou Allenda, suspirando aliviada por Uivo ter controlado seu ódio justificado. - Já vi muitos demônios nobres, mas você não é um deles. Você é covarde e fraco, que faz da selvageria um escudo. Não sente mesmo o quanto esse mundo despreza alguém como você? Como pode ter vindo de você a nobreza? Você e os seus devem ter escolhido muito bem seus parceiros... Sabe, esse mundo ficará muito melhor sem tipos como vocês e os seus lacaios.

- Esse mundo pobre e torto... Vocês são crianças demais... Vi mundos demais, muitos bem melhores que esse. A aprovação não faz parte dos nossos desejos, ou mesmo necessidades.

- Sabemos... Por isso você é um demônio – sorriu Allenda. – Um nada que se acha dono de grande poder e destino.

- Ah, sim... Esqueci que falo com criaturas muito poderosas. Qual de vocês sofrerá mais quando o outro for abatido? Já vi essa estória antes.

Uivo virou o rosto e encarou Allenda, que sorriu.

- Quando nosso dia chegar saberemos honrar os que deixarmos – ele disse. - E você? Aposto que vai gritar e chorar quando seu dia estiver chegando...

Uivo mais pressentiu que viu o movimento do demônio. Sem pensar empurrou Allenda para o lado, tirando-a do caminho dele. O golpe o atingiu dolorosamente.

Allenda se levantou, a raiva tomando-a. Uivo não tinha o direito de impedi-la de batalhar contra o demônio. Se dirigia para ele, cega de raiva, quando notou que ele se ajoelhava, o rosto tomado de dor. Depressa correu até ele e viu o talho no seu lado esquerdo, de onde se espalhava uma fina tela vermelha que se irradiava como pequenos córregos. Caiu ao seu lado, amparando o cabeça dele que ameaçava tombar. Levantou os olhos procurando freneticamente o demônio. Mas voltou sua atenção para Uivo, porque o demônio se distanciava, indiferente se seu ataque dera resultado ou não.

- Seu idiota – reclamou para Uivo. - Ele fingiu me atacar para atacar você... Por que não se poderou como demônio? Por favor...

Uivo sorriu fracamente.

Um pequeno desvio para as costas de Allenda, o rosto se tornando lívido, os músculos se contraindo. Num último esforço ele a segurou e girou o corpo. Allenda, de costas no chão, ficou olhando seu rosto, onde uma dor se espalhava como fogo na campina. Então, como se o tempo tivesse parado, observou a ponta de uma espada escura e de uma adaga surgirem de cada lado do peito, de onde nasciam grandes manchas vermelhas, tingindo os macios pelos caramelados entremeados por uma suave neblina. Não houve grito, não houve qualquer som que não fosse o da respiração entrecortada e de um som de fole, baixo, constante, poderoso. Seus olhos foram se elevando, e atrás de Uivo o viu assomar cada vez maior, como uma coberta escura e imunda se batendo num vento que não existia ali.

Suas mãos tentaram apanhar Uivo, trazê-lo para si, impedi-lo de se afastar enquanto era arrancado de seus braços. Uivo, o corpo pendente, sorriu em paz, enquanto era puxado pelo demônio que o elevava lentamente, se deliciando na dor de Allenda que se intensificava.

- Se podere como demônio – gritou Allenda em desespero. – Eu sei que pode, eu sei que consegue...

O mesmo sorriso respondeu seus gritos, cada vez mais fraco.

- Vá, Allenda... – ouviu o sussurro fraco. – Vá para junto dos nossos.

- Sim, bela Allenda. Vá para junto dos seus, e leve essa imagem pelo resto de seus dias, que serão bem poucos, porque é você que irei perseguir. Será um grande prazer te isolar, te desesperar, te destruir lentamente - falou, a boca perto do ouvido de Uivo, se regozijando em aumentar a dor do estranho puma. – A dor que me causou vou multiplicar, destruindo os que estão ao seu lado para, só depois, quando tudo perder o valor, te alcançar e destruir o pouco que permiti sobrar.

- Acho que não será assim, demônio... – falou Allenda se tomando de intensas chamas, o arco tenso na mão, o sorriso duro no rosto, vendo que Uivo reagia. – Acho que aqui conhecerá ainda mais dor...

O demônio sentiu o peso de Uivo se desvanecer. Confuso olhou para o corpo que deveria estar carregando, mas ele não estava mais em suas mãos. Havia apenas algo caindo, leve e escuro.

Uivo caiu no chão, leve, livre. Já não era mais puma de sombras ralas, mas um ser de pesadas neblinas, os olhos fixos em Allenda, que observava com atenção o grande demônio no alto, que por alguns segundos se mostrava confuso.

Num movimento brusco Allenda levantou o arco e atirou uma seta de fogo. Uivo ergueu com suavidade uma mão neblina que tocou na seta que passava, dando-lhe ainda mais impulso. Com um silvo parecido com um trovão distante ela se cravou na mão de sombras. O demônio gritou de dor e se recompôs, a seta caindo no chão. Allenda sorriu, vendo que da mão saía uma penugem de fumaça, atingida no pequeno segundo que se adensara. Era muito prazeroso ter conseguido lhe infringir mais dor.

- Muita dor, demônio? – Allenda perguntou, feliz por Uivo ter escapado.

O demônio avançou, destruidor e terrível para cima de Allenda. Allenda intensificou suas chamas e correu para a esquerda.

Num movimento súbito o demônio Uivo se interpôs entre ele e Allenda.

O demônio não diminuiu a velocidade e os dois se chocaram com violência.

Uivo aceitou o impacto e se aproveitou dele. Densas nevoas cinza-escuras se cravavam no demônio, rasgando e cortando em intensa velocidade. Fiapos de neblina saiam de Trevas. Urrando de ódio Trevas, com um impulso violento, conseguiu se safar. Mas às suas costas estava Allenda em intenso fogo. Com fúria ela estocou, as mãos entrando pelo seu tronco. O demônio se virava para atacá-la quando uivo o atingiu novamente, farpas longas e escuras penetrando no grosso pescoço. Trevas girou e, com imenso esforço, escapou, planando metros acima dos dois.

- Acho que ele está sofrendo...

Allenda ouviu aquela voz estranha, que de longe lembrava a voz de Uivo. Ela era grossa e meio entrecortada, parecendo ser feita de maldade. Mas era uma maldade controlada, cheia de um poder terrível.

- Acho que podemos aumentar essa dor, não podemos, Uivo?

- Vocês acham mesmo que podem me derrotar? - o ar foi se tornando mais opressivo e pesado, e toda a alegria parecia estar sendo destruída. Uivo se adiantou um mínimo, como que se colocando em posição de defender Allenda. Mas viu que Allenda fazia o mesmo, o fogo intenso, a seta no arco.

Num impulso se elevou violento colhendo o demônio e empurrando-o mais para o alto, para longe de Allenda.

Allenda sentiu desespero ao ver uivo se batendo contra Trevas. Ele parecia pequeno perto de Trevas. Ele lutava com determinação e violência, mas Trevas parecia ter aprendido, e se defendia e atacava. Talvez a batalha demorasse, mas via que Uivo não teria como vencer. Em sequência disparou setas em chamas que gritavam no ar e atingiam Trevas. Mas, para seu desespero, apenas o atravessavam e continuavam pelo espaço, até cair bem ao longe.

Allenda viu o golpe atingir Uivo, e o viu cair pesado. Tomada de desespero correu até ele, e em chamas o abraçou. Uivo se levantou, o demônio abraçando a tocha humana, os dois encarando Trevas que descia lentamente na frente dos dois. Enquanto se aproximava os dois se separaram, se preparando para a batalha.

Uivo soltou uma gargalhada terrível, novamente recomposto, se preparando para um novo enfrentamento.

- Tire suas travas, Uivo – Allenda pediu, sabendo que era isso que diminuía seu poder.

Trevas parou o corpo gigantesco olhando atrás dos dois. Allenda e Uivo se assustaram com o vulto que pressentiram atrás de si.

Então se viraram lentamente.

O ser marrom, como um anjo de couro, descera bem às costas deles. Os dois relaxaram ao ver que os olhos de Mercator estavam postos em Trevas.

- Ora se não é o Mercator – Trevas zombou. – Está bem, então, já se mostrou. Agora, vá embora. Essa batalha não é sua. Os dois são meus. Tenho direitos sobre eles.

- Você não tem direitos, e aqui você não vai vencer – Mercator ignorou as palavras de Trevas. - Não agora, não aqui, não hoje. Te aconselho a partir.

Uivo o examinou com cuidado. A voz parecia suave demais para aquele poder.

- Você acredita mesmo que pode me vencer?

- Isso, talvez ainda descubramos. Mas hoje, com certeza sim, pois não estarei só.

- Então você se aliou mesmo a eles, não é?

- Apenas saiba que não sou aliado seu...

- Seus atos lhe serão cobrados...

- Qualquer ato não fica sem cobrança. Agora vá enquanto pode – ameaçou dando um passo à frente, a espada brilhando na bainha.

Trevas os observou mais uma vez, os olhos rancorosos e maldosos.

- Não termina aqui, não termina nessa vida. Quanto a vocês – falou se dirigindo para Uivo e Allenda, - vocês agora estão em minhas terras, vocês e o que chamam de comitiva. E é aqui que ficarão seus ossos, porque de suas almas farei uso – falou antes de sumir no alto.

Uivo e Allenda sorriram ao sentir que o tempo deixava de ser opressivo e o sol recobrava toda sua força. Então se voltaram para Mercator, sem saber como proceder com ele.

Ele era imenso, o poder parecendo irradiar dele de uma forma suave, ao mesmo tempo que muito perigosa.

- Devemos lhe agradecer, Mercator? - perguntou Uivo se poderando como um puma escuro, deixando o demônio como forma de mostrar confiança.

- Se quiserem, apesar de que isso pouca importância terá.

- Uuuuu... Então por que se preocupou em ajudar? – perguntou Allenda guardando a seta.

- Gosto de atrapalhar a diversão de Trevas e de Escuridão. Além disso, acho que lhes devia essa.

- Você está diferente, Mercator. E digo isso como um elogio – Allenda sorriu.

- Acho que sim... E você? – perguntou se dirigindo a Uivo. - Sabe quem você é, demônio pumacaya?

- Olha Allenda, gostei do demônio pumacaya. É melhor que pumaescuro que vocês me arrumaram um dia – riu.

- Eu sei quem são vocês... – falou Allenda, apoiando-se em seu arco, a ponta fincada no chão.

- É mesmo? – E o que somos, mulher de fogo?

- Demônios... – falou se aproximando de Uivo, examinando suas feridas. - Ele te envenenou? – perguntou ela num sussurro, trazendo-o mais fortemente para si.

- Não sinto isso! Acho que minha parte demônio cuidou disso. É apenas dor, uma simples dor – falou.

Allenda olhou para os lados e deixou-o. Um pouco ao longe apanhou as plantas que precisava. Ao lado de Uivo amassou-as com uma pedra roliça e aplicou sobre as profundas feridas. Com cuidado cobriu cada um dos ferimentos com uma folha e amarrou com finos cipós, como um cinto.

- Pronto! É só esperarmos e logo vai estar bom de novo. Mas você deve parar com isso, de achar que preciso de sua proteção.

- Não é por você que faço isso, Allenda. É por mim...

- Demônios, é o que realmente são – voltou ao assunto, os olhos postos em Mercator que tranquilamente os observava, logo baixando os olhos para cuidar de um ferimento no lado esquerdo de Uivo. - Mas não como alma, não como vontade nem mesmo instinto; vocês são demônios apenas como forma. Vocês são guerreiros valorosos e honrados, é o que são – falou aplicando a pasta sobre o ferimento, agora limpo. - Se não foram antes, não importa. Importa o que são agora. É isso que sei de você, Uivo, e é isso que sinto de você, gigante. Vocês têm luz dentro de vocês, apesar de ter um demônio dentro que procura corrompê-los – falou levantando os olhos do ferimento diretamente para Uivo. - Vê? Não sou eu que impeço que se corrompa e se afunde na escuridão, é você, é sua alma – falou se levantando, dando-se por satisfeito quanto aos curativos. – Eu apenas dou uma ajudinha.

Sem mais qualquer palavra se afastou em direção aos seus, que desciam da crista da montanha na direção deles.

Uivo ficou ali perdido, os olhos postos em Allenda, enquanto a tarde esquiva avançava.

Então se virou para Mercator.

- Viu só? Uma beleza, né?

Uivo pigarreou, vendo a cara séria e tranquila de Mercator.

> Te agradeço, Mercator.

Mercator se aproximou de Uivo. Bem lentamente adiantou seu dedo e tocou no meio de suas sobrancelhas. Uivo pensou em se afastar, mantê-lo distante. Mas permitiu. Sentia-se tranquilo e em paz. Por alguns segundos Mercator ficou assim, como se escutasse vozes distantes. Então se afastou e olhou para Allenda e os outros, que de longe apenas os observavam.

- De longe vi a batalha de vocês. Ela não me interessava. Eu ia me ausentar, mas algo me chamou a atenção e me fez lembrar. Foi mais uma frase que ouvi: nunca tudo é só sobre você. Eu já destruí muitos, de uma forma quase definitiva; matei muitos anjos, até mesmo um arcanjo. Estou aprendendo, aprendi isso. Vi isso em vocês, esse saber, esse cuidado. Vocês não batalham, ao menos vocês dois, hoje, apenas por batalhar, pelo prazer de guerrear, como parece ser o normal nesse tempo. E você, como demônio... Sigo seu caminho desde que encontrou o velho demônio que o queria usar. Boas batalhas, honradas batalhas. Um futuro a desejar.

- Não sou tão honrado assim...

- Sei que não. Mas sempre encontramos algo, ou alguém, que nos faz desejar ser o melhor que pudermos ser, cada vez mais, cada vez mais - falou olhando para Allenda.

Uivo sorriu.

> Foi ela que te fez vencedor, de uma forma que levaria eras para conseguir. E, não se preocupe tanto, você saberá protegê-la, até mesmo de você...

- Engraçado, não é, Mercator? Ouvi alguém dizer esses dias que a Allenda é para mim o que Arael é para você... Arael, Éfrera...

Uivo viu o momento em que os olhos pesados de Mercator se suavizaram, e viu que o que dissera era verdade. Ali, viu o trunfo da luz.

- Não sei como agir... – Mercator confessou, confuso com o que dissera.

- Ora, Mercator, primeiro seja apenas amigo. O resto, é o coração que vai determinar.

- E você e Allenda foram amigos? – perguntou. Uivo viu algo mais nos olhos dele, e soube que ele sabia.

- É, no nosso caso não foi bem assim, mas deu certo do mesmo jeito. E você e Arael-Éfrera já foram inimigos?

- A gente procurou se matar sim – falou sem qualquer emoção.

- Bem, é a mesma coisa, não? Então, depois disso, tenho certeza de que tudo irá se encaminhar muito bem – sorriu.

Mercator notou que uma tristeza surgia na mente de Uivo, e logo soube o que era.

- Eles eram seus amigos, não?

- Quando me tocou eu vi. Aquele que se dizia meu avô, eu mesmo o faria... Agora, quanto aos meus amigos... Apesar da dor que me causa, saber da morte de RoupaSuja e BraçoDePedra, sei que morreram como guerreiros, com honra. Foi RoupaSuja, não foi?

- RoupaSuja – falou lentamente, prestando atenção no som, em cada timbre que ele produzia, em cada vibração que causava. - Sim... Um anjo quase humanizado, fraco e de intensa bondade... Ele me libertou do círculo terrível em que eu vivia. Deveria me sentir culpado?

Uivo suspirou fundo, os olhos presos nos olhos profundos de Mercator.

- Eu não me sentiria. Você não sabia, estava aprendendo...

O silêncio cresceu, feito de pensamentos, de lembranças, de paz.

> Quanto a ele ser fraco, não, ele não era. O que ele fez só os mais fortes poderiam fazer.

Mercator o olhou, os olhos pensativos. Devagar levantou os olhos para o céu.

- Sim, realmente... Aprendendo – repetiu. – Obrigado.

- O veremos novamente, Mercator? – perguntou, vendo que ele se preparava para ir embora.

- Sim! Há muitos assuntos neste mundo. E quanto a vocês, tomem cuidado. Vocês estão a descoberto. Eles sabem que estão aqui.

- Sim, ele nos disse!

Uivo o viu abrir as asas de couro e se elevar lentamente no movimento suave delas. Havia paz naquele elevar, havia paz naqueles olhos que se perdiam no azul do céu e nos horizontes além. Não pode deixar de sorrir na lentidão daquele elevar.

Quando Allenda segurou seu braço e o seu a envolveu ele ainda subia, suave, lento, enlevado numa paz tocante.

RESGATES - O ENCONTRO COM OS DANATUÁS

Esperança suspensa, acalentada, aguardada, ansiada. Que se tornem flâmulas desfraldadas, sorrisos abertos, mãos estendidas, farol que a alma ilumina.

I

Danbara segurou com força o cabo da espada, confusa com o que via suspenso no céu à frente do exército.

- O que é aquilo, Danbara? – perguntou Jádina, surpresa com o que via.

- Nem imagino, irmã... – Danbara sussurrou. – Vejo que um deles tem asas, mas o outro... É muito parecido com Uivo, quando ele se torna demônio – murmurou, atenta às duas figuras.

Em silêncio elas e vários danatuás ficaram observando os dois seres flutuando acima de um batalhão de thianahus. Os thianahus, que à princípio ficaram olhando para cima, aparentemente confusos, subitamente começaram a lançar flechas e lanças para o alto.

- Eles temem aqueles dois seres, porque não enviaram as aves, e até mesmo os mantas e sombras parecem avaliar aquelas figuras – Jádina observou, sem tirar os olhos do que estava acontecendo. – Olha... – foi pega de surpresa, quando as duas figuras despencaram no meio do batalhão.

Confusas ficaram ouvindo sons de batalhas, ordens apressadas e gritos. Então assim que o silêncio lá caiu, as viram subir, uma delas carregando alguém, enquanto os outros ficavam deitados na terra.

Como se satisfeitas as viram se elevarem rapidamente, escapando de dois batalhões de thianahus que acorriam para aqueles lados.

- Os seres estão vindo para cá – Otag gritou alto, seguindo as duas figuras que progrediam em direção aos danatuás. - Não ataquem, até sabermos quem e o que são.

- São duas mulheres, e elas estão trazendo um thianahu vivo – Jádina gritou, identificando as figuras. – São uma demiana e uma dêmona – surpreendeu-se ao dar com aquela união inusitada.

- São mesmo, uma demiana e uma dêmona – Danbara confirmou com um grito de alerta para os outros.

- Pelo Trovão – suspirou Otag, totalmente perdido com o que via.

Quando já estavam à vista havia um silêncio imenso, que aumentou quando desceram um pouco à direita, próximo à tenda principal.

Tomados de urgência Danbara, Jádina e Otag se apressaram para lá. Quando chegaram havia um largo círculo à volta daqueles seres, a confusão nos olhares de todos, muitos danatuás totalmente poderados, enquanto outros, mais comedidos, mostravam parcialmente seus poderes.

Os três se adiantaram para dentro do círculo, o que fez as duas mulheres e o thianahu se virarem e os encararem.

- Eu sou Arael – a demiana se apresentou. – E essa é LuaEscura, e este aqui é Azana Dan, e ele é um Tonka Gui.

- E você, o que é você? – perguntou Otag, olhando intrigado para LuaEscura.

– E você, para ter sido capturado? – dirigiu a pergunta para o thianahu.

- Eu sou uma juguena...

LuaEscura se calou, ao ver a reação de espanto e receio em grande parte dos que os cercavam. Ela inspirou com cuidado, se tranquilizando. Aquela adrenalina, ao sentir tanto medo à sua volta, quase a desestabilizou.

> E sou amiga de Uivo e Allenda, e da comitiva de Itanauara.

Foi nítido quando a tensão amainou, fazendo a juguena suspirar aliviada, o que não passou despercebida para Arael, que apenas sorriu.

- E eu sou uma caída, uma vigilante – Arael explicou.

- E quanto a esse thianahu?

- Eu sou Azana Dun – falou com tranquilidade, os olhos observando os que os cercavam com cuidado.

- Ele é como os ellos daqui das terras baixas, só que são das terras altas – Arael explicou. - Nós vínhamos ao encontro de vocês quando o sentimos. Vários thianahus são dominados e lutam contra essa dominação. Esse parece ser o caso dele. Então, não seria uma captura, mas um resgate.

- Arael... – Otag se aproximou em definitivo dos três, a voz pensativa observando a demiana com atenção. - Eu ouvi algo sobre você e um demônio. Mercator, o demônio enlouquecido, é isso?

- Isso mesmo, atandé... E ele, tal como parece ser o caso das mutas, também está despertando.

- Despertando... – Otag ficou cismando por algum tempo, os olhos na linha do rosto de Arael. - E sabe para qual lado ele pende?

- Para o lado que ele quiser, e quem tentar influenciá-lo poderá pôr a perder a que parece ser a maior possibilidade.

Otag ficou observando a face concentrada da demiana, e viu que ela poderia reagir, desconfiada que estava de sua atenção em Mercator.

- Não nos conhecemos ainda, nobre demiana, mas não tenho a intenção de forçar alguma posição dele, mas deve compreender nossa preocupação. Ele é muito poderoso para ficar à disposição de alguma força.

- Pois eu lhe aviso que os demônios já tentaram forçá-lo a tomar alguma decisão, e muitos foram mortos – falou a juguena, os olhos avaliando os modos de Otag.

- Tal como aconteceu com alguns anjos – falou LuaEscura, a voz contendo como que um alerta.

- Também desconfia de mim, juguena? – Otag perguntou, voltando-se para a dêmona.

- Desconfio de suas intenções... As pessoas não são peças em um jogo. O jogo existe por elas, e não o contrário.

- Que bom, uma dêmona sábia – Danbara se aproximou depressa em companhia de Jádina, interpondo-se entre elas e Otag, que apenas sorria naquele seu jeito maldoso e enigmático. – Adorei isso. Meu nome é Danbara e...

- E você deve ser a Jádina – cumprimentou LuaEscura, com um belo sorriso. – Ouvi muitas coisas incríveis sobre vocês duas e sobre sua comitiva – contou.

Otag observou as pessoas ao redor, e balançou a cabeça, mostrando satisfação.

- Vamos, podem se dispersar – Otag comandou, tranquilizando os outros. - Esses três são amigos e são bem-vindos. E quanto a você, Azana Dun, me acompanha?

- Será um grande prazer – sorriu, passando os olhos sorridentes por Danbara, que o observou intrigada, para diversão de Jádina. Então o Tonka Gui parou, ficando de frente para LuaEscura e Arael.

- Devo muito a vocês, e sempre estarei em dívida – agradeceu às duas. Então se virou para Danbara, os olhos atentos aos dela. - Há muitos como eu por lá, e muitos devem despertar. Se puderem estar atentas, se todos puderem observar, e cuidar deles...

- Saberemos identificá-los – tranquilizou Danbara, um sorriso luminoso no rosto, vendo-o se afastar em companhia de Otag.

- Ora, nunca vi minha irmã assim – Jádina riu. Danbara a examinou, e deu uma cotovelada em suas costelas. Então se virou para LuaEscura e Arael. – Otag pode agir assim, mas suas intenções são sempre pelos danatuás. Mas vocês devem entender – sorriu. – Afinal, ele é um atandé, não?

Então elas ficaram longo tempo conversando, falando sobre as coisas que tinham acontecido, até que as quatro foram chamadas para a tenda de Otag.

II

- Eu preciso fazer isso. Se não houver outro, esse é um bom plano – Azana Dun mostrava toda sua determinação. - São turuakais, pumayacayas, nagonaus, ganetaks e muitos outros... São seres de poder, e há muita honra neles. Muitos deles estão lá contra a vontade, ou porque foram dominados na mente ou por ameaças contra nossas famílias.

- E você? – perguntou Danbara.

- No começo fui dominado porque ameaçaram a minha família.

- E cadê eles? – quis saber Jádina.

- Foram mortos, porque não aceitaram se submeter. Eram mais honrados que eu. Quando me revoltei, ao saber que haviam sido mortos, atingiram minha mente e me submeteram.

- Olha, eu concordo com Azana Dun. É um bom plano – concordou Arael.

- Mas é arriscado demais – Danbara reclamou. – Se os demônios desconfiarem...

- É por isso, Danbara, que vou precisar simular uma fuga. E eu preciso que me atinjam com uma flecha. Só vocês aqui devem saber disso. Todos os outros danatuás devem acreditar que eu era um espião e que eu fugi.

- Essa é a parte que pode desandar – observou LuaEscura. – Se acontecer um atraso, um tropeço, os danatuás vão matá-lo.

- Para parecer verdadeiro preciso me arriscar. Eu preciso trazer meus irmãos.

- E como vai ser? – perguntou Danbara. – Se você contatar alguém de forma errada, você pode ser denunciado.

- Há alguns em quem confio, e eles estão prontos. Não pretendo contatar todos para saber de suas intenções. Vou trazer os que sei que estão prontos. Esse será um sinal para os que estão indecisos ou que ainda não se mostraram.

- Quando eles perceberem que estão prontos, Azana Dun vai nos enviar um sinal. Então vamos atacar com peso e criar um arco defensivo em torno deles.

- E se houver algum infiltrado entre eles? – desconfiou Jádina.

- O que é errado sempre se denuncia. Se houver alguém assim, terá que ser morto – declarou Azana Dun.

- Você concordou com esse plano, Otag?

- Eles querem ser livres, Danbara. Além disso, podem ser um grande reforço, além de uma boa fonte de informações.

- Está certo! – Jádina se mostrou um pouco mais convencida.

- No entanto, eu só tenho uma pergunta a mais: e quanto a você, Zana Dan? – Otag se adiantou e se colocou à frente do

Tonka Gui, seus olhos maldosos fincados nos do outro. – Devemos confiar em você?

- Ora, mas eu fui sondado por LuaEscura e Arael. Duvida da capacidade delas?

- A capacidade delas não está em julgamento aqui, mas sim a sua capacidade de dissimulação. Olhe, eu sou um demônio, mas tenho certas travas, que seus demônios não têm... A verdade, meu filho, é que não vou arriscar os danatuás, nem mesmo por todos vocês...

Todos se entreolharam, e viram que a desconfiança de Otag tinha fundamentos.

- Aos olhos de alguns, bondade e confiança na honra dos outros seria visto como fraqueza a ser explorada dentro de um jogo – falou a juguena.

Todos os olhos se voltaram para o Tonka Gui.

- Não sei como resolver isso... – declarou Zana Dan com tranquilidade.

- Chame a anciã e os feiticeiros – pediu Otag se virando para um estafeta postado ao lado da porta.

- Feiticeiros? – Azana Dun estranhou.

- Digamos que eles sejam feiticeiros. Eles são muito bons em sondar – Otag esclareceu, seus olhos disfarçando a atenção sobre o Tonka Gui.

- Eu acho que isso não será necessário. Se vocês quiserem...

- Eu acho – Otag interrompeu, a voz ferina e dominante, o que fez o tonka gui se calar, - que é necessário sim.

Não demorou e Canvas, surgindo como uma mulher de modos antigos, a pele e a postura parecendo ter centenas de anos, acompanhada de dois jovens, Trília e Túnis, parados sob o pórtico da tenda, os olhos sérios atento a tudo o que estava ali dentro. Com um movimento sério Canvas e Túnis cumprimentaram LuaEscura com um movimento de cabeça, enquanto Trília lhe dava um discreto sorriso. Então, voltaram os olhos e se fixaram em Otag.

- Examine-o – pediu para Canvas, apontando para o Tonka Gui.

- Vigiem – Canvas pediu para os filhos ficarem alertas nas dimensões mais próximas, enquanto ela se expunha.

Azana Dun, subitamente se mostrou nervoso com a aproximação da mulher.

- Isso é um absurdo. Já sofro com os meus, e agora vou ter que passar por isso? Eu não deveria ter olhado para vocês, eu não deveria ter pedido ajuda. Então, se é assim, apenas me deixem escapar. Não voltarei para os meus, mas vou me embrenhar nessas terras.

Sem perda de tempo Canvas tirou uma pequena pedra de jaspe vermelho da roupa e a pressionou entre os olhos de Azana Dun, que de pronto ficou imóvel, como se estivesse em transe, os olhos fechados, tal como a anciã, que parecia concentrada, como se estivesse ouvindo vozes antigas e velozes.

- Os demônios o ofereceram para nos levar a um engano. Ele está dominado pela mente – ela contou.

- Ele pode ser usado como uma entrada contra nós? – Otag perguntou, a voz agora se mostrando dura e pensativa.

- Ele não pode mais ser acessado pelos demônios. Alguém já o bloqueou – falou, os olhos se voltando para a juguena.

Otag e os outros prestaram atenção na juguena, que se mostrava tranquila, observando o desenrolar dos acontecimentos.

Otag ficou observando-a por alguns segundos, tentando se decidir se aquela dêmona teria usado aquele thianahu para lhes fazer algum mal. No entanto, observando Arael, resolveu dar tempo ao tempo.

- Podemos aprender algo com ele a respeito dos inimigos? – perguntou por fim.

- O que era para aprender com este, já foi aprendido. O resto, se tentarem, terá como resultado apenas ilusão, engodo, que poderá afetar nossas fileiras – ela falou, na voz estranha de uma vidente em transe.

- Obrigado, podem ir – Otag cumprimentou, despedindo a anciã e os filhos. Com um movimento da mão chamou dois guardas, que instruiu rapidamente para que levassem o thianahu e o mantivessem isolado.

Zana Dun, antes que se fosse, se virou para Danbara, os olhos em desesperada súplica.

- Por favor. Você viu o que sou, ao menos conseguiu sentir. Me dê uma chance. Vou ficar quieto, na prisão. Apenas peço que me dê uma chance para...

Num movimento súbito Danbara armou e disparou uma flecha, que o atingiu bem entre os olhos. Então, enquanto ele caia para trás, ela, com naturalidade, baixou o arco ao lado do corpo, apoiando uma de suas extremidades no chão.

- Mas, o que foi isso? – Otag a observou, intrigado.

- Não tem por que guardar uma serpente ao nosso lado, não acham? – falou com tranquilidade.

- É, acho que você está certa – concordou Otag, fazendo sinal para os guardas tirarem o corpo dali. - Sabia o que acontecia, quando decidiu isolá-lo? – Otag perguntou diretamente para a juguena.

- Sou um demônio – ela respondeu. – Havia algumas discrepâncias e muita sorte que chamaram minha atenção.

- Que bom, LuaEscura – Otag parabenizou. – Quando iria nos alertar?

- Não iria. Vi que, quando o examinou assim que chegamos, você se pôs em guarda. Era clara qual seria sua atitude, então.

- Muito bom... – Otag esgarçou um enorme sorriso. – E quanto a você, Arael, desconfiou dele?

- A energia dele não era estável e fluída – contou. – Não me inspirou confiança. Mas, sempre é bom e interessante quando temos acesso ao coração do inimigo, não? – sorriu.

- Nisso você está muito certa...

- Então, em que está pensando? – Danbara perguntou, examinando a feição pensativa de Otag.

- Esse espião me deu uma ideia: podemos ter um exército de revoltosos bem aqui, ao nosso lado. Seria uma boa forma de nos fortalecermos e os enfraquecermos ao mesmo tempo.

- Sabe do risco disso, não é mesmo? – Jádina perguntou, os olhos preocupados passando por todos.

- Sei, claro que sei.... Mas, temos os meios para nos protegermos. Apenas precisamos achar, se houver, algum meio de identificá-los com um pouco mais de certeza e tirá-los de lá...

III

- Irmã, o que foi aquilo? – Jádina perguntou enquanto se afastavam da tenda de comando, um sorriso luminoso no rosto. – Vocês viram aquilo? – perguntou para LuaEscura e Arael que as acompanhavam. - Sem pestanejar, sem qualquer dúvida. Achei que você estava com alguns pensamentos quanto a ele – ela sorriu maliciosa.

- Ah, foi uma pena, não foi? – Danbara emitiu um riso satisfeito. - Ele até que era bonitinho. Mas não gosto desses jogos de mentiras e falsidades.

- Tem certeza de que não tem algo de dêmona em você? – riu LuaEscura.

- Ou de uma caída revoltada? – brincou Arael, abraçando-a enquanto tomavam a direção da tenda dos comandantes.

EM FAMÍLIA

*Dor, é o que esperava, por que dor era o
que tinha a oferecer. O que é compaixão?*

I

- Ela nunca viria só – observou Uivo, os olhos atentos.
– Quer dizer, normalmente não viria só... – falou baixinho.

- Tem certeza de que é ela? – perguntou Itanauara, os olhos presos no pequeno ponto escuro perdido contra as grandes nuvens.

- Tenho! E ela sabe que temos um deles.

- Pois lá vem ela... – falou Allenda, as mãos apoiadas sobre o arco, o que não passou despercebido a Uivo.

- Não vamos precisar disso.

Allenda deu de ombros, os olhos seguindo a ave que descia lentamente.

- Não custa prevenir.

Uivo, na beira do precipício com os outros, olhou para a grande ave, morta, pequena na base do precipício. Uma asa estava esticada enquanto a outra parecia torcida por baixo do corpo. Ainda se perguntava como Minas Dhan soubera dela. O que poderia esperar, que reação ela teria quando visse que uma harpia estava morta? Que fora morta por eles?

- Veja! – Allenda chamou a atenção.

Uivo levantou os olhos e ficou admirado. Ela vinha descendo suave, fazendo círculos largos, parecendo observar, avaliar, buscando confirmação. Então, repentinamente, a viu flechar as asas e despencar em alta velocidade.

Como um raio passou por eles, descendo pelo precipício. Admirado a viu abrir as asas com um baque e dar uma pequena e seca batida com elas, o que criou redemoinhos no chão e remexeu violentamente as penas da ave morta. Então ela desceu todo seu peso no chão com uma pancada seca.

Do alto viram Minas Dhan caminhar em direção à ave. Os movimentos eram majestosos e firmes. Enquanto se aproximava viram que ela estava fixa na ave, parecendo examiná-la atentamente. A viram baixar a grande cara, bem defronte às grandes marcas de garras que haviam lhe tirado a vida. Ela se virou para o alto, encarando a comitiva, que observava as duas.

Então ela saltou e subiu veloz. Após descrever um curto arco na borda do precipício pousou às costas da comitiva, que se voltou para ela. Minas Dhan se adiantou, os olhos fixos em Uivo. À curta distância do nefelin parou. Lentamente adiantou as asas à frente do corpo, fazendo um corredor entre sua medonha cara e o nefelin, que a encarava com tranquilidade.

Seus olhos espreitavam, e todos sabiam que qualquer um passaria maus bocados se ousasse ir um pouco além.

Allenda ficou arrepiada ao ver toda aquela fúria controlada um mínimo possível. Ela admirava o poder, e aquele era um poder prestes a explodir. Sem perceber se adiantou, os olhos fixos na cena que se desenrolava, olhos fixos na grande harpia. Foi então que percebeu que a harpia a havia notado, e que mostrava não estar gostando da atenção que recebia.

Ela parou.

Uivo a olhou, calmo e tranquilo.

- É uma das que lhes foram roubadas, não é? – perguntou.

Minas Dhan não respondeu.

> Ela era magnífica. Foi uma combatente valente.

- Mas não o suficiente, não é mesmo? – falou ela, os olhos penetrantes, o bocal de penas examinando Uivo enquanto recolhia as asas.

- *Aqui está você, finalmente* - Minas Dhan observou profundamente Uivo. Em sua cabeça a profecia da velha harpia, quando fora procurar a rainha morta. – *Tão digno e forte quanto uma harpia, apaixonado como um humano, mágico como uma pessoa, e terá a loucura controlada de um velho demônio. Então eu o achei, nefelin... Que grandes coisas você está destinado à fazer?*

- Ela não foi treinada por vocês... – respondeu Uivo com humildade.

- Sabe quantas mais ainda existem?

- Foram seis as roubadas, não foram?

Minas Dhan apenas deu um pio suave, em assentimento.

- Os boatos dão conta de três avistadas sobre as montanhas. Então, se as outras três não vingaram, só restam duas.

Subitamente Minas Dhan levantou a enorme cabeça, mirando um ponto no céu, de onde partira um pio estridente e raivoso.

Uivo girou rápido o rosto e viu que era uma outra harpia, e pelo jeito parecia ser uma renegada. E aquela parecia ser um macho, um enorme macho.

Num movimento tão violento que revolveu todo o chão, pegando a todos de surpresa, Minas Dhan saltou e subiu veloz no ar.

Allenda deu um sorriso satisfeito, seguindo o ponto que diminuía no azul.

- Será que ela vai precisar de ajuda? – ouviu Uivo perguntar.

- Quem? A ave renegada? Acho que sim... Só espero que não seja a que foi roubada da própria rainha.

Uivo virou-se para ela, a pergunta nos olhos.

> Sim, é o que consta. Adanu me disse que um dos ovos que foram roubados era de Minas Dhan. E aquela ave lá em cima é meio fora do comum. Só falta ser o filhote dela.

- Se for, será que Minas Dhan irá fraquejar?

- Duvido! Se for, ela será ainda mais terrível. Tenho certeza! – falou Dhorn, os olhos atentos às duas, que se aproximavam rápido demais uma da outra. – Sei o que digo.

E então elas se encontraram.

II

O ataque foi fulminante, mas não o suficiente. A rainha girou em pleno ar, dobrando-se para trás ao mesmo tempo. O jovem atacante passou veloz, como veloz a rainha se recompôs e partiu em seu encalço à toda velocidade. O jovem bateu as asas com vigor. Quando virou a cara para trás acreditava que veria a perseguidora como um ponto distante, e então só teria que fazer uma curva rápida e voltar ao ataque. Por isso piou de surpresa ao vê-la quase sobre si, as longas e magníficas garras esticadas. A dor foi imensa quando elas se fecharam sobre os músculos de suas costas. Em vão tentou se libertar, mas cada movimento só aumentava ainda mais a dor, além de fazer com que as garras se fechassem mais. Sentiu calor em suas penas, agora molhadas de sangue. Suas asas fraquejaram, mas ele resistiu. Num movimento violento se levantou no ar, forçando-se contra a rainha, que se desequilibrou na batida das asas. Então moveu-se e forçou-se para longe das garras, no que teve sucesso. Ignorando a dor se deixou cair no ar, parando a queda mais abaixo.

Olhando para o alto viu que a rainha se preparava para atacar novamente. Então fechou as asas e mergulhou. A velocidade aumentava cada vez mais, o chão rugoso crescendo com muita rapidez. Manchas que se formaram das árvores e pedras. No último minuto abriu as asas e, retomando o controle com duas poderosas batidas, mergulhou nas profundezas da floresta, zigue-zagueando velozmente entre as árvores, algumas tocando apenas suavemente com alguma pena. Ao expandir seus sentidos confirmou que havia despistado a atacante. Já bem longe pousou sobre uma pequena árvore.

A dor era imensa, ameaçando prostrá-lo a qualquer momento.

Com um pio lamentoso e baixo conferiu que não estava sendo seguido. Num impulso pequeno e suave das asas saltou para uma árvore mais alta onde ficou em silêncio, escutando a quietude, os olhos perdidos na lembrança dos terríveis olhos daquela que viera contra ele.

III

Trevas urrou baixinho, os olhos seguindo as pequenas figuras no céu e na terra. Uma comitiva na terra que seguiam duas aves no céu, sondou.

E, na terra, um em especial, enquanto a profecia martelava em sua cabeça.

- Nugar, seu maldito. Um traidor, uma maldição. Sua prole não vai vingar, não vai vingar. Eu mesmo vou cuidar disso.

Os movimentos nervosos e violentos no céu ao longe, das duas figuras aladas, chamaram sua atenção.

Trevas viu a contenda da rainha com seu jovem guerreiro. Quando ele atacou sentiu-se esperançoso, esperança que logo desapareceu ao ver os movimentos magníficos e precisos da rainha. Naquele momento soube que seu jovem não iria conseguir.

- O que você me trouxe, aprendiz? Até agora nada, e parece que nada me trará de volta. Que morra então, que se

desfaça na tempestade que não pode vencer. De nada me serve...
- sussurrou no exato momento em que a rainha cravava suas
garras sobre as costas de sua ave. Sem mais nada virou-se. Num
movimento súbito caiu sobre um pequeno batalhão de thianahus
que descia a estrada, que dizimou, como se assim pudesse
destruir a rainha. Tomado de ódio subiu novamente.

Frustrado partiu, o ódio fuzilando em seus olhos. Fome
e frustração tomando-o. Do alto viu a guerra se desenvolver aos
pés das montanhas, e sorriu feroz.

DESPERTEI!

Isso, que entende ser eu, é só o meu corpo.

I

- Deve ser verdade o que ouvimos nas conversas dos thianahus – Uivo falou, os olhos presos no céu, seguindo o voo de uma enorme ave, ainda bem distante deles.

- Deve ser sim. Ele foi muito ferido quando Minas Dhan o atacou. Deve ser verdade que Mercator o encontrou e o ajudou a se curar. Só para atrapalhar os planos de Trevas e Escuridão – Allenda sorriu.

- Pois eu acho que aqueles cinco seres lá estão caçando ele – Ybynété falou, seguindo, como todos os outros, a aproximação rápida deles que iam em sua direção.

- É... Ele está realmente sendo caçado. Parece que são três condores e dois mantas – Allenda percebeu, os olhos atentos na batalha que ocorria alto no céu entre a harpia e os voadores. – E é verdade... Tenho certeza de que é o macho que lutou contra Minas Dhan. Será que é alguma vingança contra os demônios das montanhas?

Uivo observava a batalha que se desenvolvia.

- Só pode.

- Eu estou preocupado. Ele já matou dois mantas. Acham que ele vai conseguir? – perguntou Archabarr, o rosto teso para o céu, como os outros.

- Deixe-o! – falou Itanauara. – Precisamos seguir nosso caminho. Vamos?

- Ele está muito ferido para se defender – observou Uivo.

126

- Deixe-o! – repetiu Itanauara. – Minas Dhan o deixou para morrer. E, mesmo que quiséssemos ajudá-lo, eles estão muito alto e...

- Ele é um dos renegados – falou Uivo, interrompendo Itanauara. - Temos que ajudá-lo...

- Para vir contra nós? – repreendeu AchaDeLenha, conferindo que ainda restavam três condores. Sua preocupação aumentou, ao sentir que a ave mostrava sinais preocupantes de fraqueza.

- Acredito que não será assim – falou Uivo fazendo sinal para Ybynété, que concordou com a cabeça, deitando depressa no chão. – O condor que está mais alto no céu – gritou para o gigante, começando a correr.

Uivo se jogou no ar, de costas. Ainda no ar Ybynété o apanhou com os pés e o jogou reto para cima. A força do impulso foi tal que Ybynété caiu de pé, observando o voo de Uivo.

- Eu não entendo – Allenda reclamou. – Ele gosta do jeito mais difícil – resmungou mais forte. – É só virar demônio e pronto. Mas, não, tem que ser assim – ralhou observando Uivo subindo veloz, braços e pernas empurrados para trás pela força da subida. – Bem, até que é muito bom – sorriu, o que fez os outros sorrirem também.

Allenda, tomada de energia, ergueu o arco, reto ao céu, o seu grito acompanhando a subida de Uivo.

Com os braços e pernas abandonados Uivo ficou vendo o condor se aproximar. Quando atingiu sua barriga Uivo abriu as garras e se agarrou com as mãos e pés na grande ave, que gritou de dor e desespero. Uivo não esperou qualquer reação. Num movimento rápido cortou sua garganta com a mão direita. A harpia o olhou confusa, enquanto ele girava em torno da ave e subia em suas costas, segurando com força as asas para cima, numa tentativa de diminuir e controlar a velocidade e direção da queda. Mas a ave começou a girar, numa queda errática.

Uivo controlou com dificuldade a descida, aproximando-se do outro condor que vigiava a batalha da harpia com seu companheiro. Num movimento súbito Uivo saltou, empurrando-se com violência para cima, compensando o impulso para baixo na ave sobre a qual estava. Quando acertou o condor de lado, com grande velocidade subiu às suas costas e cravou suas garras nos lados de seu pescoço, puxando com suavidade para que ela não morresse subitamente.

No entanto a ave deve ter percebido a intenção de Uivo, porque fechou as asas fortemente contra o corpo, mostrando sua intenção de se abater violentamente contra o chão.

Uivo ficou vendo o chão se aproximar em flashes, lembrando-se de um momento assim, antes de se descobrir com traços de demônio.

- Mas, agora, vai ser diferente – sussurrou para o chão que se aproximava velozmente.

Então, no último minuto, usando o corpo da ave como plataforma, saltou o mais alto que pode, o que foi pouco pela velocidade que caiam. Se preparava para rolar e tentar amortecer a queda sobre o chão pedregoso quando se sentiu suspenso. Olhou para cima e viu a harpia que havia salvado. Mas ela estava muito machucada, e os dois caíram fragorosamente.

Uivo gemeu de dor, sentindo que cada parte do seu corpo estava quebrado. Devagar olhou para o lado e viu a ave se erguendo com dificuldade, encarando o seu lado. Uivo virou-se depressa e viu que dois sombras avançavam rápidos contra eles. Do jeito que pode se levantou e se preparou. Então ouviu a ave piar ameaçadora, se aproximando e se posicionando ao seu lado, esperando o ataque.

Então os sombras fizeram um curva abrupta e se perderam no céu.

Uivo sorriu com a aproximação de Ybynété, AchaDeLenha, Allenda e Itanauara, seguidos de perto pelos outros, enquanto pelo céu se aproximava Dhorn como uma harpia.

Uivo se deixou cair de joelhos, esgotado, dolorido. A ave tentou se afastar, mas se deitou, emitindo um pio fraco. Uivo se forçou a se levantar e caminhou até ela. Quando chegou se deixou cair de joelhos na sua frente, os olhos nos olhos da ave.

- Meu nome é Uivo, e sou um nefelin – se apresentou.

- Eu sou Tenus Gal, ou era...

- Sempre será..., Nunca deixem que duvidem disso – arfou.

- Por quê? – perguntou a ave. – Por que me ajudou?

- Sei que é nobre! Eles não te farão mal... – avisou, vendo que ela olhava com ódio para os que se aproximavam. – Eles são amigos.

- Seus, não meus. Eu não os tenho.

- Parece que não é bem assim – sorriu. – Eles me ajudaram a te ajudar.

> Este é Tenus Gal – apresentou. – E esses são os meus amigos – repetiu.

Um a um foi apresentando os membros da comitiva para a ave, que fletia discretamente a cabeça em resposta aos cumprimentos individuais.

A ave se acalmou, os olhos perdidos no azul.

> Você e os demônios...

- Eles eram minha família, principalmente Trevas. Me abandonou e me amaldiçoou. Não tenho mais família...

- Ao que me consta, não era para você ter sobrevivido quando atacou a rainha.

- Um anjo estranho, marrom, me ajudou...

- Então foi mesmo Mercator... - sussurrou Dhorn parando ao lado, examinando com respeito a ave. - Corre a estória de que viram Mercator ajudar uma grande ave, um macho, um dos renegados.

- Renegados? – estranhou a ave...

- Há coisas que não sabe, mas está na hora de saber. Vocês foram roubados dos ninhos...

A ave ouvia tudo com interesse, e a cada segundo seus olhos brilhavam mais perigosamente. Então, quando uivo terminou de relatar sua estória, e de seus irmãos e irmãs, a ave levantou a cabeça, os olhos perdidos no azul, procurando uma sombra.

- Então está explicado... E aquela que ataquei...

- Era Minas Dhan. Provavelmente sua mãe, a rainha.

- Acho que não – intrometeu-se Itanauara. - Se ele fosse filho dela, ela não deveria protegê-lo?

- Não é assim que as harpias funcionam, Itanauara – interveio Dhorn. – Elas não toleram a fraqueza, a confusão. A rainha poderia tê-lo matado com extrema facilidade, não porque você seja fraco – disse se dirigindo para o macho, - mas porque é inexperiente numa batalha assim. Ela o estava ensinando, o estava avaliando, lhe dando a oportunidade de se salvar e de conhecer seus pretensos inimigos e pretensos aliados.

Allenda e AchaDeLenha se aproximaram da ave e avaliaram a extensão dos danos. Com preocupação se ajoelharam ao lado dela, que recuou em defensiva. Mas eles sorriram e se aproximaram novamente. A ave relaxou ao ver que estendiam as mãos e sentir que a dor que pulsava diretamente sob as suas palmas diminuía. Com curiosidade viu AchaDeLenha se aproximar da sua asa, que estava muito ferida. A respiração dele foi diminuindo sensivelmente a dor, o sangue coagulando. Não demorou muito e supôs que até poderia voar como antes.

Sob o pesado silêncio, rodeado pelos estranhos, até bem pouco tempo seus inimigos, se deixou pensativo, vendo que a mulher de fogo cuidava daquele que o havia ajudado.

Então, quando AchaDeLenha se afastou a ave se levantou, o olhar calmo, tranquilo e majestoso, observando cada um deles.

- Há dias especiais que aprendemos muito. Sou grato – falou se preparando para voar.

- Que seus voos sejam grandiosos.

A ave parou e olhou para Uivo. Com passos majestosos se aproximou dele.

- Sei que arriscou sua vida pela minha, por seu momentâneo inimigo. Não entendo isso, mas... Devo mais que a vida a você, devo meu futuro. E a vocês, que sem que eu entenda, confiaram em mim.

- O que vai fazer, agora? – perguntou PisaManso, maravilhado com a majestade da ave.

- Ver aquela que chamaram de minha mãe, e libertar minha companheira que ainda está com os demônios, porque ela está enganada.

- Você irá atrás dela? Os demônios vão destruí-lo – considerou Allenda.

- Não vou precisar ir. Vamos acabar nos encontrando. Vou estar atento, estarei aguardando por isso. O tempo virá!

Como um fantasma, sem qualquer som a ave subiu, sumindo no céu.

- Uivo – chamou Allenda sua atenção, assim que estavam mais afastados dos outros, - por que gosta tanto da dor e de quase chegar bem perto da morte? É ser o demônio e pronto. Você poderia ter salvado a harpia com facilidade e...

- Se você observar apenas o poder, então sim, eu deveria ser demônio quase sempre – Uivo sorriu tristemente, os olhos vendo que o céu agora estava vazio. – Mas essa não é a verdade, não é toda a verdade, Allenda. Ao ser demônio você se enovela em desprezo e ódio, em maldade e cinismo, em pensamentos que não são muito bons. Agora eu consigo me manter íntegro, com pouco custo de energia e concentração, mas a maldade... Ela me dói demais, Allenda. Talvez algum dia eu faça dessa minha face um demônio feliz, mas... É terrível ter tanta escuridão dentro da alma, mesmo que agora eu consiga ter paz com esses sentimentos.

Allenda franziu os cenhos, segurando o rosto de Uivo entre suas mãos. Seu rosto se contraiu ao ver a enormidade do que Uivo lhe dizia.

- Agora eu entendo, Uivo – murmurou, a voz pequenina se abraçando nele, com isso desejando lhe dar parte de sua força.

II

A ave desceu, suave, tranquila. Ainda mostrava os sinais das batalhas e dos ferimentos infringidos por Minas Dhan e pelos mantas e condores.

Todas as aves baixaram a cabeça, tensas, os cones em direção ao intruso.

- Fique onde está – alertou uma das aves. – Não foi tirado dos céus por ordem expressa, mas não deve avançar mais, porque não tem permissão para isso.

- E quem dá permissão?

- A permissão cabe a mim!

O grande macho viu o longo corredor se abrir e, na outra extremidade, a rainha. Num movimento curto a cumprimentou, sem tirar os olhos das outras.

- O que veio fazer aqui, renegado?

- Procurar os meus. Dizem que fui roubado desse bando. É verdade?

- Não sabemos se foi desse bando, ou de outro. As harpias não vivem onde nascem.

- Sendo deste, ou não, sou um sequestrado, não um renegado. Você não teria feito melhor – falou, encarando a rainha que se aproximava.

- Por que veio? O que pretende? O que quer? – perguntou Minas Dhan, o corpo tenso, preparado para lutar.

- Apenas me apresentar. Não quero fazer parte do seu bando, ou de nenhum outro - avisou, para espanto das aves, com exceção de Minas Dhan, que continuava a avaliá-lo. – Você poderia ter me derrubado dos céus, mas me deixou viver.

- Terá sido um erro?

- Isso não importa! Eu estou aqui! – falou abrindo as asas e se elevando suave no ar.

Sob o olhar de Minas Dhan e do bando se elevou bem alto, até sentir um estranho anjo a observá-lo. Com um movimento alterou seu voo e mirou a alta montanha onde o sentia.

Minas Dhan ainda ficou um tempo examinando o céu.

- Ainda falta um... – sussurrou ela, voltando-se para os seus.

III

A ave pousou suave às costas do estranho anjo escuro. Devagar fechou as asas e se deitou, a cara voltada para as imensas costas.

- Vê? – falou o anjo num tom baixo. – A dúvida que atormenta... A você foi dada uma chance, que se revela benéfica.

Será que todos, até os piores, merecem uma chance, ou várias e várias, até que percebam, aprendam, se superem?

- A jovem de fogo e o seu demônio...

- Não só ela, não só eles dois. Os amigos, a terra. Existem aqueles que sempre olham os olhos dos que atacam, e só matam quando não veem esperança neles. Eles são nobres. Parece que o Trovão sabe o que fez.

Mercator se levantou juntamente com a ave, os olhos perdidos nas montanhas abaixo.

- Vamos? – convidou. – Temos coisas importantes a fazer. Temos uma amiga para cuidar

- Amiga... Quem é?

- Você logo vai descobrir.

- Sei... Sabe, você, mais que os outros, não deveria ter essas dúvidas que te atormentam.

- Por quê? Por você acreditar que sou anjo? – perguntou se voltando para a harpia.

- Não! Porque é demônio! Você conhece o mal, aquele que levará tempo demais para se curar, aquele que destruirá muitos antes que comece a perceber.

Mercator se virou definitivamente para a ave, examinando-a pensativo.

- A dureza das harpias... Sim, você está certa. Eu, mais que os outros. Anjo ou demônio?

- O melhor de ambos, como aquele puma escuro que vai contra a montanha.

- Sim, eu o observo. As mesmas dúvidas, mesmas agonias. Mas ele tem um medo, que também se revela sua força... E ele não é o único – finalizou se elevando.

Tenus Gal ficou alguns segundos observando-o. Então, devagar bateu as asas e partiu atrás dele.

BATALHA DE FOGO

*Eu senti o ar à sua volta, espesso, gentil,
amigo, irmão. Que bom que veio.*

Allenda fazia sua ronda e, como tudo estava muito tranquilo à volta, acabou se distraindo. Sem que se apercebesse se afastou um pouco mais do que deveria. Talvez fosse a ausência de Uivo que a estivesse incomodando tanto. Às vezes ele saia para as terras baixas, auxiliando no esforço de guerra por lá, ou ao Norte, junto com Arael e LuaEscura, onde também havia grande pressão, ou até mesmo em ajuda a algum bando desgarrado. Por mais que entendesse suas ausências, não tinha como não senti-las.

Allenda sorriu, pois sempre sabia quando ele planejava descer as montanhas para ajudar nas terras baixas: ele se tornava mais preocupado com sua segurança, vasculhando aquelas terras quilômetros ao redor, para se certificar de que tudo ficaria bem até ele voltar.

Estava assim distraída quando os encontrou.

Era um casal. Os dois eram seres longilíneos de belos formatos. Junto de si dois animais que já vira por aquelas paragens, que sabia serem conhecidas por lhamas, como os chamavam os que viviam nas montanhas.

No momento em que deu com a presença deles, eles também reagiram rapidamente à sua presença. Mostrando-se temerosos com sua presença rapidamente se posicionaram cada um junto ao seu animal, a postura ameaçadora, os modos e movimentos denunciando que se preparavam para atacar.

Admirada com eles, Allenda tentou depressa ver suas capacidades, mas não conseguiu. Os quatro, os dois seres e os dois animais, começaram a se aproximar enquanto o casal se afastava um do outro, cercando-a. Allenda foi se inflamando levemente, como um aviso.

O casal parou, confuso com ela. Mas isso foi apenas por alguns segundos. Subitamente os quatro se inflamaram também, mostrando-se como labaredas concentradas. Como resposta Allenda se inflamou totalmente. Com movimentos rápidos e ágeis sacou algumas flechas, posicionando-as no arco, mas sem mirá-los. Lentamente afastou um pouco as pernas, se preparando para o combate. Nesse momento o casal pareceu ficar ainda mais tenso, passando a se concentrar além do monte na base do qual estavam, iluminado pelos cinco seres de fogo.

Surpresa, Allenda viu que algo estava vindo, porque havia uma luminosidade do outro lado do monte, que parecia se tornar cada vez mais aparente, mostrando que vinham apressados para o lugar onde estavam.

Em dúvida sobre quem seriam se virou um pouco para aqueles lados, ainda mantendo os quatro sob atenção.

Então, subitamente, eles apareceram. Eram três seres em chamas, maiores e de aspecto mais terrível que os dois que encontrara e, acima deles, ameaçadores, dois mantas estrilaram com prazer, separando-se para cercar os cinco.

Allenda, de súbito, reconheceu os seres brutamontes que vinham pela terra, e sabia que eram os quintrals, como os que tentaram romper o perímetro dos danatuás quando estavam recém-chegados à base das montanhas.

- Não são dos nossos. Esses são thianahus – ouviu o macho gritar para a fêmea.

Então a viu confusa e indecisa, olhando para ela e para os inimigos.

- Os que voam e os que os seguem são meus inimigos - Allenda gritou em aviso, rezando para que eles fossem amigáveis, de alguma forma. Com alívio viu o casal e seus animais, em resposta à sua fala, tirarem a atenção de confronto de sobre si e se voltarem ostensivamente para enfrentar os que se aproximavam. Allenda fez o mesmo, se posicionando contra os thianahus.

Rapidamente tudo explodiu com violência.

Allenda se incandesceu em toda sua totalidade, que era um pouco menor naquelas alturas pelo ar mais rarefeito, mas viu que tal acontecia com todos os outros seres do fogo.

Uma seta de fogo atingiu um dos voadores, que foi caindo devagar. Allenda, tomada de urgência, correu até ele e o atingiu no topo da cabeça com sua adaga, enquanto enfiava uma seta no joelho de um dos quintrals que tentava atingi-la de lado. Se desviou, acertando uma flechada rápida no outro joelho. Então se levantou, vendo um dos animais saltar e abocanhar a manta de um dos voadores, fazendo-o baixar de altura. Ficou maravilhada quando o outro animal, usando as costas do primeiro, saltou acima do manto e, usando seu peso, empurrá-lo contra o solo, onde os dois se puseram, apressados, a rasgá-lo com suas unhas em brasa. Com uma estocada enfiou a adaga na garganta do quintral que gemia de joelhos no chão, e a girou. Um fogo quente e líquido atingiu sua mão, e ela sentiu prazer nisso. Então o empurrou com o pé, deixando-o cair de costas, enquanto observava a luta do casal. A mulher, num giro suave e leve se lançou para cima, o corpo se contorcendo, seus cabelos em chama tocando a cabeçorra do quintral. Sua faca em brasa entrou entre as sobrancelhas do ser, que ficou alguns segundos parado, abobalhado, até que foi despencando lentamente.

A mulher olhou com estranheza para Allenda que estava junto aos animais, sentada tranquilamente entre os dois. Abanou a cabeça e sorriu, voltando sua atenção para o homem que batalhava com o maior e, aparentemente, o mais feroz dos três seres de fogo.

Então, tranquilamente, tomou a direção dos espectadores. Com a mão sobre a cabeça de uma dos bichos se sentou e também ficou observando, enquanto o homem rasgava o braço do inimigo, que guinchou de ódio. E o homem girava e esquivava, como se estivesse dançando, cada vez infringindo mais danos e mais dor ao inimigo. Quando ele pareceu ficar zonzo, o homem simplesmente o atingiu no coração.

Sem olhar para trás ele se aproximou dos quatro, que o observavam com atenção.

- Você é diferente – o homem falou quando parou à frente de Allenda, ao lado da mulher que havia se levantado. – Você está junto com os que subiram as montanhas?

- Estou, e meu nome é Allenda, e sou uma flor-do-mato, das terras baixas – se apresentou, se levantando.

- O meu é Dantro, e sou um quintral, e minha esposa é Aleshia, e ela é uma quintarala. Você é nossa inimiga, vocês são nossos inimigos?

- Se já ouviu sobre nós, sabe que somos inimigos dos thianahus, e que eles desceram as montanhas para nos atacar.

- E como sabe que não somos thianahus?

- Pelo que vi estavam sendo caçados por eles.

- Poderia ser porque desertamos, por exemplo...

- Vi nobreza em vocês e em seus animais. Acredito que são thiahus.

O homem levantou a cabeça e examinou ao longe. Então voltou os olhos para Allenda. Abraçando a esposa não pode deixar de sorrir. Parecia haver um alívio em seus modos.

- Por muitos dias vagamos por esses altos. Estávamos procurando por vocês. Muitos os procuram, porque souberam de seus feitos, e estão esperançosos.

- Os nossos já os estão encontrando – contou Allenda.

- Que bom, Allenda – sorriu a mulher. - E vejo que as lhamas gostaram de você – observou, vendo as duas encostadas nas pernas dela.

- Eles são incríveis. Eu já as tinha visto sobre os montes, mas nunca pensei que...

Então se sentaram em uma pequena roda, conversando por longo tempo. Allenda explicou sobre ela e seu povo, e sobre os queixadas e caititus e sobre os arduns. Dantro e Aleshia ficavam cada vez mais à vontade, e falaram sobre todos os seres das montanhas, e até ensinaram a Allenda sobre como chamar as lhamas, vicunhas, guanacos e alpacas.

- Essas lindezas aqui são alpacas?

- Não, essas são lhamas. Apesar de serem muito dóceis, são as mais ferozes quando estão poderadas, e são mais difíceis de chamar, e isso porque a alma que as chama tem que estar mais limpa. É a mais utilizada pelos seres do fogo, apesar de serem extremamente teimosas – sorriu. – Quando poderadas elas são chamadas de Quinua.

- São enormes – Allenda se maravilhou. – E o pelo de fogo delas é incrível. E os outros?

- Os outros são poderosos também, mas um poder menor que o quinua. Eles, os outros três, quando poderados, são os quenars.

- Há algum animal que vocês podem usar, mesmo que mais trabalhoso de chamar, de um poder maior?

- Se bem entendi os seus animais de fogo, os guanacos, as vicunhas e as alpacas seriam como seus caititus, e a lhama como o seu queixada. No entanto, você quer saber se há algum que poderia ser equiparado ao seu Ardun, é isso?

- Isso...

- Há sim. Ele é um urso enorme, com uma mancha branca de olho a olho que desce para o seu pescoço. Quando ele é poderado ele passa a se chamar de Tandar, e ele é muito temido quando está assim.

- Tandar... O que quer dizer esse nome?

- Torre de fogo...

- Certo... Elas são lindos demais. Me apaixonei por elas – declarou, os olhos nas lhamas que estavam deitadas, com as patas da frente cruzadas à frente do corpo.

- São, não são? - concordou Aleshia.

- Ah, eu posso tentar chamar uma lhama? Estou fascinada por elas.

- Claro... – sorriu o homem. – Faça como te falamos.

Allenda se concentrou, sem perder o foco no ambiente, simulando um estado de conflito, tal como fazia para chamar um ardun, mas com a variante de imaginar a figura de uma lhama. E também, aproveitando o que eles lhe haviam ensinado, deixou a mente escorrer pelas montanhas como um canto, um pequeno mantra que lhe haviam ensinado: "Que ardam as montanhas de sol, que o deixem passar no raio que atravessa as nuvens de tempestade. Fogo de montanha, que vigio do meu coração".

Com prazer viu que as lhamas ao lado se puseram mais febris.

Tomada de alegria não conseguiu segurar um grito de alegria quando uma lhama surgiu confusa sobre um monte ao lado. Allenda se virou para ela, aguardando. Ela veio direto em sua direção. Ela só era alguns poucos centímetros mais baixa que Allenda. A lhama parou bem à sua frente, os olhos fixos nos dela. De súbito ela se incandesceu e cuspiu um jato de fogo, que atingiu todo o rosto de Allenda.

Com prazer Allenda foi se acendendo suavemente, cada vez com mais força, tal como a lhama.

Então, tomada de carinho, Allenda a envolveu em um forte abraço, e sorriu quando a lhama apoiou a cabeça em seus ombros, as duas tomadas pelas chamas.

- FogoDeMontanha – sussurrou Allenda na orelha pontiaguda da lhama, sob o olhar maravilhado dos dois quintrals.

DANTRO, ALESHIA E FAMÍLIA

Eu cumprimento a sua alma, porque simplesmente sei que fazemos parte do mesmo ser.

Ao ver Allenda se aproximando com os dois seres, todo o acampamento se tornou mais febril, olhando com estranheza para os que se aproximavam. No entanto, ao confirmarem na distância que Allenda vinha tranquila e que parecia conversar animadamente com o casal, todos foram se aquietando.

Assim que se reuniram Allenda apresentou os novos amigos a todos da comitiva, e logo eles foram aceitos.

- Não sabem o quanto esperamos por esse momento – declarou Aleshia, mostrando um enorme sorriso no rosto. – Fomos caçados por diversos grupos, e já nem acreditávamos que conseguiríamos. Foi um golpe de sorte termos encontrado Allenda. E quase deu problema, né Allenda? – ela riu.

- Foi sim, mas foi muito bom.

Então Allenda levantou os olhos e suspirou, suas tatus se avermelhando um pouquinho. Depressa todos levantaram os olhos e viram os três se aproximando muito rapidamente pelo céu, tomando a direção do Norte, para despistar qualquer um que os seguisse.

Não demorou muito e eles surgiram daquela direção. Uivo desceu ao lado de Allenda, que abraçou forte e feliz.

Arael e LuaEscura logo foram envolvidas pelos outros, que rapidamente apresentaram Dantro e Aleshia.

Arael não conseguiu não sorrir, ao ver como rapidamente Ybynété e LuaEscura se aproximavam um do outro, os dois cheios de sorrisos e felicidade.

- Uma quintarala e um quintral – reconheceu LuaEscura, segurando firmemente a mão de Ybynété. – Se unindo a nós?

- Se nos aceitarem...

- Pelo Trovão – riu Itanauara. – Quando se aproximaram de Allenda já estavam sendo convidados. É uma honra ter vocês em nosso meio.

- Eu estou maravilhada – suspirou Aleshia. – Temos muitos seres aqui em cima, mas vocês são... São muitos, vocês, são muito diferentes uns dos outros. E há demônios também, e anjos... – Aleshia estava com os olhos brilhantes. Ela soltou um grito eufórico quando Uivo se despoderou do demônio, se mostrando como um pumacaya, apesar da neblina que o recobria.

- Eu reconheço você... É um pumayacaya...

- Não pumayacaya... Esse era meu pai. Eu sou um pumacaya, ou um pumaescuro, como alguns agora me entendem – explicou rindo.

Uivo olhou para Dantro, e se sentiu tocado pelo seu silêncio. Era um silêncio de paz, como aquele que nos invade quando encontramos algo para a alma.

Sem poder se conter soltou Allenda e se aproximou dele. Então, com carinho, o abraçou. Dantro o abraçou também.

Quando se soltaram Dantro tinha algumas lágrimas no rosto, que não fez conta de esconder. Então passou os olhos de um a um, e parou na esposa.

- Até parece que chegamos em casa – sussurrou para ela.

- Vamos? – Aleshia convidou o marido, um sorriso tão luminoso no rosto que a todos intrigou.

Com o assentimento do marido ela fechou os olhos, se concentrando por algum tempo.

Não demorou muito, e logo uma lhama se aproximou.

AchaDeLenha, que estava próximo, ficou abismado, observando com paixão a lhama. Como se estivesse em transe olhou para Allenda, que sorriu e fez um sinal de assentimento com a cabeça.

- Esses são como os queixadas, AchaDeLenha. Existem outros, que são como os caititus. Logo a gente te ensina como chamá-los.

- Jura? – olhou diretamente para o casal. – Vai ser ótimo... – suspirou. – Não vão demorar, não é?

- Claro que não... Agora, temos um grupo conosco, que está escondido perto daqui – Dantro revelou. – Somos em dezenove, sendo um ancião quintral, 4 crianças, um linhadeprecipício, 5 quintrals adultos e 8 quintaralas, nós dois incluídos.

- É um bom grupo – cismou Itanauara. - Agora que você falou, realmente ontem eu senti que havia um nódulo de energia aqui por perto – falou. – Mas, era tão sutil que acabei deixando passar, ainda mais porque logo desapareceu e não se aproximou.

- Se permitirem, vou buscá-los. Eles são a nossa família e os nossos amigos.

- Será um prazer – falou Itanauara.

- Fique – Dantro falou para Aleshia montando na lhama. – Retorno bem depressa com eles.

- Já vasculhou os lados? – ela perguntou, tomada de preocupação.

- Sim, e está tudo limpo por boa distância. Dá para trazê-los para cá em segurança. Nós vamos fazer um pequeno desvio para o Leste, só para confirmar – ele disse.

- Quer que vamos juntos? – se ofereceu Uivo.

- Não, não vai ser preciso, meu amigo. Volto logo. Eles estão numa posição perigosa lá, esperando por nós. Além disso, eles podem se assustar ao me ver com um demônio – sorriu. – Eles podem achar que você pode ter tomado minha mente e fugirem.

- Entendo... Ficaremos aguardando então – sorriu.

Então Uivo viu Itanauara e PisaManso se poderando levemente, como uma salvaguarda caso o grupo que viria até eles não fossem todos exatamente amigos.

Foram longos os minutos, até que todos viram uma trilha de poeira ao longe, que se levantava da terra como uma fina grinalda, quase na diagonal de onde estavam.

Allenda olhou para Aleshia, e não pôde deixar de sorrir pelos seus olhos luminosos.

Uivo se poderou apressadamente, tal como LuaEscura, Arael e toda a comitiva, ao verem que contra o grupo se aproximavam vários voadores.

- São sete – falou Arael abrindo as asas e se preparando para tomar impulso. - Fiquem aqui e se protejam. Se escondam – falou tomada de urgência. – Nós vamos trazê-los em segurança.

Sem mais qualquer palavra, Arael, Uivo e LuaEscura flutuaram a poucos centímetros do solo, violentamente tomando a direção do grupo que estava para ser atacado, levantando do solo uma trilha de poeira que se revolvia rente ao solo.

LuaEscura atingiu com violência um sombra que se elevava à frente de duas crianças, suas farpas entrando pelos lados da criatura. Então girou, tirando a visão das crianças. Quando subiu a criatura estava no chão, totalmente imóvel.

Um quintral, que fazia parte do grupo, se incandesceu à frente de um grande sombra. Ele lutava e guinchava, infringindo muitos ferimentos ao sombra. Mas então o sombra se impulsionou contra ele, rasgando todo um lado seu. O quintral colocou a mão e baixou os olhos, momento em que viu assomar em seu peito a ponta de uma garra grossa, que cada vez mais se tornava visível.

Com um movimento brusco girou a parte superior do tronco e enfiou o braço de fogo na garganta do ser, que estrebuchou e se moveu em desespero, as outras garras freneticamente rasgando o quintral, como se com isso pudesse escapar da morte. Com um estremeção ficou no chão, cada vez se contorcendo mais lentamente em agonia sobre o corpo do quintral, até que ficou totalmente imóvel.

Arael flutuou lenta e suavemente sobre o grupo, encarando os dois sombras que se levantavam dos corpos de três seres que haviam mortos. Com um terrível impulso fechou as asas bem no momento de passar entre eles. Uma das asas cortou um dos sombras, enquanto cortava a cabeça do outro com a espada.

Então, bem lentamente se elevou após a passagem.

Uivo, sem diminuir a velocidade, colheu um sombra que, se não era o maior, parecia ser o mais feroz e que mais danos estava infringindo ao grupo, e subiu com ele.

Arael e LuaEscura se puseram uma de cada lado de um sombra, enquanto viam Dantro matar aquele com que lutava. Então viram o demônio que bloqueavam levantar os olhos para elas e sorrir, um sorriso cheio de maldade e prazer escuro.

Ele se abriu, tornando-se ainda maior e mais ameaçador.

Subitamente ele voou contra Arael, desviando-se no último segundo da espada, desviando-se para tentar escapar pelo lado que LuaEscura fechava.

LuaEscura apenas alongou uma grossa farpa, que aumentou ainda mais dentro do corpo do sombra, que gemeu em agonia.

Com desprezo LuaEscura recolheu a arma, deixando o demônio cair no chão.

Arael olhou para cima, vendo Uivo rasgar lentamente o demônio com que lutava, enquanto ia descendo para perto do grupo.

Dantro mostrava alguns poucos ferimentos, tal como seu lhama, um curando o outro, tal como os outros quintrals e quintaralas do grupo.

O grupo dos seres das terras altas observava com cuidado e estranheza os três seres das terras baixas que, após terem confirmado por longa distâncias que não estavam sob qualquer tipo de observância, desceram e se postaram sérios à frente da linha de seres.

- Melhor as apresentações ficarem para depois – falou Uivo tomado de urgência. – Vamos – falou se elevando quase rente ao chão, junto com a demiana e a dêmona.

- São amigos – falou Dantro rapidamente para os outros, colocando quatro das crianças menores sobre a lhama. – Temos que ir depressa – falou se tornando um redemoinho, tomando a direção diretamente para a comitiva, seguindo logo atrás dos três estranhos seres, juntamente com todo o grupo.

Assim que chegaram a comitiva logo os envolveu e se ocultaram na pequena caverna que ocupavam, onde foram cuidados e alimentados.

- Perdemos cinco do nosso grupo, 2 quintrals e 3 quintaralas – sofreu Dantro, explicando para Itanauara, Aleshia e toda a comitiva, rodeado pelo grupo resgatado. – Eles devem ter descoberto a família, e viram que algo estava para acontecer. Obrigado pela ajuda de vocês – falou, olhando diretamente para Uivo, Arael e LuaEscura.

- E essa é a nossa família – falou Aleshia. – Esses são nossos amigos, e esses dois – falou se abraçando a dois pequeninos, - são meus filhos. Nosso grupo já foi bem maior, mas sofremos muitos ataques.

- Eu sinto muito... – sussurrou Itanauara. – Apesar de ser uma guerra imensa, apesar de estarmos lutando contra demônios e contra irmãos que foram dominados, ao menos estamos em família, como deveria ser. Vocês todos são bem-vindos, e honrados por nós pelas batalhas que travaram. Aduene, meus amigos...

- Aduene... O que quer dizer? – perguntou Dantro com interesse.

- "O Trovão em mim se vê no Trovão em você". É um cumprimento de alma. E a resposta é Adanene, que quer dizer "A energia em mim é a mesma energia em você".

- Lindo – Aleshia gostou. – Também temos um cumprimento parecido, que é Dansana, que quer dizer "o Inti em mim abraça o Inti em você", e que tem como reposta Lenantu, "a luz em mim se vê na luz em você".

- Vocês sabem que já houve uma guerra como essa, algumas eras atrás, que conhecemos como guerra dosvivos? Ela foi tão esses mesmo demônios, e foi tão grande que envolveu toda a vida daquela era. Talvez seja por isso que esses cumprimentos sejam tão similares – pensou PisaManso.

- Provável – falou um velho, que fazia parte do grupo de Dantro. – Alguns de nós têm conhecimento dessa guerra. Também sabemos por que tiveram que descer, e entendemos. Vamos torcer para, desta vez, os expulsarmos definitivamente desse mundo.

- Estamos aqui para garantir isso – falou Uivo.

De repente Arael se levantou, no que LuaEscura a acompanhou.

- Preciso ver um amigo que está tentando acordar – Arael falou, tomada de aflição, desfraldando num movimento único as asas, no que as crianças deram gritinhos de assombro.

- Vou com você – disse LuaEscura se poderando levemente, os olhos malandros nas crianças, que riram felizes.

Então LuaEscura se voltou para Ybynété, que se levantara também, e tinha uma leve tristeza no rosto.

- Volto logo, grandão – falou dando um beijo no rosto do mapinguari, que se mostrou sem fala, os olhos pregados nos olhos da dêmona, que sorriu feliz.

- Vou esperar – conseguiu sussurrar, enquanto vários da comitiva tossiam levemente e riam baixinho.

- Pode ir tranquila, LuaEscura – riu Allenda. – Se ele se engraçar por alguma quintarala, toco fogo nele.

Todos que estavam ali riram, até mesmo Ybynété.

Então, lentamente, as duas foram subindo alguns centímetros do chão. Após vasculharem todo o redor, sumiram de súbito.

- Uauuuuu – gritaram as crianças eufóricas.

Após alguns minutos, assim que tudo se acalmou, Itanauara levantou os olhos, passando-os pelo grupo.

- E quanto à essa guerra, vocês sabem algo sobre ela?

- Há algumas profecias aqui que falam sobre isso – falou Dantro acariciando o rosto do filho. - Diz-se que esse será o fim do Mara Thanai, o tempo da serpente de sombras. Os que estavam aqui, na guerra que chamaram de dosvivos, sabiam dela. Diziam que ela, a guerra dosvivos, não levaria os demônios para longe, mas que apenas os adormeceria. Inti desejava experimentar mais, e permitiu que tudo continuasse, até esses tempos do Mara Thanai.

- Ora, e por que ele permitiria todo esse sofrimento? – estranhou Dhorn.

- Pelo mesmo motivo que seu Trovão permitiu. Porque nós, Inti ou Trovão, vocês, somos apenas a experiência de um deus, do UM – contou o velho com um sorriso gentil no rosto.

O CAMINHO DO DEMÔNIO INDECISO

Não é estranho como, quando entendemos algo, ele se torna simples demais?

- Fiquei sabendo, e estou muito feliz com isso – cumprimentou Arael vendo o grande demônio descer ao lado das duas.

A demiana o examinou com cuidado, e sorriu.

LuaEscura sentou-se, sem tirar os olhos do demônio.

- Nossa, mas você está mudado demais. O que te aconteceu? – perguntou interessada.

- Algumas respostas encontradas no ar – ele falou sentando-se de frente para elas, o olhar pensativo sobre as duas. – E o que ficou sabendo, demiana, para se sentir feliz?

- Da sua nova missão, a de atrapalhar Trevas e Escuridão – sorriu sentando-se ao lado de LuaEscura.

- Ajuda ao Uivo e Allenda, auxílio ao príncipe renegado... – enumerou LuaEscura.

- Estou tateando, tentando ver o meu lugar – sussurrou.

- Suas escolhas já indicam o lugar escolhido, Mercator.

- Parece, não é mesmo? – falou, o olhar nos olhos de Arael.

- Olhem, se quiserem eu posso sair voando por aí e...

Arael abanou a cabeça, sorridente.

- Larga de ser chata.

- Brincadeira, Mercator... – ela riu meio debochada. – Mas, falando sério, o que pretende por lá?

- Apenas pensando nos que estão tentando acordar... Acho que uma pequena retribuição pelos que se preocupam com minhas tentativas de despertar, desde muitas eras... – murmurou perdido em pensamentos.

- Entendo... – Arael observou as feições de Mercator, e acabou desistindo. – Havia ainda uma máscara de pedra no rosto estranho do demônio.

- Sabe que nós bem que tentamos, não é Mercator? Conseguimos somente uns poucos thianahus.

- Que fosse apenas um, LuaEscura, e teria valido a pena. Não é bom ficar na escuridão... – sussurrou. - Além disso, há as harpias, e coris-negras.... Mas, e vocês, como estão por aqui? – perguntou, a voz um pouco mais viva, mudando de assunto.

Arael ficou algum tempo em silêncio, observando Mercator. Em sua mente a frase: "Que fosse apenas um...". Olhando para LuaEscura viu que ela sabia como aquela frase a deixara feliz.

- A situação aqui está bem complexa – falou Arael. - Na verdade, há três frentes para os danatuás: a dos pés das montanhas, do alto das montanhas com a comitiva de Itanauara e essa situação aqui ao Norte. Impedimos várias guarnições e batalhões de atacarem os danatuás pelo flanco.

- E há você... – LuaEscura intrometeu-se. - Sinceramente, às vezes fico pensando... Sabiam que eu ataquei e quase dei fim em Allenda e Uivo, um bom tempinho atrás, né? Por sorte algo me impediu. Agora, vendo o que eu era, o que eu sentia bem antes, nunca desconfiei que eu estava tão perdida, então... Sorte?

- Tenho certeza de que não foi sorte, juguena. O melhor jogador de todos nunca deixou de jogar. E que bom que não deixou, não é mesmo? – falou, a cabeça meio abaixada, os olhos disfarçados em Arael, que sorria em paz.

Então levantou os olhos e se ergueu.

- Algo está para acontecer, e eu preciso ir. De vez em quando eu apareço – falou, o tom de voz suave, como nunca tinham pensado ouvir.

- Eu vou ficar esperando... – Arael sorriu enquanto se levantava.

- Ela vai ficar esperando – LuaEscura riu. – Eu também, grandão. Saberá onde estamos. É só procurar a sua estrela... – sorriu se aproximando e dando um abraço no gigante, que a olhou sem saber o que fazer.

> Vamos, pode me abraçar também, gigante – LuaEscura riu, olhando para cima, logo voltando a encostar a cabeça em Mercator, o que fez Arael rir baixinho.

Para espanto de Arael, Mercator bateu suavemente e meio sem-jeito na cabeça de LuaEscura, que o largou, sorridente.

> Vem cá, Arael, é gostoso abraçar ele. Experimenta – ela incentivou, afastando-se um pouco de Mercator.

Arael então se aproximou devagar e, meio sem-graça, deu um abraço em Mercator.

O demônio, com grande suavidade, acariciou a cabeça da demiana.

Quando ela o soltou ele dobrou um pouco o rosto, mostrou os olhos suavizados nas duas.

- Akindará... – murmurou.

- Akindará – cumprimentou LuaEscura.

- All lantun – cumprimentou Arael com suavidade.

Então, com um impulso ele se elevou e se foi.

- Nossa, Arael, eu juro que ele sorriu feliz quando você desejou que ele seguisse com a luz... Nossa, que coisa... Isso foi demais.

- Foi mesmo, não foi? – sorriu a demiana, toda feliz.

PLANOS EM PLANOS

*Não posso permitir que vá contra mim,
ao buscar destruir o que mantem minha
alma.*

I

Allenda observou o acampamento, com cuidado verificando cada um dos companheiros, cada uma das montanhas distantes. Suspirou profundamente. Seus olhos pousaram por fim em Uivo, e não pode deixar de sorrir. Se antes tinha o medo de entregar sua alma, agora o medo era de perder a quem a entregara. O mundo nunca mais seria o mesmo se o perdesse. As cores sumiriam, os sons ficariam mais pobres e a vida seria definitivamente triste e sombria.

Quantos riscos já tinham passado desde que essa guerra começara, com tudo vindo num crescendo, cismou. Os enfrentamentos nos baixios, a morte de Adanu, Uivo e sua luta terrível contra o seu demônio, a subida das montanhas como semnome, a travessia do salar, a batalha do lago, o encontro com os grandes demônios e com as harpias renegadas, o encontro com o demônio Mercator e, agora, isso, finalmente o encontro com os aliados. E, como se tudo isso não bastasse, ainda havia a chegada deles.

A comitiva[3] e os aliados estavam envolvidos numa guerra no salar quando eles apareceram. Eram demônios, mas

---

[3] Por essa ocasião o danush de Itanauara era composto pela flor-do-mato Allenda, pelo saci Ybytu, pelo bestiário Dhorn, pelo anaquera PisaManso, pelo mapinguari Ybynété, pelo puma escuro Uivo, pelos magos flor-de-fogo Trília, anaquera Túnis e flor-de-fogo Canvas, pelo tatun Legião, atandé Axouara, cainamé

eram demônios diferentes, e mais diferente ainda era o demônio que os liderava, que se chamava Ashassin. Eles eram potaraobis, e eram demônios, e eles já haviam se encontrado há muito tempo, quando foram procurar quem limpara a caveira vermelha. Apesar das desconfianças, os aceitaram em suas fileiras. Mas havia algo rondando sua mente, algo que a incomodava, despertadas pelas palavras que Ashassin declarara quando a eles se juntaram: a missão principal deles eram as mutas. Então, o interesse velado desse demônio potaraobi sobre Uivo[4] a incomodava sobremaneira,

A verdade é que não confiava em Ashassin e em seu jubau. Eles tinham um plano, frio, calculado, que atenderia seus propósitos não declarados, sentia no fundo de sua alma. Eles agiam como a maioria dos anjos, sentia: se fosse necessário destruir a muitos para salvar muitos mais, era mais que certo de que assim agiriam. Não sabia qual era, mas tinha certeza de que, de alguma forma, essa linha dizia respeito a Uivo e às mutas.

Seu coração tremeu.

Até pensar em perder Uivo a agoniava. Se antes entrava em uma batalha de forma destemida, ou até mesmo temerária, agora se pegava com uma pontada de receio de... morrer. Levara muito tempo para encontrá-lo. Se o perdesse, quantas vidas teria que lutar para encontrá-lo novamente, se pegava de vez em quando se atormentando. Tinha que se proteger, tinha que protegê-lo, para assim se proteger. Isso até que seria fácil, não fosse a guerra monstruosa que rastejava sobre o mundo, mesmo que tenha sido ela que os unira.

PedraVelha, ello-escuro Archabarr (chicote do trovão), caipora AchaDeLenha, sedenerá Atanua, quintral Dantro, quintarala Aleshia e tecelão LinhaDePrecipício

[4] O encontro da comitiva com os potaraobis demônios está descrito no livro 4 de "Os danatuás", do mesmo autor.

Allenda abanou a cabeça, sacudindo o tremendo peso da realidade, guardando-o num lugar na penumbra.

Subitamente viu o movimento de Uivo, e a atenção intensa, apesar de disfarçada, com que Ashassin o cercava, como se o último estivesse antevendo uma oportunidade.

Depressa se firmou ao lado de Uivo enquanto a cidade ao longe parecia se tornar mais movimentada ante o reforço que recebiam.

Virou-se e viu Itanauara atenta aos reforços das terras baixas que eram trazidos por aves imensas, e aos inúmeros grupos de revoltosos que atendiam o chamado dos danatuás, para danatuás também se tornarem.

Itanauara observou o movimento cauteloso dos inimigos, que procuravam se reforçar com mais sombras, mantas e seres estranhos.

Depressa se reuniu com a comitiva e três comandantes dos thiahus e o comandante ellos e a comandante Danbara.

Por um bom tempo ficaram reunidos, trocando sugestões, montando uma estratégia para a batalha que se anunciava.

Então, quando Itanauara se virou todos correram para seus grupos, que começaram a se mover.

- Vamos!!! Vamos!!! Que o medo tome os corações dos demônios e de seus adoradores, se coração tiverem!!! – gritou Itanauara, a lança apontada para os inimigos.

Sem perda de tempo Axouara e Pedra Velha correram para as harpias, que olhavam com sede para as linhas dos inimigos. Uivo estirou suas garras enevoadas e a comitiva se preparou para avançar, enquanto as águas do lago ferviam.

Allenda se virou quando vários componentes do jubau demônio passou ao lado. Sabia que não poderia perder Uivo de vista dentro da batalha.

II

Ashassin colheu dois dos coloridos e esmagou um contra o outro, um sorriso cheio de maldade mirando um estranho ser à sua frente. De repente, com um pequeno movimento o imobilizou e sondou sua mente, e o que viu o deixou contente. Num puxão violento derrubou um manta e o prostrou contra o chão. Chamou dois demônios de seu jubau e os mandou escoltar para a retaguarda aquele ser esquisito e guardá-lo com bastante atenção.

Ao olhar para a direita viu a comandante manira-ellos Danbara, numa agilidade absurda e leve, girar no ar, disparar flechas e cortar um colorido, assim que tocou o solo.

Com um soco violento parou o ataque de um thianahu, seus olhos observando Uivo de lado com bastante cuidado. Acima dele viu baixando um grande sombra. Ouviu um grito de aviso da bela Allenda, como seguiu o impacto violento, desfazendo Uivo, empurrando-o com crueza contra o chão.

Como se tudo estivesse em câmara lenta viu Allenda se defendendo enquanto tentava se aproximar de Uivo em companhia de FogoDeMontanha, que cuspia e rasgava e queimava. Mas a massa de atacantes era grande, e o avanço era muito lento. Ouviu o gemido alto e desesperado dela quando o sombra levantou o esporão, mirando a nuca do ser prostrado.

Ashassin ficou em silêncio, aguardando. Então, com passos medidos e calmos, tomou a direção deles.

Não queria proteger, não queria impedir que morresse. O que precisava era sentir a energia que ele poderia emanar, quando se recuperasse ou morresse.

Com indiferença viu os olhos de Allenda assustados em muda pergunta no curto movimento em que o viu, e novamente se virando, para buscar Uivo.

Então viu um outro sombra, tão grande quanto o primeiro, caindo ao lado de uivo e do primeiro.

O potaraobi tombou um pouco o rosto e quebrou o pescoço de um thianahu, continuando a se aproximar mansamente dos três.

Com muita atenção viu o esporão do demônio tremendo e se lançando com violência para baixo.

Com prazer ouviu os gritos de fúria do demônio quando o seu esporão foi forçado para o lado, acertando o outro demônio, que guinchou de dor e surpresa.

Allenda parou.

Ashassin continuou em direção ao demônio que antes aprisionara Uivo, agora aprisionado por um estranho demônio que se levantava.

Ele era cinza, imenso, e tinha uma aura de poder cheia de desprezo e ruindade.

Ashassin parou procurando sentir o ar, sentir os demônios, o medo e confusão que nascia neles.

Suspirou satisfeito, começando uma corrida. Quando estava bem próximo girou, a faca de cristal esverdeada rasgando o ar e a pele do sombra.

Ao tocar o solo girou e se levantou, vendo o sombra, todo destroçado, cair ante o demônio Uivo, que o olhava com fúria.

Num arranque súbito Uivo segurou Ashassin pelo pescoço, irresistível, dominador, ignorando os movimentos febris e o ataque mental que o potaraobi lhe impunha.

Foi então que Allenda e FogoDeMontanha se aproximaram e entraram no grande círculo de silêncio que se formara em torno de Uivo e de Ashassin.

- Ele não merece, Uivo – Allenda falou, a voz mansa.

Uivo voltou os olhos vermelhos novamente para Ashassin, e o soltou.

Uivo percebeu o medo no rosto dos thianahus e o modo como olhavam para Allenda.

Num único movimento, no ataque desesperado dos thianahus, a neblina de que era feito se tornou imensa e se encheu de farpas, atingindo tudo o que se aproximava, fazendo um enorme e amplo círculo de cadáveres.

Allenda olhou toda a volta, e para os thianahus, que olhavam com perplexidade e ódio, sombreados por mantas e sombras que mantinham Uivo sob atenção.

Quando atacaram novamente Uivo se ergueu, tirando Allenda e o quinua do caminho dos inimigos, deixando Ashassin sozinho no meio do caos terrível.

Horas depois, quando a batalha terminou e os thianahus recuaram para sua cidade e cercanias, Allenda procurou por Ashassin. Ela o encontrou calmamente sentado sobre uma pedra, de onde podia manter sob vigilância a cidade ao longe.

- Que planos você tem, Ashassin?

Ashassin se mexeu e a olhou com tranquilidade.

- Planos? Meus planos são destruir esses demônios e acalmar as mutas – declarou, convidando-a para sentar-se à sua frente. – Que outros planos eu teria?

- Um plano ruim, tenho certeza. Um plano que envolve Uivo.

- Por que diz isso?

- Eu o vi na batalha. Você viu, mas não avisou Uivo dos demônios, e só interferiu quando Uivo já se mostrava vitorioso.

Uma pequena encenação para desviar o foco de suas pretensões. Quais são elas, Ashassin? O que quer com Uivo?

- Não tenho planos – afirmou se voltando novamente para a cidade. – Apenas a curiosidade me deixou lerdo. Ele é um demônio raro, uma união estranha de seres poderosos, que não mostrou ainda tudo de que é capaz. Ele ainda não se mostrou como o que realmente é - repetiu. – Apenas curiosidade, Allenda...

- Todos sabemos disso, que ele ainda não se mostrou completamente. Mas, se todo o bem tem uma parte má, todo o mal tem uma parcela de bem. Uivo tem essa boa parcela de bem, mas também tem uma boa parcela de maldade, para aqueles que não são muito honrados, ou que possuem uma honra duvidosa. Não vá contra ele, não o experimente. Ele já está avisado sobre você – declarou se levantando, tomando a direção do acampamento.

O FIM DOS RESGATES

Como se conta a recuperação de uma alma? Na verdade, sabendo que você é apenas um instrumento dela para abrir um novo caminho, então é fácil ver que você não a resgatou, mas que isso foi um papel dela mesma. Mas, julga mesmo que está isento dessa culpa?

Arael foi a mais rápida dentre eles, talvez porque já estivesse de olho naqueles três seres. Eram um linhadeprecípio e dois nagonaus.

Eles nada fizeram, mas algo neles despertou a atenção da demiana.

Ela simplesmente desceu na frente deles, bloqueando seu caminho em direção ao acampamento que haviam montado.

- Se quiserem continuar vivos, voltem – avisou, as mãos baixadas e cruzadas na frente do corpo, os olhos atentos aos três e a todo o entorno.

O grupo, que avançava em silêncio na calada da noite, parou. Todos se puseram em silêncio, observando Arael e os dois demônios, um anaquera e um anhangá que a acompanhavam.

- Você não pode fazer isso – cochichou o mais franzino dos nagonaus, mostrando-se um pouco nervoso. – Não pode nos negar a libertação. Somos escravos. Por favor...

- Sei o que vai na mente de vocês. Somos demiana e demônios, e não há como nos enganar. Então voltem e digam aos que os enviaram que os espiões, se passarem, serão identificados e mortos. Vocês, ao menos, poderão voltar, para entregarem esse aviso.

Com desprezo viu a postura subserviente e desesperada que haviam se impingido desaparecer, substituída agora por uma postura de escárnio.

- Vocês, que sejam anjos ou demônios, isso pouco importa, serão destruídos, tal como o exército de vocês que está sofrendo no Sul. Então...

Os outros dois olharam surpresos quando o nagonau franzino foi cortado ao meio. Rapidamente, sem olhar para trás, os dois recuaram e desapareceram na escuridão.

Dois dias depois aconteceu mais uma vez, e desta vez foi LuaEscura quem reagiu, eliminando quatro deles, e só autorizando dois a passarem.

Foi um processo lento, e de certa forma frustrante. Achavam que conseguiriam identificar e trazer para suas fileiras centenas de adormecidos dos thianahus, mas haviam conseguido 23, sendo que desses, 8 não foram considerados confiáveis, e foram abandonados, para alívio inclusive dos próprios thianahus resgatados que foram enviados para o Sul, para os danatuás.

- Desistir de resgatar os que desejam debandar? Mas esses já não são importantes? Que fosse um, e teria valido a pena, não teria? – estranhou um anhangá avaliando o resultado da empreitada, quando estavam reunidos numa clareira da floresta que vigiavam.

- Seria, em tempos de paz – confirmou LuaEscura. – Mas não podemos nos colocar em perigo e perder um bom número de soltados, ocupados a permanecer sempre em estado de alerta para dentro de nossas fileiras. O risco é muito grande.

- Mas, esse pensamento de não nos focarmos mais nos resgates, por enquanto é só um pensamento. No entanto, o importante é que agora eles sabem. A notícia deve ter se espalhado que aceitamos e acolhemos revoltosos – falou Arael. –

O problema é que vamos ter que filtrar qualquer um que vier dos thianahus. Como disse LuaEscura, o risco é muito grande.

- O mesmo está acontecendo com o exército danatuá? – perguntou um anaquera de modos tranquilos.

- Sim, Otag está filtrando por meio de magos e feiticeiras os que fogem dos thianahus. A maior parte, pelo que soubemos, são espiões ou dominados. Mas, felizmente, parece que lá o número dos que realmente são fugitivos é maior que o nosso – Arael sorriu.

- A verdade é que o tempo para a honra e nobreza nunca devem ser abandonados – falou um jurupari de aspecto medonho, olhando diretamente para o velho anaquera. - Eu acho muito válido que abriguemos os que realmente fogem, mas temos que ter o cuidado para não nos perdermos. Devemos ser muito cuidadosos para que o que acreditamos não seja usado contra nós.

CHEGA O TEMPO

*Em um momento é necessário deixar de
lado o orgulho vazio e confirmar que é
preciso aprender. Não há outro caminho
para se seguir adiante.*

Era a expressão do mal. Tudo escurecera naquela região, os campos tomados de maldade. Havia algo negro que se espalhava poderosamente e dominava a índole daquele lugar.

Uivo, assim que se despoderou, viu que fora ele que transformara aquele lugar, e ficou horrorizado. Então se poderou num nível menor e trouxe para si toda aquela maldade, que controlou e fez sumir, o que, de certa forma, recompôs o local de forma quase perfeita. Mas, num pequeno espaço, numa garganta estreita, o mal encontrou seu lugar, e de lá não teve como retirá-lo. Havia ali um quê de tristeza e apreensão, de um mal à espreita. Os pelos de Uivo se arrepiaram. Desejou partir e não se aproximar mais.

Uivo se sentou na entrada da garganta, uma opressão apertando o peito.

Pelo canto dos olhos viu quando o gigante Mercator desceu ao lado, totalmente silencioso.

- Perdendo sua luta? – Mercator perguntou se postando ao lado, a atenção no lugar onde o mal se ocultava.

Uivo se levantou e se virou para Mercator.

- Eu consigo me controlar – Uivo olhou diretamente para Mercator. Em seus modos havia um quê de desafio, por saber que não era verdade o que dizia.

- Sei... – Mercator sussurrou se voltando para Uivo. - Em todo o caso, não se concentre no ódio que sente, não se concentre em você. Não sinta prazer no ódio, ou na maldade que percebe existir em seus atos e modos. Não lhe preste atenção ou justificativa. Veja finalidades, veja oportunidades. Se controlar não quer dizer se equilibrar perigosamente no abismo, mas controlar seus impulsos, seus desejos imediatos, suas vontades. Se coloque em perspectiva. Não se force, seja natural... Observe a si mesmo, como um observador impessoal e indiferente. É como se você estivesse fora, julgando-se, analisando-se. Isso te fará se controlar mais. Não lute contra o seu demônio, não se force a destruí-lo. Não conseguirá, a não ser o de se deixar a mercê de outros, ou deixar de ser você mesmo.

Uivo parou e observou Mercator com cuidado. Aquele demônio, ou anjo, já dera mostras demais do quão perto estivera de se perder, mas acabou se vencendo, se reconstruindo. Relaxou. Precisava realmente do conhecimento daquele ser. Aquela era uma oportunidade.

- Sei o que está fazendo, e lhe sou grato.

- Será mesmo? Deveria pensar melhor, dahrar. Apenas, se mostre à altura.

Sem qualquer aviso Mercator atacou. Como um estampido Uivo se poderou como demônio e se defendeu com vigor. Os golpes de Mercator eram tremendos, eram muito poderosos. Havia poder demais ali, havia uma determinação desesperada em destruir. Uivo se deixou livre e pôs todo seu poder. Ele precisava sobreviver àquele demônio.

Por um bom tempo se bateram. Uivo lutava com determinação, aparando golpes e revidando com violência, cada vez mais à vontade com a maldade. O cinza se tornou negro e acreditou que poderia, e deveria, destruir o mundo. Avançou forte contra Mercator. Então, em um determinado momento, como se ouvisse Mercator, se pôs como observador daquela batalha, e compreendeu o que ele dissera. Foi então que deixou seu ódio terminar de crescer, o vendo apenas como uma força a ser utilizada. O desprezo e arrogância, os medos e o prazer da violência libertou e deixou crescer, e se armou deles. E, por mais estranho que fosse, viu um ponto de paz, suspenso num golpe de respiração. Se fixou nesse ponto, nessa paz onde o demônio se revolvia e existia em todo o seu poder.

Um golpe poderoso de Mercator atravessou a proteção de sombras que havia lançado, parando a milímetros do seu peito. O golpe estava bloqueado, não o atingiria. Mercator se retirou num giro estupidamente rápido, a asa transformada em foice, girando pela esquerda enquanto subia. Uivo apenas observou, se esquivando no último segundo, empurrando Mercator com violência para longe com um golpe seco.

Uivo parou, examinando Mercator com interesse. Em silêncio se despoderou, os olhos pensativos.

- Entendo o que quis dizer – falou lentamente. – Ser o demônio, mas não mergulhar nele. Observar o mal, o desprezo, o... medo, mas não ser nada disso.

- Quando esses sentimentos o dominam, você fica pronto para ser usado por qualquer um. Se você não sabe e não entende o que é, os outros ficam livres para exercer poder...

- Por isso se afastou de todos, por tantas eras?

- As dúvidas me protegeram, a maior parte do tempo, mas não puderam proteger o mundo de mim... – falou se elevando suave. – Por isso, criança, não acredite no seu demônio. O demônio se alimenta disso, e assim se descontrola. É você o demônio, é você o puma, é você o nefelin. O controle é seu, não de suas naturezas, porque todas elas são apenas uma coisa: você. Apenas deixe o tempo cuidar, e você será o demônio que quer ser. Até lá, cuidado...

- Com o que?

- O sentimento de poder é um inimigo extremamente poderoso e perigoso. Ele é um grande corruptor da maioria das almas...

E, sem esperar, subiu alto e desapareceu dentro de um gigantesco nimbo.

Uivo, com um curto e simples movimento da mão esquerda, espantou o medo que fizera ninho na garganta. Com suavidade e simplicidade o desmanchou e dispersou.

Ainda ficou um tempo observando o mundo, sentindo o vento e o ar, ouvindo ao longe.

Então, num curto estampido se poderou. O ódio cresceu, mas ele continuou pensativo. Deixou que crescesse ainda mais, e mais, até sentir que poderia destruir tudo em volta, e teria prazer nisso. Mas continuou quieto, e se sentiu bem com isso.

Pensando sobre o que Mercator falara, prestou atenção em seus sentimentos, e viu claramente o ego satisfeito com o poder que tinha. Mas então, surgindo com um hálito renovador, viu o rosto de Allenda, e dos amigos e todos os outros, e sorriu.

- O poder é pobre, porque destrói aquilo com que nos importamos – reconheceu. - Não há como negar o poder que todos possuem, não somente eu, não somente ele – falou, vendo o engano que o ego lhe cochichava.

Satisfeito, num poderoso e silencioso estampido se poderou totalmente em demônio.

A risada maldosa ecoou pelas montanhas, até o eco retornar uma alegre risada humana.

VINGANÇA DE TREVAS

*Eu mereço ser temido pelo que sou, e vou
lembrar dolorosamente todos aqueles que
se esquecerem disso.*

Trevas ainda estava fulo de raiva com a intromissão de
Mercator, no encontro que tivera com Uivo e Allenda, e tudo
azedando ainda mais pela traição de sua harpia. O ódio enorme o
tornava ainda mais perigoso e incomodo para todos, cismava
Escuridão, sentindo um velado prazer nisso.

Trevas olhou à volta.

Havia um largo círculo à sua volta, que se movia,
inchava e crescia de acordo com seus próprios movimentos.
Somente Escuridão parecia não se importar com o ódio que
exsudava.

- Quer tirar toda essa carranca? – Escuridão achou ruim.

- Por que não vai amolar outro? – reclamou, os olhos
medindo o exército danatuás, cismando se não seria interessante
abater alguns deles, apenas para tirar esse peso que tinha.

- Larga de ser cretino, Trevas. Seu ódio te deixa cego,
até mesmo para isso – e apontou para um setor à Noroeste, mais
próximo da extremidade do exército thianahu do que do exército
danatuá. – Sabe quem chegou agora há pouco do Norte?

Trevas apurou os olhos, e o que viu o deixou feliz. Dois
seres de grande poder estavam ali. Eram duas fêmeas. Uma
parecia ser uma dâmia, enquanto a outra parecia ser uma demiana
de cabelos vermelhos como fogo.

- Aquelas duas, Trevas, são as que estão protegendo o
Norte e os desertores – acusou com acidez na voz rascante. -
Sabe, eu ouvi algumas coisas de aquela dâmia ter alguma ligação
com Uivo, e aquela outra, com Mercator. As duas foram vistas

num rio mais para o Norte. Houve alguma estranheza, mas depois contaram que Mercator se acalmou e simplesmente deixou as duas em paz.

- Ora, então as coisas podem ser salvas num dia como esse – Trevas sorriu, mandando vir sete sombras para se juntar a eles. – O que queremos está lá – apontou para os lados onde as duas podiam ser vistas sobrevoando os danatuás.

- Como quer fazer, Trevas? – perguntou Escuridão, sem tirar os olhos delas.

- A dâmia é minha. Você fica com a demiana. Você as confronta. Eu vou ficar bem alto. Antes que percebam vou despencar e abater a dâmia. – Quanto a vocês – falou para os sombras, - vão com Escuridão.

Assim acertados, Escuridão viu Trevas partindo para o Oeste. Bem ao longe o viu subir alto no céu e retornar por cima das nuvens. Quando se colocou bem acima da dâmia Escuridão e seu séquito voaram em direção à posição onde estavam as duas.

Arael viu o demônio surgir na sua frente, secundado por sete sombras.

A demiana se defendeu por instinto, a espada brilhante bloqueando a de Escuridão, que descia contra o seu lado num arco curto.

Então se lembrou como tinha sido antes, quando se batera contra Escuridão quando era Éfrera. Inspirou empurrando com violência o demônio para longe com um golpe pesado do cabo da espada. Não iria cometer o mesmo erro que lhe custara a vida antes. LuaEscura não precisava de sua preocupação e atenção ao se bater com os sombras.

De esguelha viu que os sombras se revolviam, tentando envolver LuaEscura. Mas ela parecia leve, feliz em seu elemento, a todos eles superando com facilidade.

LuaEscura viu um sombra se aproximar com arrogância, e diminuiu sua frequência, o que fez com que os sombras se sentissem todos bem mais confiantes. Num movimento de pinça eles se dirigiram para o centro onde ela estava.

Quatro sombras caíram ali mesmo, no súbito aumento da energia da dêmona, as farpas se alongando, vivas e elétricas. Três conseguiram escapar, sendo que um deles estava muito ferido, o que o tornou mais lento, sendo logo atingido pela aproximação violenta da dêmona.

Os dois restantes fizeram um círculo, cativando a atenção de LuaEscura.

O golpe foi duro e terrível, até mesmo para uma juguena como LuaEscura. Trevas descera com violência sobre ela, empurrando-a com extrema brutalidade contra a terra. O impacto reboou para longe. LuaEscura, totalmente atordoada, conseguiu emitir apenas um pequeno gemido.

Então, apressadamente, vendo o perigo extremo da situação em que se encontrava, num movimento brusco se afundou mais na terra, para dentro de sua escuridão.

Trevas ficou observando, vendo a energia de LuaEscura sumir, disfarçada que estava.

Quando olhou para o lado viu que o movimento que fizera fora a suficiente para distrair a demiana, que estava presa na ponta da espada de Escuridão.

Se aproximou dos dois, no momento de ouvir algo que o agradou imensamente.

- Ora, você eu conheço – falava Escuridão observando Arael com satisfação. - Eu já te matei uma vez, e foi dessa mesma forma, não foi? – sorriu, fazendo como se cheirasse o ar. – Então você voltou, demiana. Eu te apresento a amante de Mercator – falou para Trevas, que a olhava com nítido prazer.

O golpe foi pesado, e desequilibrou os dois demônios. A juguena simplesmente irrompera com violência do solo, bem abaixo deles. Com extrema violência as farpas de sombras atingiram os dois com fúria, os empurrando para o lado enquanto pinças de sombras recuperavam e mantinham Arael segura junto de si. Com um impulso monstruoso atingiu os dois demônios mais uma vez, fazendo-os recuar.

Então olhou para longe, para os danatuás que vinham para o seu lado, e para os thianahus, bem mais próximos. Apressada segurou Arael com mais firmeza e voou em velocidade para a linha mais avançada dos danatuás.

Enquanto fugia tentava atingir os demônios que vinham em seu encalço, para mantê-los um pouco afastados. Mas, antes que entregasse Arael aos cuidados dos amigos sentiu uma força terrível contra seu corpo, e viu que Trevas a segurava, poderoso e terrível. Se preparava para reagir quando um golpe violento a pegou de lado na têmpora, deixando-a zonza, despencando pesada para o solo. Mesmo atordoada girou o corpo no ar, tentando preservar Arael do impacto contra o chão.

Confusa na dor violenta que se irradiava de suas costas, seus braços caíram para os lados, o que deixou Arael escorregar, desamparada e desacordada, para a sua esquerda.

Então dois sombras e os dois demônios desceram ao lado das duas. Escuridão se adiantou, a espada apontada para o coração de Arael.

Escuridão urrou de dor e ódio quando algo imenso caiu sobre ele. Enquanto tentava se recuperar viu Mercator se erguer, a espada ferruginosa crepitando com violência, se batendo contra Trevas. Tentou se mover, somente para sentir uma dor imensa. Olhou para seu corpo e viu um talho terrível ao lado de sua asa esquerda.

Ela quase fora decepada por Mercator.

Mantendo Mercator sob atenção, tomado de urgência aplicou passes no musculo da asa. Com mais urgência ainda se apressou em se recuperar, após ver que os dois sombras já haviam sido abatidos, e que a dêmona começava a se recuperar.

Apesar de não estar totalmente refeito se ergueu e caminhou lentamente em direção à dêmona.

Era a mais frágil e seria um inimigo a menos.

Mas parou, vendo uma nuvem pesada descer ao lado da dêmona, os olhos vermelhos e maldosos presos nos seus.

Escuridão sorriu maldoso para Uivo que o encarava, totalmente poderado em demônio.

- Ora, então você ficou um pouco mais fortinho – riu divertido, vendo a dêmona se erguer fragilmente ao lado de Uivo.

- Vá e leve Arael para os nossos – Uivo pediu, a voz estranha e profunda, sombras negras se revolvendo suaves ao seu redor.

A juguena teve um momento de indecisão, mas então, com rapidez se virou e, pegando Arael, a levou para os danatuás, já ao alcance de onde estavam.

- Sabe que isso é apenas uma pausa, não sabe? Essas duas não irão sobreviver por muito tempo.

A risada ainda ecoava quando Uivo o atingiu com violência, numa sequência terrível de golpes. Escuridão se defendia, se recriminando por não ter tido tempo suficiente para se curar totalmente. Com sua espada tentou atingir o lado do pescoço de Uivo, mas viu com estranheza que uma espada negra, feita de uma escuridão lisa e luzidia bloqueara a sua.

O impacto das espadas fez uma onda de choque explodir o ar, tornando-o um pouco mais quente.

Mas Uivo não parou.

Girou a espada deslocando a de Escuridão. Então girou o corpo, a espada negra se alongando um pouco mais, enquanto farpas serrilhadas cresciam pelos seus lados, como se fossem asas pressagas.

Maldizendo tudo o que havia Escuridão foi recuando enquanto se defendia dos ataques de Uivo.

De súbito tudo cessou. De um lado ficaram Trevas e Escuridão e, do outro, Mercator e Uivo. O silêncio era pesado e opressivo.

- Matou outra vez a putinha que pertence ao Mercator? – Trevas perguntou para Escuridão, uma satisfação presa na caretona.

- Acho que ela não vai sobreviver. Mais um tempinho sem a sua putinha, não é mesmo, Mercator?

- E a sua putinha, a dêmona? – riu Escuridão para Uivo. – Vamos acabar dando um jeito nela. Depois, chegaremos naquela menina de fogo.

Mercator olhou para Uivo, o incômodo transparecendo em seus modos. Uivo fez um leve sinal de assentimento.

Num estampido os dois atacaram os demônios. O ar pareceu enegrecer no meio dos dois exércitos que abriram mais que depressa uma larga meia-lua, cada um de seu lado, em volta dos dois.

Vendo a derrota iminente, ainda mais Escuridão que não se recuperara totalmente, os dois subiram alto no céu, onde sons de batalha ainda puderam ser ouvidos por algum tempo.

Otag encarou o outro exército, que lentamente recuou para suas bases, na raiz das montanhas. Procurou os quatro no alto, e viu apenas pequenos pontos negros se perdendo cada vez mais para cima. Nitidamente Uivo e Mercator afastavam os dois demônios dos danatuás. Vendo que os sons da batalha dos demônios já não podiam mais ser ouvidos e que o exército thianahu havia debandado por completo, Otag ordenou o retorno às próprias bases, tendo atenção especial em Arael, que mostrava um quadro muito preocupante.

OS DEMONIOS ESTÃO AQUI

*Trouxe meu demônio para a luz, porque
eu preciso cuidar dele.*

O exército danatuá se remexeu como um vespeiro.

Otag saiu apressado da tenda de comando, os olhos vasculhando os céus e a terra, até entender o que estava acontecendo.

Mais que depressa Otag correu para onde eles desceram, uma enorme preocupação em seu rosto. Apressadamente, enquanto progredia para o lugar, ia se cercando de seres de poder, ordenando que se poderassem com rapidez.

Então parou de súbito, os olhos desmesuradamente abertos, avaliando os dois grandes demônios que haviam descido no meio deles. Mercator era o maior deles, e o mais ameaçador, sem dúvida. Porém, notou que Uivo se mostrava bem mais dono do poder que era.

Com horror viu que, se eles decidissem lutar com eles ali, muitos iriam morrer, fato de que poderiam se aproveitar os thianahus.

Depressa mandou chamar Canvas, Trília e Túnis. Enquanto aguardava que viessem ao seu encontro, observou com cuidado as feições do exército, e viu um misto de reações, sendo que a maior parte deles mostrava nítido receio, e medo.

- Quero que me digam o que sentem desses dois – foi logo pedindo, assim que os três se postaram ao seu lado.

Canvas inspirou profundamente, tirando os olhos dos dois demônios e depositando-os em Otag, tal como seus filhos faziam.

- Não podemos fazer isso – Canvas foi logo dizendo, o rosto sério.

- Ora, e por que não? – assombrou-se Otag.

- Conhecemos Uivo, e confiamos nele, podendo dizer que fazemos parte de sua família de guerra. Mas, ele está como demônio, e seus sentimentos ficam um pouco mais...

- Sombrios – Trília completou o pensamento da mãe, que se perdera procurando uma palavra exata. – Quanto a Mercator, é de bom senso que ele não sinta que está sendo avaliado.

- Ah, é? – Otag reclamou. – Então temos que ficar à mercê dele?

- Se ele está com Uivo, isso já diz muita coisa – falou Túnis. - Além disso, ele veio por amor à uma demiana. Isso não lhe diz alguma coisa? – sorriu.

Otag ficou pensando, seus olhos perdidos nos olhos do jovem bruxo. E em tudo que os três falaram viu razão.

Então se virou, e com cautela examinou as feições e os modos dos dois, e viu que Uivo estava calmo e tranquilo, e que a neblina que era se revolvia com majestade. Já Mercator preocupava mais: ele parecia estar preocupado, e sabia bem o que era. Mas havia o que os bruxos haviam falado.

Por fim, relaxou um pouco, despedindo com um sorriso estranhamente esgarçado os três bruxos.

Amor à uma demiana, ficou ouvindo aquela sentença ecoando como música em seus ouvidos.

E havia Uivo.

Sabia que Uivo fizera grandes progressos, mas também sabia o quanto aquele progresso era frágil.

Enquanto estava assim perdido, nos poucos segundos viu uma onda vir através das fileiras das pessoas e homens, causada pela aproximação de Jádina e Danbara, que traziam sorrisos em seus rostos, o que o deixou intrigado.

- Uivo, é você, Uivo? – Jádina irrompeu pelo cordão de isolamento que os danatuás haviam providenciado às pressas.

Todos olharam espantados quando Jádina parou à frente do grande feito de sombras, negro e movente, ignorando completamente o gigante vermelho ao lado.

Uivo baixou os olhos para a manira. Estranhou uma onda escura passar ante seus olhos. Mas, como foi muito rápida, acabou deixando de lado.

Então se despoderou, aparecendo como puma escuro, um sorriso tranquilo no rosto.

- Sou eu, Jádina. Vim acompanhar esse moço aqui...

Os três se voltaram para a esquerda quando LuaEscura e Danbara também entraram no círculo.

Assim que bateu os olhos em LuaEscura Mercator se virou totalmente para ela.

- Arael... – ele falou diretamente para ela. Ao ouvirem aquela voz poucos não sentiram temor.

- Venha, Mercator – LuaEscura pediu, apontando um caminho. – Ela está muito fraca, mas eles estão cuidando dela. Ela já está mostrando alguns sinais de melhora.

Otag observou os dois. O gigante seguia a dêmona pela larga brecha que se abriu no círculo. Ele mantinha os olhos presos à frente, os modos aparentemente tranquilos e controlados. Mas, pelas estórias que já havia ouvido sobre ele, bem sabia que isso pouca coisa representava.

Vendo Uivo e Jádina em animada conversa, e vendo que Mercator já estava bem próximo da enfermaria de combate, Otag, mais calmo, relaxou e desfez os seguranças.

Mas sabia que todo o acampamento estava atento a eles, inusitados que eram.

- Mercator e Uivo... – Otag cumprimentou Uivo. – Como sabia o que estava acontecendo aqui?

- Eu senti... Eu sempre mantenho essas terras sob observação – contou com um suave sorriso.

- E Mercator, está equilibrado? – Danbara perguntou.

- Boba, se não estivesse, aqui já estaria um pandemônio – Jádina riu satisfeita, pegando Uivo pelo braço, se encaminhando em direção ao centro do acampamento, para um largo círculo de bancos, onde os três se sentaram.

Então Jádina se virou, observando LuaEscura em pé, pensativa ao lado de Mercator, que estava ajoelhado ao lado de Arael, porque os danatuás haviam aberto um lado da tenda para que Mercator pudesse ter acesso a ela.

- Fico muito feliz que Mercator tenha conseguido mais um amigo – suspirou com um belo e sincero sorriso.

- Ele ainda está aprendendo, Jádina – Uivo falou. - Mas, Mercator já se decidiu. Ainda devem ter muito cuidado com ele, mas logo estará mais equilibrado e confiante. Arael é o segredo aqui – falou.

- Tal como Allenda é o outro segredo – Jádina falou.

Danbara deu um sorriso e baixou a cabeça, que abanou um pouquinho. Jádina percebeu e sorriu para a irmã.

- Então esse é o terrível Mercator – falou Otag parando ao lado dos três, os olhos no gigante um pouco distante, que permanecia em silêncio junto à demiana.

- Vamos ver como nossa amiga está? – sugeriu Uivo se levantando e dando a mão para Jádina se levantar. Então seguiram bem devagar em direção à enfermaria de campanha.

- Então você é o Mercator...

Otag se arrependeu do modo como o interpelou. Devia ter amainado um pouco mais a sua voz de demônio.

Foi só ouvir Otag que, de súbito, Mercator elevou sua energia, se levantando numa rapidez absurda, totalmente confrontando o atandé, a espada brilhando ao seu lado, os olhos presos nele. Otag estacou no ato, preocupado com a reação do outro.

Os segundos passaram sob os olhos sorridentes de Jádina, de Uivo e de LuaEscura, enquanto Danbara olhava Otag com preocupação, temendo que o atandé esboçasse alguma reação de confronto.

Então Mercator diminuiu novamente a sua energia.

- Eu ainda estou aprendendo a me controlar na presença de outros. Apenas peço que não se aproxime demais – falou, o que todos entenderam que seria para cada um ali que estava presente.

- Claro, claro que sim, Mercator – Otag aceitou com um sorriso, dando um passo para trás.

Então Mercator se ajoelhou novamente, os olhos em Arael e nos que dela cuidavam. Vários seres do fogo e xamãs estavam ao lado dela. Sons como de cachoeiras e vento nas árvores podiam ser ouvidos sendo sussurrados, enquanto mãos postas sobre ela enviavam energia, cujas luzes pareciam uma suave neblina sobre o seu corpo, notadamente mais densa sobre a área do ferimento. Os minutos passaram, e alguns dos seres foram rendidos por outros, para preservar as suas próprias energias.

Em dado momento, sob aquele silêncio, as pessoas e animais se afastaram, e Arael abriu lentamente os olhos.

Ela estava fraca, mas estava fora de perigo, todos viram, e sorriram ao ver um sorriso bailando em seus olhos e em seus lábios. Então os olhos dela se prenderam em Mercator, e não se desviaram mais.

Mercator, com uma suavidade não esperada pela rudeza que aparentava, a tirou do leito, aninhando-a deitada em seus braços. Com um sorriso perdido nos lábios rudes encostou a sua testa na dela.

Todos se afastaram quando Mercator se levantou. Era nítido que Mercator enviava energia para a demiana. Era uma energia grossa, esfiapada, se preocuparam. Mas, havia luz naquela energia, LuaEscura viu com surpresa, tanto quanto os outros, que foram se tranquilizando.

Com cuidado Mercator colocou Arael de pé, diminuindo no ato em muita sua própria altura.

Arael, com os modos frágeis, segurou a cabeça de Mercator entre as suas mãos. Devagar os dois abriram as asas e nelas se recolheram, enquanto uma neblina passou a se revolver em volta dos dois, sombra raiada de luz, se revolvendo com suavidade. Sob o olhar de todos, num estampido, os dois desapareceram.

LuaEscura sorriu, sabendo que os dois agora estavam sobre uma montanha, envoltos em uma neblina suave.

- Nossa, dessa vez fiquei toda arrepiada – Danbara riu.

- Quem poderia esperar por isso? – suspirou Otag. - Quando se luta por uma ideia ou por alguém de quem muito gostamos, nossa força aumenta e a luz que nos negavam surge – falou para Danbara.

- O atandé está certo... – suspirou Miguel para o seu séquito. – Demorou, mas parece que valeu a pena todo o esforço por tanto tempo – falou. – Agora sim, está na hora de termos uma conversa com um demônio confuso – se decidiu, se dissolvendo juntamente com os outros no ar, em total silêncio.

JEITO DE DEMÔNIO

Apenas um jeito de ser, de ver. Como um pobre quadro numa moldura ricamente trabalhada tento pôr ordem no mundo enquanto tento me esquecer, enganado que sou pelos seus olhos, recitando que não sou assim como me vê.

Allenda olhou novamente para Uivo, a alma mergulhada numa preocupação doída. Podia sentir uma dor e um medo nele, e desconfiava saber o porquê.

Baixou a cabeça com suavidade para o chão, ao vê-lo se afastar. Então, resoluta, se levantou e foi atrás dele. As pessoas mais próximas estavam silenciosas, todas preocupadas com as últimas notícias e descobertas.

Seu coração doeu quando o encontrou distante do acampamento, mais para o interior. Ele estava sentado no alto de um monte pedregoso, de onde podia avistar um horizonte distante e azulado, perdido no azul pálido do céu.

Ficou em dúvida, mas acabou tomando a decisão e se aproximou. Ela sentiu o momento em que ele percebeu sua presença. A respiração ficou mais contida, pensativa, no compasso de uma dor inconfessada.

Sem dizer qualquer palavra se sentou ao seu lado. Ainda calada tomou sua mão na sua, os olhos também perdidos no horizonte. Apenas estava ali, queria dizer. Apenas estava ali, ao seu lado, disponível, disposta a repartir a dor, se tal fosse possível.

Uivo sorriu, um sorriso distante e resignado.

- Obrigado! – exclamou num sussurro.

- O demônio?

O silêncio bateu no compasso do coração, batida após batida.

- Sim...

- Mas, você não o dominou? Pensei ver que você já estava bem confortável com ele – murmurou gentilmente.

- Não há o que dominar, Allenda. Eu sou ele, ele sou eu. Controlar apenas, mudar sua forma, alterar e diminuir o ódio natural, de nada adiantaria. Achei que o tivesse incorporado, quer dizer, achei que tivesse me pacificado com essa parte minha.

Allenda observou Uivo com cuidado.

- Foi muito bom o que fez, Uivo, quando os dois grandes tentaram matar LuaEscura e Arael. Mas não acha que se arriscou demais? Mercator nos ajudou, mas se unir a ele contra Trevas e Escuridão e sombras? Você poderia... poderia...

- Me arrisquei assim porque acreditei que estava unificado por dentro.

- Não, na verdade esse foi apenas um estímulo. Mesmo em desequilíbrio todos sabemos que você iria em ajuda aos amigos. Sua natureza – falou gentilmente e com orgulho.

- Minha natureza... – Uivo gemeu baixinho.

- Tem receio?

- Tenho, Allenda...

- Sim, eu entendo. Me mostre!

- Não!

- Quero saber o que vê, como vê, nem que seja por um período muito pequeno. Eu e você, você e eu...

Uivo voltou o rosto para ela, e sorriu.

> Me mostre... – ela repetiu o pedido. Os olhos delas tinham uma silenciosa súplica, desejosa de partilhar, de entender de vez.

Uivo respirou fundo.

> Não sou demônio, meu querido Uivo. O que me mostrar nada desencadeara em mim, a não ser uma compreensão que preciso, por você, por nós...

Uivo se virou e ficou frente a frente com Allenda, e seu peito se encheu. Queria ficar ali, abraçado com ela, esquecido da dor, dos demônios, da guerra, do mundo. Nada mais desejava do mundo, nem mesmo de Trovão. Momentos e oportunidades, pensou.

Então Uivo, lentamente, foi se poderando em demônio, tendo o cuidado de se manter em um nível que, sabia, seria mais confortável para ela. Com movimento suave levantou as mãos de sombras. Tomado de imenso cuidado e carinho segurou a cabeça de Allenda.

- É assim que vejo, é assim que o mundo se torna... – falou. Allenda sentiu seus olhos ficarem doídos ao ouvir aquela voz mansa e dolorida.

Então seu mundo foi varrido de súbito.

Allenda sentiu seu ser se expandir com violência e seu corpo se enrijeceu. As cores se alteraram e o mundo ficou mergulhado em penumbras onde tudo era extremamente nítido. Os sons eram únicos e todos identificados, e o ódio, o ódio dominava tudo. Do ódio se alimentava, verificou. As coisas e seres ruins se mostravam mais fortemente e mais nitidamente, pulsando num vermelho que parecia ribombar. O carinho e amor eram sentidos como fraqueza. Mas a raiva e o ódio, e o prazer em prevalecer eram um motor, um impulso irresistível. Só a dor causada e o medo e a destruição respiravam, eram vivos e irresistíveis.

Então toda a perspectiva mudou, e havia aquele peso escuro, aquela desesperança em que se estava mergulhado. O coração pulsava doído, tentando manter em foco as lembranças das luzes, dos abraços e dos olhares, dos risos; mas tudo estava como que embaçado.

Era muito triste e pesado estar ali, ser ali, parte daquela sombra.

Lentamente e com firmeza, no esforço e nas lembranças que guardava no coração, viu as cores se alterando suave e irresistivelmente. Tudo foi se iluminando, o ódio arrefecendo, enquanto a energia parecia subir ainda mais. Continuava letal, perigoso, mas não havia insanidade. Havia um poder imenso, um poder consciente, um poder que procurava se entender e se decidir, se aceitar.

Então tudo se desfez, quando Uivo retirou as mãos.

Allenda respirou fundo repentinamente e exalou fortemente, como se tivesse sido libertada de um peso imenso.

- Três estados... – Allenda murmurou assustada, os olhos desmesuradamente abertos e molhados de dor e solidão. - Como resiste a isso, Uivo? Como resiste à fome do mal pelo mal? – perguntou, uma lágrima de fogo descendo dos olhos, presos nos de Uivo.

- Eu estou aprendendo, mas é difícil não se deixar corromper pelo mal. Cada dia avanço mais...

- Como vence isso? – insistiu.

- Mercator me falou, um dia... E ele estava certo.

- E o que ele te disse?

- Que era você, a minha salvação...

Allenda abriu mais os olhos, que se molharam um pouco mais, o coração sentindo um pulso almofadado, suave e constante. Carinho e dor, paixão e compaixão. Mas acabou esquecendo tudo, toda a dor e raiva e desprezo que viu. Uivo era muito maior que aquilo, e seu coração bateu um pouco mais forte.

Era muito difícil medir o orgulho que tinha dele. Nunca imaginara que alguém pudesse ser tão importante para ela, nem representar tanto, a tal ponto que a sua ausência seria extremamente perigosa.

- E ele estava certo?

Uivo a observou com carinho. Com suavidade passou a mão em seu rosto.

- Talvez ele nem mesmo soubesse o quanto estava certo – falou, diminuindo seu tamanho para o tamanho que tinha como puma escuro. Queria continuar ali como demônio, porque, ao lado dela, sentia que até mesmo ele se acalmava, e gostava disso.

Allenda sorriu forte, uma tristeza luminosa enchendo sua visão.

- Eu senti o seu medo, o seu receio.

- São muitos medos, muitos riscos – gemeu.

- Eu senti seu medo... – ela sussurrou. – Se acaso eu...

Uivo tocou seu rosto, silenciando-a.

- Não sei o que poderia acontecer comigo se algo te acontecer... sussurrou.

- Mas, você precisará se controlar, Uivo. Estamos numa guerra, e isso pode...

Uivo tocou novamente no rosto dela, num pedido mudo para que deixasse aquele assunto de lado. Ela aquiesceu, o rosto pensativo e triste.

> Vi também o seu receio pelas mutas.

Uivo suspirou fundo, os olhos perdendo um pouco o brilho.

- Você viu o que aconteceu com Dhorn[5]. Apenas um sombra e um condor... Há mutas negras que ainda não se decidiram, e há mutas negras que podem mudar de ideia e...

---

[5] Referência À temeridade de Dhorn que incorporou coloridos e sombras, que foram intoxicando-o por dentro. Tal episódio está descrito no livro 4 de "Os danatuás", do mesmo autor.

Qualquer uma pode mudar de ideia, na verdade – falou, a voz num fio. Mutas da luz e... mutas negras...

- Eu acho que elas já o conhecem, Uivo. Elas não precisam te ver demônio para saber.

- Se é assim, o que as impede? O que as impedirá?

- Sua alma, meu querido. É a sua alma, Uivo – falou se abraçando fortemente nele.

Uivo sorriu, imaginando como tudo seria sem Allenda. Trovão sabia, realmente, jogar.

Sem saber por que, preso naquele momento de paz se fez demônio e se levantou, estendendo as mãos para Allenda, que também se levantou. Então a abraçou com intenso carinho, e bem devagar foram subindo, se elevando muito e muito. As montanhas foram perdendo seus topos e se nivelando, sendo apenas chão, branco e pintalgado de vários matizes. Além, bem além, uma montanha de fogo respirava; mais além, bem abaixo, o chão ia lentamente se pintando de verde, enquanto para o oeste, para sua surpresa, via surgir um mundo gigantesco de água.

Se encolheu mais dentro da capa de sombras de Uivo que a protegia do frio e da falta de ar, e chorou, como nunca chorara em sua vida.

A felicidade fazia isso, esse brotar de lágrimas, sorriu se abraçando mais fortemente nele.

CONVERSA COM ANJO

*Sempre te julguei maior do que eu, tal
como julgo meus antepassados. Por que
me deixei enganar por tanto tempo?*

Uivo retornava, pensativo. Muita coisa acontecera, muita coisa que o afetara. Não se reconhecia mais. Ao subir as montanhas se modificara, via isso com clareza.

- Mercator, Arael, LuaEscura, Allenda... Como poderia um dia ter imaginado tanta coisa?

O aumento de energia foi tão súbito que se poderou com violência, se preparando para atacar. Então olhou com estranheza para o anjo que despencara pesado e seco à sua frente. Já vira muitos deles para reconhecê-los.

Ele apenas estava ali, em pé, os olhos postos sobre si. Ele estava sério, parecendo ter a mente ocupada de coisas muito importantes e sensíveis, pensou.

E aquele parecia ser extremamente forte. Ele vestia uma armadura que já devia ter visto dias melhores: ela estava com vários amassados e alguns poucos cortes, e algumas manchas de sangue e queimaduras. Com cuidado viu que ele era bem diferente de Miguel. Esse era um guerreiro bem mais abrutalhado, mais zangado e irritado.

Uivo parou e se despoderou ao não sentir qualquer intenção de enfrentamento por parte dele. Deixou a atenção curiosa no anjo que se erguia em todo seu poder transparecer em seu rosto.

- As coisas vão se ajustando, não vão? – ele perguntou enquanto se aproximava, a espada silenciosa ao lado do corpo. – Ainda se perguntando quem realmente você é?

Uivo não falou nada, mas apenas ficou sondando-o.

- E, por acaso, você vai me contar? – perguntou por fim.

- Vim para que saiba – ele declarou, parando calmamente à sua frente. - Você é um demônio de uma linhagem perigosa. Você veio de um dos poucos desta terra que Trevas e Escuridão temem.

- Ora, isso é novo. Quer dizer que tenho alguma descendência de Mercator? – sorriu desconfiado.

- Não! Na verdade, eles não temem o seu ascendente Uivo, mas a profecia, chamada por alguns de a "profecia do descendente", que paira sobre a linhagem de um deles próprios.

- Uma profecia... Que se borrem.... – falou com rispidez. - Mas, então, isso quer dizer que você conheceu alguém da minha linhagem? É isso?

- Sim... Meu nome é Lázarus,[6] e eu estava lá, naqueles dias – contou.

- Ah, sim, esse nome não me é desconhecido. Já ouvi muitas coisas sobre um anjo enfezado e duro, um pouco mais que Miguel – sorriu friamente. – Também ouvi algumas coisas sobre tardischs, sobre ganedrais...

- Falam muita coisa. Sou antigo, e já vi muita coisa e conheci muitos seres. Eu conheci seu avô...

Uivo ficou em alerta, sua atenção latejando nos ouvidos.

- Meu avô?

- Sim, seu avô. E seu nome era OtentaPui.

- OtentaPui? – Uivo ficou pensativo, tentando lembrar de onde ouvira aquele nome. O anjo parecia saber o efeito que o nome lhe causara, e pacientemente aguardava. De repente Uivo se lembrou.

> É o mesmo OtentaPui, o demônio da guerra dosvivos?

---

[6] A história e as estórias sobre esse anjo guerreiro estão nos livros "Memórias de um deus", vols 01, 02 e 03, do mesmo autor.

- Ele mesmo.

- Ele estava com a muta. Ele era o portador de DosVivos, não era?

- O próprio. No sopé da montanha a muta DosVivos e ele sumiram. Por mais que procurassem, OtentaPui não pôde ser encontrado.

- Mas, o que contam era que, por um tempo a muta ficou escondida em um jequitibá e que...

- E que os anjos a levamos embora. Essa parte não é verdade. Apenas um teatro para justificarem o sumiço dela. Eram tempos estranhos, aqueles.

- Quem era o pai de OtentaPui?

- Seu nome era Nugar. Sua mãe era um ser das montanhas, uma turuakai. E Nugar era o filho de um demônio velho. Ele foi gerado no cadáver de uma turuakai, que como bem sabe é uma terrível dêmona das montanhas.

Uivo sentiu uma mudança no ar, e percebeu que a conversa estava sendo conduzida para um desfecho estranho. Sua garganta se fechou e a cabeça pesou.

- Quem era o avô de OtentaPui?

- Trevas era o avô dele – o anjo falou bem lentamente. – Trevas estuprou o cadáver de um de seus demônios, uma turuakai. E foi Trevas que matou esse seu único filho, Nugar. Ele matou Nugar porque ele era confuso ao amar o mal. Trevas não o viu como um mal puro.

- Típico dos loucos assassinar os próprios filhos... – falou com o pensamento abatido, lembrando-se de sua mãe.

- Havia uma lenda antiga de que ele seria morto por um de sua linhagem. Nugar gerou um descendente ao estuprar uma turuakai, nesse caso ainda viva, e dessa união nasceu seu avô. Seu avô foi um general dos danatuás na primeira guerra, mas acabou enlouquecendo ao tentar tirar a DosVivos das montanhas.

OtentaPui se uniu com uma juruparináh, e dessa união nasceu sua mãe, que se chamava Nanaia. E aqui está você... Um descendente de uma raríssima linhagem.

Uivo olhou pesaroso o anjo, a ficha caindo lentamente em seu ser.

Suspirou pesado.

- Entendo... Você diz então que sou descendente de Trevas...

- Sim, você é! Mas o é apenas em corpo, não em alma.

- Ele sabe quem sou?

- Ele sabe sim. Ele teme você, teme seu poder, teme a sua onda destinal... Ele teme a lenda, a profecia.

- Sei... Então, por isso Trevas os perseguiu, os meus pais? Tinha na mente essa lenda?

- Sim... Ele queria exterminar a linhagem sua, a linhagem de Nugar. E ele sente que falhou – contou se postando à frente de Uivo, que sentou sobre um pequeno barranco, no que foi imitado pelo anjo.

- Agora as coisas ficaram mais claras. Eu e Trevas já nos batemos. Acho que ele pensou que eu soubesse que ele era meu parente... No entanto Mercator interveio e...

- Eu sei! – declarou com tranquilidade.

- Quanto a você, veio me sondar? Saber se sou um risco?

- Os anjos já o conhecem de longa data; eu já o conheço de longa data, Uivo. Não guardamos receio de você...

Uivo observou o anjo com cuidado. Ele era grande, o corpo bem formado, o rosto anguloso e forte. As asas tinham um leve brilho, que parecia se moldar à luz do ambiente, como se estivesse sempre pronta a se disfarçar, brincando de se colocar fora das vistas curiosas. E havia a espada. Pelo cabo imaginou que ela deveria ser grande, aninhada na bainha presa à cintura.

Uivo suspirou fundo.

> Você se pergunta por que vim... – falou, a atenção displicente sobre Uivo.

- Sim, isso me veio à cabeça – concordou.

- Você chamou...

- Mas isso não garantiria que algum de vocês atendessem...

- Mas você estava sendo ouvido, e isso porque nunca ninguém está sozinho e abandonado. E não somos os únicos que observam: Allenda te alertou. Os potaraobis esperam muito de você...

- Como assim?

- O despertar das mutas está acontecendo, Uivo. Há dois reis que foram esculpidos das rochas por ordem dos demônios, e eles são reis de poder, que podem ter sido poderados por poderes imensos. Eles esperam que você controle algum deles ou, com mais esperança ainda, uma das mutas mais poderosas e perigosas... Um raro descendente deve poder fazer isso...

- Esse não é meu objetivo.

- Pode não ser, Uivo.... Mas, podem encontrar um meio de fazê-lo aceitar o encargo... – falou.

- Eu estou melhor em quem sou... – sussurrou meio distraído.

- Eu acho melhor ter cuidado no que acredita. Quando tentou se despoderar do demônio, nessas últimas vezes, notou algo diferente? Os potaraobis são bons no que fazem.

Uivo sentiu um frio estranho correr por sua coluna. Então, lentamente procurou por vestígios, desde que acreditou que tinha incorporado de vez o demônio. Foi então que percebeu a onda escura que passara à sua frente, quando se despoderara do demônio, após se bater com Escuridão.

- Não entendo – sussurrou pesaroso, tentando achar alguma madeira que o ajudasse a boiar naquelas estranhas águas que sua vida parecia ter se tornado. – Se eu virar demônio, que utilidade eu teria para eles?

- Eles sabem, Uivo, que esse seria apenas um instrumento para você se decidir ser o demônio que eles querem. A chave eles bem sabem quem é, e eles a protegem desde há muito tempo.

- Eu já estava percebendo algo assim – sussurrou, a seriedade nos olhos.

- No entanto, meu amigo, apesar de saber da genealogia de sua mãe, conheceu seu pai?

- Ouvi sobre ele, e o vi nas visões que tive sobre o ataque que sofreram. Um nobre pumayacaya que desceu das montanhas para buscar ajuda contra os demônios.

- Esse foi só o fechamento de uma breve vida... No início da quarta era aqui de Urântia, que começou assim que o Trovão se deixou ver novamente pela sua criação, bem antes do surgimento das pessoas, alguns anjos estavam curiosos sobre esse planeta, que se chamava Aden. Muitos anjos desceram aqui como AsasLongas. Assim que as pessoas foram criadas, e posteriormente os homens, essas descidas se intensificaram sobremaneira. Um dos primeiros que aqui desceu, e fez grandes coisas, se chamava Damâni, um terrível anjo guerreiro, que mais tarde se tornou Gadhiel. Ele se casou com uma dêmona chamada Layla[7], e eles tiveram filhos. O mais novo deles se chamava Zardrara Tan, que realizou grandes feitos. Os pais e os seus companheiros retornaram para seus lares angelicais, inclusive Layla, e nunca mais voltaram, até agora. Zardrara Tan é um antepassado longínquo de Pucaya, o seu pai.

Uivo observou o anjo com desconfiança.

____

[7] A estória completa de Damâni e Layla está no livro "Assaltando o céu", do mesmo autor.

- Eu vi a batalha dele contra Trevas, e não vi poder nele. Tendo o antepassado que tinha não deveria ser poderoso?

- O poder... Havia dois seres de grande poder presos nesses rincões. Foi por isso que o próprio Trevas desceu as montanhas atrás dele, Uivo, porque o demônio sabia o que ele era, desde que o encontraram criança sobre a montanha. Os demônios bloquearam a mente dele, esperando que pudessem dominá-lo em algum momento. Mas, para surpresa deles, ele simplesmente se rebelou e fugiu para as terras baixas, buscando ajuda para libertar seu povo. Eles ficaram preocupados, porque sabiam que era questão de tempo que ele despertasse, e eles não podiam permitir o poder de um dahrar como aquele.

Uivo o observou com cuidado, analisando com atenção aquela informação.

- Entendo...

- Você, Uivo, tem como antepassados um dos primeiros demônios e um dos primeiros anjos.

- Acho que isso não tem lá muita importância – Uivo falou após pensar brevemente. - Nossa consciência, em algum momento, foi separada de si pelo próprio UM. A antiguidade não tem muita importância.

- Aparentemente você está certo. Mas, você vem de uma consciência que se dividiu muito pouco pela eternidade. Quanto mais uma consciência se divide e decai sua energia, menos poder ela tem, ou se lembra que tem. Olha, sei que não se sente confortável quando se podera em toda sua extensão. Medos, e medos, insegurança.... Mas, sempre fica a pergunta, não é mesmo? Por que?, é a pergunta que martela. Já pensou, Uivo, que demônio é um anjo com medo, um anjo magoado? É só isso, a única diferença. Sua antepassada, Layla, uma dêmona, foi aceita nos planos superiores.

- Mas, agora as mutas estão despertando. Eu tenho meus receios. Como resistirei se uma muta negra quiser me tomar? Que risco eu serei?

- É tudo baseado apenas em escolhas, Uivo – o anjo falou, se levantando e sumindo no ar, deixando Uivo com o olhar assombrado, a sua mente remoendo as últimas palavras: demônio é um anjo com medo; Layla; escolhas...

O PLANO DE ASHASSIN

*Caixas grandes em pequenas aparentes,
que envolvo em outras e nelas as oculto,
pedaços das esperanças que embalo,
pedaços da minha alma esfacelada,
caixas em caixas ocultas sendo. O que é
vencer?*

A guerra seguia seu próprio ritmo, Uivo cismava, os olhos estudando as feições do potaraobi demônio Ashassin.

Sem ver passou os olhos pelo caminho de rochas e pelas montanhas que se erguiam além do precipício que a face da montanha era.

Suspirou demoradamente, remoendo os últimos acontecimentos. A guerra realmente estava remexendo o fundo do lago. E ela parecia trazer ao palco velhos atores; as corisnegras e as noturnas tinham reaparecido; os exércitos thianahus do Norte tinham, tal como o exército principal, abandonado as terras baixas, trazendo em seu encalço os demônios e Arael e LuaEscura. E havia as mutas, que continuavam a despertar, cismou. Em rápida sucessão Montesa despertara para a escuridão, VidaSempre para a luz. E agora, a terrível notícia de que uma outra muta havia despertado, e que ela havia escolhido um general dos thianahu. Mais uma para a escuridão, somou. Talvez fosse isso que tenha disparado a urgência que via no potaraobi, nos seus olhares cautelosos e avaliadores, nos seus movimentos disfarçados, na sua mente que se esticava para sentir o que quer que representasse algum perigo ou escuridão.

- Você está me parecendo um pouco atobado, Ashassin; seus pensamentos estão meio bagunçados. Melhor se acalmar — aconselhou.

Ashassin se virou para ele, e bufou, mostrando não acreditar em seus modos tranquilos.

- É mesmo? Isso é assim porque eu percebo. Você não percebe, Uivo? As mutas sabem quem você é... A muta que te atacou e atacou os demônios era a Montesa[8]. Ela ficou indecisa sobre você.

- O que sugere, Ashassin? – Uivo perguntou, os olhos mantendo sob vigilância os jubaus, que pareciam apenas acompanhar o chefe.

- Que se mostre mais como demônio. Elas estão interessadas, eu senti.

- Você é um demônio, Ashassin. Por que não as convoca você? – sugeriu.

- E acha que não tentei? Mas, a verdade é que elas não se interessaram...

- Você é louco, ao pensar que poderia trazê-las para o nosso lado se oferecendo.

- É possível isso. Elas são curiosas. Informações de quem somos, é o que precisamos lhes dar. E você, de todos nós, é o mais indicado para aliciá-las.

- Esqueça! Isso não está em meus planos.

- Mas sei que sabia do risco de se mostrar como demônio, e mesmo assim se mostrou...

- Trevas e Escuridão estavam lá. Não sobreviveríamos de outra forma... – explicou. – Eles matariam a todos nós. Estávamos muito enfraquecidos naqueles campos.

- Uivo, preste atenção – falou se aproximando mais e segurando Uivo pelo braço, que Uivo abanou e tirou. – Essa guerra pode acabar logo se as mutas penderem para o nosso lado.

---

[8] Esse ataque está descrito no livro 4 de "Os danatuás".

São elas que vão decidir, Uivo. Elas podem nos destruir, a todos. Precisamos delas... Não consegue ver isso?

- Vejo sim, Ashassin. Mas elas são bem mais espertas que nós, e são totalmente independentes. Elas estão nos avaliando há muito tempo, nos manipulando há muito tempo.

- Então, se isso é verdade, você pode se mostrar mais como demônio. Por que então tem todo esse receio de ser demônio, de chamar a atenção sobre si?

Uivo o examinou demoradamente, tentando se decidir. Havia uma preocupação verdadeira em derrotar os demônios, em acabar de vez com a guerra, mas havia também a aceitação de que qualquer preço seria um bom preço para afastar de vez a escuridão desse mundo, mesmo que fosse o de destruir cada um dos que vivia.

Suspirou forte, os olhos presos no potaraobi, que parecia acreditar que conseguiria convencê-lo.

Mas, como poderia dizer a ele que o plano que sonhara era perigoso demais para a vida? Como poderia fazê-lo enxergar que não poderia abrir mão do sol, dos amigos, do futuro, de Allenda? E se não conseguisse despoderar como demônio e ficasse como louco vagando pelos mundos? Não teria qualquer problema em se submeter, desde que tivesse a certeza absoluta de que salvaria a todos e que os demônios seriam expulsos do mundo, e tudo seria deixado em paz. Mas nada anunciava que seria assim. Havia somente o sonho, havia somente a esperança. E havia o medo de ele se tornar o demônio que não desejava, à disposição de uma muta que poderia se decidir em se tornar negra.

- Você está se enganando... – falou, os olhos calmos fincados na face de Ashassin.

Acreditou que a face do outro se enrijecendo e os olhos se filetarem era apenas desespero.

Não estava preparado, não acreditava que ele poderia fazer isso.

O golpe atingiu sua mente como garras metálicas e frias.

Uivo caiu de joelhos, vendo a aproximação dos jubaus. A força que exerciam cresceu. Uivo tentou resistir, mas a pressão estava insuportável. Vozes enchiam sua mente, e imagens também.

Seria fácil se deixar demônio, aceitar isso de bom grado. A muta viria em seu encalço e poderia ser completo, se tornando o que era seu de direito. Ele tinha o poder de ser, de decidir essa guerra. Seria tão fácil e simples salvar a todos.

E viu Allenda sorrindo agradecida pelos seus que salvara. Seu coração cresceu no mudo agradecimento de Allenda.

Mas então tudo explodiu, e se viu de quatro no chão, arfando, uma ânsia de vômito enorme mexendo com suas entranhas.

Com rapidez usou sua vontade e se recompôs, se erguendo, sem tirar os olhos do potaraobi.

- Acho que você se arrisca demais pelos seus medos.

Ashassin apenas se virou e começou a se afastar. Porém, parou na curva do caminho de pedras que subia para o acampamento, os ombros eretos, a cabeça erguida encarando o sol pálido que se encobria pelas nuvens rápidas que avançavam, anunciando a fúria próxima.

- As mutas o observam, e eu não desisti de acabar com essa guerra – ouviu nas sombras que se perdiam na nevasca que os atingiu.

Ainda zonzo Uivo se virou, no exato momento em que um anjo se perdia além das rochas.

OS MAGOS E O ATANDÉ

Há modos de mundos onde me perco, não sabendo viver neles. Da luz baça ou das sombras sei me vestir, sem usar o ódio irascível ou o medo que destrói a alma que normalmente acompanham a distância da luz. Será que estou me enganando ao pensar assim?

- Vocês não estão concentrados como deveriam – Otag olhava para os três magos. Havia um misto de raiva e desprezo em sua voz, que não passou despercebido para nenhum dos três.

- É a sua opinião, não a nossa – rebateu Canvas.

- Aí é que se enganam. Não é somente a minha opinião. Há vários comandantes reclamando, dizendo que vocês poderiam ajudar mais.

- Eu ouvi alguma coisa assim – Túnis olhou Otag com um humor azedo.

- Pois é... Vocês ficam só lançando bolinhas de luz, raios de luz, neblinas de luz, espadas de luzes. Luz, luz e mais luz. Sabemos que vocês têm acesso às sombras, que também as controlam.

- Ah, mas por outro lado vocês, que se dão muito bem com as sombras e a escuridão, estão sendo muito efetivos, isso é fácil de ver. Sem querer comparar, nós, com nossas "luzinhas" temos um número proporcional muito maior em repelir os thianahus - falou Canvas com tranquilidade. – As sombras alimentam as sombras, mas a luz repele as sombras. Não sentc isso? – sorriu, fazendo-se cercar por uma aura verde, em claro aviso a Otag, que se mostrava cada vez mais contrafeito.

Otag observou Canvas com desconforto, e após, Trília e Túnis, que também se envolviam na mesma aura.

Otag bufou, insatisfeito.

Então, sem mais nem menos agarrou o braço de Trília, que estava mais perto. Não planejava atacar nenhum deles, mas apenas chamar a atenção dos três para a importância do assunto que o preocupava. No entanto, o movimento súbito não foi bem entendido no momento.

Trília aumentou de vez sua aura, o que envolveu Otag em uma força que começou a afetá-lo. Canvas e Túnis, pegos de surpresa, se poderaram ainda mais. Canvas endureceu a aura de que se vestia, como começou a se inflamar perigosamente. Túnis, também em resposta, poderou-se como anaquera, a aura crepitando em energia.

- Oh, uouuuu... Esperem – o atandé Otag falou alto, liberando Trília e recuando dois passos, para sair da aura aumentada de Trília. – Não estava atacando, crianças – disse, também se poderando como fantasma. As garras translúcidas surgiram, como seu corpo foi se tornando mais indefinível.

Foi nesse momento perigoso que Danbara entrou na tenda, afoita, alertada que fora por uma pessoa que vira a possibilidade de um confronto dos magos com Otag.

- Afinal, que idiotice é essa que estou vendo? – reclamou muito contrafeita.

Assim que tudo foi explicado, ela se esforçou em manter-se tranquila.

- Um mal-entendido – falou séria, como se repreendendo cada um deles. – Mas, nesse caso, eu estou do lado dos três – falou, encarando Otag com seriedade. – Eles lutam ao nosso lado, e já fizeram a balança pender para o nosso lado muitas vezes. Bolinhas de luzes? Esqueceu-se da força de Túnis e de seu poder, tudo aliado à uma magia natural? E canvas, que tem o poder de quase se igualar às chamas de um ardun. E olhe que o ardun não possui a mágica dela. E o que dizer de Trília? A magia dela é simplesmente, fenomenal. Não, isso não está certo. É um desrespeito querer lançar sobre uma responsabilidade que eles não têm, que eles não pediram.

- Então agora são quatro...

- Estou do lado correto, do lado justo – Danbara interrompeu com autoridade. – Além disso, se essa falta de respeito, porque só consigo ver assim, se isso for colocado para todos causará um racha nos danatuás, você sabe, Otag. Então, se acalme e veja o todo. É o seu papel como comandante maior.

Otag bufou, enquanto se movia nervoso à frente dos magos, trilhando uma linha que ia e voltava.

- Nobre Otag – falou Trília, que até o momento se mantivera em silêncio, – muitos podem não ter percebido, mas nós somos guerreiros da luz, não das sombras. Todo nosso poder vem da luz, não da escuridão. Sei que sabe da lei do retorno. Vocês, pessoas demônios e fantasmas, possuem uma construção diferente, e o acordo que possuem com a luz ou a escuridão é diferente do nosso. É o mesmo que acontece quando criamos formas-pensamentos, ou os seres com que nos ligamos. Então, insatisfeitos que estão, proponho nós três irmos embora – falou se voltando para a mãe e o irmão. – A comitiva sobre a montanha, que aceitamos como nossa família, precisa de nossos serviços.

- Heiiiii... Também não é para tanto, pessoal – Otag reclamou, sobre o olhar irritado de Danbara. – Fiz uma observação, só isso. Se meus modos são um pouco duros, fazer o que? Afinal, como você bem disse, Trília, sou mais afeito às sombras e...

- Entenda, Otag – falou Canvas, - ajudamos com o que somos; não ajudamos da forma que esperam de nós. Não iremos mudar o que somos, entendeu bem isso?

- É claro que ele entendeu – Danbara foi rápida, tomando a frente de Otag na resposta. - Trília??? – Danbara se preocupou, vendo que ela ainda permanecia tensa, a aura dura pulsando à sua volta, enquanto Túnis e Canvas já tinham se despoderado.

- Não estou confortável. Você, Otag, aceitou, mas não compreendeu. Não confio em você, atandé.

- Vamos fazer assim – Danbara apertou com força o braço de Otag, impedindo-o de falar qualquer coisa. – Precisamos de vocês, isso é fato. Continuem a lutar conosco, aqui embaixo. Se acontecer qualquer coisa que os desagrade, estarão livres para irem para onde bem entenderem.

- Ora, e quem disse que não estamos livres para irmos embora quando bem entendermos? – debochou Túnis.

Otag olhou com um riso cínico para Danbara.

- Me expressei mal, Túnis. Apenas peço que continuem conosco, e se se sentirem desconfortáveis com alguma coisa, ou com alguém – e nisso apertou novamente o braço de Otag, - lhes seremos gratos, enquanto se retiram de nossas fileiras. Está bem, assim?

- Filha, se se decidir ir, iremos – Canvas falou.

Trília se remexeu, os olhos fuzilando o atandé, que aparentava o ar distante.

Então de súbito Trília se despoderou, sem tirar os olhos dele.

- Precisam de nós aqui – falou com azedume. – Vamos ficar, por enquanto, e ver como vai ser. Vamos?

Com um movimento os três se despediram de Danbara, enquanto passavam os olhos duros por Otag, que sorriu cinicamente, despedindo-se deles.

Quando eles estavam fora das vistas tirou seu braço da mão de Danbara com um movimento rápido e seco.

- Danbara, eu sou o comandante e você tirou...

- Você fez merda, e seu ego ainda insiste em não ver? E ainda mente, dizendo que vários comandantes estão insatisfeitos com a atuação deles? Pelo que sei era só você e mais um ou dois demônios pingados que estão assim, desejando extrair de alguns o maior poder que puderem para vencer – Danbara o interrompeu. – E tanto sabe que fez merda que aceitou calado a minha intervenção. Então, sr. Atandé, veja se aprende a se controlar, está bem? – repreendeu, saindo rapidamente da tenda.

O TALISMÃ

*Deixei de ser, esquecido de mim mesmo
que fiquei por todo esse tempo. Fico me
perguntando por que desejei isso.*

I

- Ouçam! – Itanauara chamou a atenção da comitiva, momentaneamente aumentada com a presença de Jádina, no que todos se postaram atentos, ouvindo as lonjuras. – Parece que é algo importante...

- O que foi, o que foi? – quis saber Legião, que não tinha sensibilidade para sondar grandes distâncias.

- Há como que uma batalha muito longe daqui – Allenda confirmou com a voz sussurrada, observando atentamente o sul. - É estranho, mas parece que a escuridão está atacando um ser de luz. Sinto que há um grande ódio por parte da escuridão, e um medo ainda maior por parte do ser de luz, que está sozinho – falou se poderando levemente enquanto chamava uma quinua, que logo surgiu na curva da montanha. Com pressa, ao ver que todos já estavam poderados, os olhos postos onde, aparentemente, parecia estar acontecendo aquele enfrentamento, montou no animal, se preparando para ganhar a direção.

Ybynété, vendo que Jádina se preparava para uma grande corrida, se posicionou ao seu lado. Com um sorriso de agradecimento Jádina saltou e escalou o gigante, se sentando em seus ombros e se aferrando em suas orelhas.

Quando chegaram próximo ao local entraram de cara na batalha.

- É Escuridão – Itanauara assombrou-se. - Por que ele veio pessoalmente atacar esse ser?

- O importante é que podemos ajudar – manifestou-se Legião, os olhos fixos em Escuridão e nos dois sombras que se batiam ferozmente contra um ser amarfanhado e em profundo desespero.

O ser que estava sendo atacado parecia ser muito grande, devendo ter em torno de 2,30 mts, e apresentava enormes asas, agora vermelhas, que desconfiavam se tratar de sangue. O corpo estava todo marcado de ferimentos, novos e antigos, e parecia subnutrido. Quando conseguiam ver seus olhos percebiam que ele era azul, dominado por um profundo horror.

Subitamente conseguiram derrubá-lo no chão. Enquanto os dois sombras cercavam-no de bem perto, prontamente Escuridão flutuou sobre ele, mostrando que se esforçava em dominá-lo.

Porém, o profundo desespero da criatura parecia impedir esse domínio. O nível de medo que aprisionava aquele ser a todos horrorizou.

Ele socava e chutava numa sequência tão desesperada que tornava impossível qualquer tentativa de Escuridão, que se mostrava feliz e satisfeito com o medo que crescia no ser.

- Temos que ajudar – falou Aléshia, o copo tenso, vendo as asas abertas se batendo poderosa e dolorosamente no chão com violência, tentando se colocar em pé. – É um anjo que está ali – murmurou.

Como em resposta ao poderamento da comitiva os atacantes sentiram a presença deles.

Escuridão, um sorriso maldoso e enorme pregada no rosto, foi se virando lentamente, encarando a comitiva em linha e poderada na clareira de grandes pedras, na borda do precipício.

Com desprezo fez sinal para os dois sombras darem cabo da comitiva, enquanto descia um pouco mais sobre o ser e aumentava a força de dominação.

Uivo, vendo os dois sombras crescerem sobre eles, se poderou com violência e agarrou o que estava mais perto, enquanto Dantro e Aléshia se prepararam para o outro.

Escuridão, vendo que Uivo já dera cabo de um dos sombras e se virava para ele, depressa sacou a espada, disposto a dar cabo do ser que tentava submeter para ficar livre para enfrentar Uivo.

Mas não teve tempo para nem mesmo levantar a espada. Ybynété, num salto curto o socou, tirando-o de sobre o ser, enquanto toda a comitiva se formava como proteção ao ser, que observava o que acontecia em intensa confusão e horror, o corpo tenso, os músculos arrasados tentando tirá-lo daquele cenário.

Escuridão olhou e viu o outro sombra morrendo ante Dantro e Aléshia. Ressentido e tomado de fúria observou a comitiva.

Tomado de ódio arremeteu contra a comitiva, a espada girando e estocando com enorme violência.

Allenda, com um forte puxão, tirou Legião do caminho da espada, que cortou com um lúgubre zumbido o ar onde ele estivera.

Escuridão, lentamente, se voltou e foi abrindo caminho para o ser que estava como que petrificado ainda deitado no chão, observando a batalha dos estranhos com o demônio.

Ele deu um grito de desespero e pânico quando um demônio que se revolvia em farpas bloqueou o avanço de Escuridão. O som era horripilante, o som de espada se chocando com farpas duras e estranhas, numa sequência tão rápida que era difícil de seguir, com seres de puro fogo aproveitando para atacar

Escuridão pelos lados, enquanto os outros seres o atacavam pelas costas.

Então, com um urro de ódio e despeito viram quando Escuridão, num impulso seco, subiu no ar e desapareceu na direção das terras baixas.

Jádina, controlando sua respiração, guardou sua espada, olhando com estranheza para um local às costas de Uivo, que se despoderava levemente.

- Ele se foi...

- Temos que achá-lo... – sofreu Allenda. – Nunca vi um sofrimento como esse.

- Vamos – concordou Uivo. – Apenas ajam com cuidado, porque ele está muito assustado, e isso pode fazer com que ataque.

Durante horas vasculharam o lugar, mas nada puderam encontrar.

Então Itanauara pediu que todos se aquietassem, enquanto se acalmava ela própria. Com cuidado apoiou a palma da mão esquerda em uma grossa árvore, os olhos fechados, sentindo, ficando assim por vários minutos.

- Eu sei onde ele está – falou abrindo lentamente os olhos enquanto agradecia com um carinho a árvore. – Ele está muito assustado. Temos que acalmá-lo primeiro – orientou, vendo que todos fechavam os olhos e se uniam com ela, que apoiou as duas mãos na árvore, os olhos fechados, a mente se tornando suave, buscando o ser apavorado, encolhido nas entranhas de uma caverna escura. - Eu aumentei a vibração nas rochas e cristais que estão perto dele, para tentar acalmá-lo, mas o medo dele é grande demais – sofreu.

II

Devagar foram se postando na montanha bem ao lado de onde o ser estava. Em silêncio armaram acampamento num lugar de onde podiam manter a caverna sob vigia e segurança.

Todos os dias iam até bem próximo da boca da caverna, e lá colocavam alimento e água, que conferiam com satisfação que sempre desaparecia durante a noite. Itanauara enviava vibrações suaves pela terra, enquanto os outros enviavam sons de baixa vibração, como um mantra calmante.

Foi no quarto dia que eles apareceram nas lonjuras, a atenção deles posta na comitiva, que os sondou com interesse. Então, vendo que não havia animosidade por parte dos seres alados, a comitiva aceitou suas presenças.

Quando desceram no meio deles, os anjos se postaram ante Itanauara.

- Este é Miguel, e ele é amigo – apresentou Uivo, se perfilando ao seu lado.

- Olá, Uivo. Que bom que vocês estão aqui.

- E que bom que vocês vieram – sorriu em resposta.

- O ser que está ali dentro, é amigo de vocês, ou é do interesse de vocês? – perguntou Itanauara curiosa.

- É nosso irmão, um irmão há muito desaparecido – Miguel declarou com a voz um pouco distante, os olhos postos na boca da caverna.

- Vimos que era um anjo – sussurrou Jádina, penalizada. – O que aconteceu com ele? Quem é ele?

Miguel a observou com carinho, vendo que ela estava com o coração doído pelo amigo.

- Seu nome é Arjuna, e ele é um anjo guerreiro..., ou era pelo menos – sussurrou de volta. – Ele desapareceu logo nas primeiras eras... Nós o procuramos por muitas eras, e nunca o conseguimos encontrar. Acho que o estado dele nos diz o que aconteceu...

- E o que aconteceu com ele? – quis saber Archabarr.

- Ao que parece, sem antecipar nada, até que conversemos com ele, parece que ele esteve aprisionado por todo esse tempo – falou se levantando lentamente, a atenção na caverna. – Os demônios deviam estar se alimentando dele, do medo que incutiam nele.

- Como podemos ajudar? – perguntou Aleshia penalizada.

- Já ajudaram muito, e estão ajudando demais. Ele sabe de vocês, aqui, e sente que o estão protegendo. Ele está se tranquilizando. Apenas fiquem com ele, e logo ele virá até vocês. Apenas tenham paciência com ele – falou se elevando com os seus. – Ele não deve demorar em despertar dessa terrível experiência...

Então Miguel ficou parado, pairando a poucos metros do chão, o semblante pensativo.

> Ele encontrou uma forma de escapar do cativeiro, e estava sendo caçado para ser levado de novo para as masmorras. Não sabem como agradeço a vocês por terem encontrado esse nosso irmão.

- O que vai fazer? – Atanua perguntou, a voz como que em um desafio.

- Escuridão quer de volta o seu talismã... Vamos estar atentos - declarou se afastando com os outros lentamente em direção às terras baixas.

- Talismã... Eu já ouvi algo sobre isso – falou Uivo para Allenda, sentando-se em uma grande pedra.

- E o que foi que ouviu? – PisaManso perguntou.

- Não consigo me lembrar direito. Acho que foi...

Sob os olhos da comitiva Uivo ficou cismando, os olhos perdidos nas lonjuras, se esforçando em se lembrar de coisas antigas, as quais na época não dera muita importância. Então, de súbito, tudo veio à tona.

- Quando eu fui levado pelo meu avô para ver a batalha dos meus pais contra Trevas, eu me lembro de ter ouvido Trevas exigindo que meu pai contasse onde estava seu talismã. E depois, quando encontrei com um anjo de guerra chamado Lázarus, que me contou sobre minha genealogia, ele me disse que havia dois seres de poder aprisionados em algum lugar nesse continente. Um era o meu pai, conforme ele disse, e o outro... Ele não falou muito sobre ele... Só pode ser esse ser destroçado e humilhado.

- Ele deve ter passado por coisas horríveis demais... – sofreu Jádina, os olhos postos na caverna.

QUANDO UM ANJO DESPERTA

*O tempo se mostrou breve em minha luta
para manter a esperança. Que bom que
não desisti, mesmo sabendo que isso
nunca poderia existir...*

I

Uivo se aproximou e sentou-se ao lado de Allenda, a qual puxou para si com suavidade. Os dois ficaram assim por longo tempo, observando a cena na boca da caverna. Uivo olhou à volta e sorriu para a comitiva, que também vigiava o que acontecia.

Então levantou o rosto de Allenda e encostou sua testa na dela, e com seu nariz brincou com o nariz dela.

- Não chore, meu amorzinho. Tudo vai dar certo...

- Eu sei, eu sei, puminha. Mas é que... O carinho de Jádina é comovente. Ela está quebrando o medo dele. Qual a missão dela? Ajudar os perdidos? – sorriu, se abraçando mais apertada em Uivo, vendo Jádina, pequenina sobre a outra montanha, postada em silêncio frente a um anjo derrubado.

- É... A alma dela é incrível...

- É sim... Olhe, olhe... Olhe Uivo, ela está conseguindo – Allenda de súbito pareceu se iluminar, se levantando, se esforçando para não gritar de alegria.

- Devagar, devagar. Não vamos querer assustá-lo, não é mesmo? – pediu Uivo sorrindo enquanto também se levantava, em resposta aos movimentos suaves das mãos de Jádina que via ao longe, que os convidava para se aproximarem da caverna.

- Pessoal, vamos em silêncio e com calma, para não pormos tudo a perder, está bem? Está bem? – falou observando todos assentindo em concordância. Então parou a atenção sob Ybynété, que parecia um meninão feliz quase a ponto de correr para a outra montanha. – Está bem, Ybynété?

- Claro que sim, claro que sim. Vamos, vamos? – sugeriu, um enorme e bondoso sorriso no rosto.

- Está bem, vamos então. Mas, com cuidado, devagar, sem alarde. Vamos – falou puxando uma silenciosa e pacífica fila em direção à Jádina e ao assustado anjo.

Com muito cuidado a comitiva desceu o lado da montanha em que estavam e subiram na outra face suave, surgindo devagar na linha de visão de Jádina e do anjo. O anjo pareceu se assustar e ameaçou se afastar. Ao se voltar para verificar o estado de ânimo de Jádina viu seu maravilhoso sorriso, o que o aquietou ao passar confiança. Ele ficou ali, apesar de tenso, os olhos desmesuradamente abertos examinando os que se aproximavam.

Jádina o observou com discrição, feliz por ele controlar o terror que tomava sua alma. Em silêncio rezou para que a comitiva fosse bem cuidadosa em seu contato com ele.

Meio confusa a comitiva parou a alguns passos deles, todos eles com sorrisos amigáveis no rosto, totalmente despoderados.

Arjuna ficou ainda algum tempo observando-os, se tranquilizando lentamente, ainda mais quando eles se sentaram um pouco afastados dele.

Então Jádina, com a voz luminosa, ia apontando e apresentando de um em um, que levantava o braço quando era citado, ouvindo a manira contar um pouquinho sobre eles.

Todos se esforçaram em manter os sorrisos no rosto. Mas o grande Ybynété, para horror de Jádina e dos outros, não se conteve e se levantou e foi se aproximando do anjo, o sorriso imenso no rosto, os braços abertos.

Arjuna se levantou de súbito, as asas manchadas e machucadas se abrindo, o corpo parecendo se enrijecer.

Ybynété parou, mantendo um largo sorriso no rosto, os braços poderosos abandonados ao lado do corpo.

- Tudo está bem, meu amigo. E tudo vai ficar ainda melhor, você vai ver – sussurrou em uma voz doce, estranha para um ser como aquele.

Então o anjo pareceu reconhecer alguma coisa, e olhou com interesse para Jádina, que se esforçava em parecer tranquila. Arjuna inspirou profundamente, parecendo lutar com algo terrível que o acometia.

Todos o observaram surpresos quando o viram caminhar com imensa dificuldade em direção ao gigante, que se esforçava em não mexer qualquer músculo que fosse, mesmo quando o anjo se postou à sua frente.

- Ybynété... – ouviram o anjo sussurrar.

- Arjuna... – murmurou Ybynété com carinho.

- Você se machucou quando me protegeu... – murmurou.

- Sarei depressa – Ybynété sorriu. – Foi fácil...

Então todos se levantaram devagar e se aproximaram, tocados pela dor do anjo.

Os nervos do pescoço dele estavam estirados, o rosto contrito, lágrimas descendo dos olhos.

- Obrigado... Obrigado a cada um de vocês... – o ouviram gemer.

Então, sem pensar, todos se aproximaram e o cercaram, sorrindo confiantes e gentis.

O dia escorreu e a noite avançou. Na caverna providenciaram uma fogueira, a volta da qual se formaram, todos conversando sobre coisas alegres e rindo muito, contando principalmente as trapalhadas e brincadeiras de Ybynété.

- Você agora está entre amigos, Arjuna – Jádina falou, sentando-se ao lado do anjo, que cismava fora da caverna, os olhos postos no sol que nascia.

O anjo se virou para ela, que se iluminava nos primeiros raios dourados do sol que tocavam o seu rosto.

Com um sorriso baixou seus olhos.

- Ontem um amigo me procurou – contou. – Eu dormia, e ele se mostrou ao longe. Eu o reconheci.

- Miguel?

- Sim, ele... No princípio pensei em atacá-lo, em me vingar dele...

- Ele estava com a alma dolorida por você... – ela disse, se esforçando em não perguntar por que teria esse ódio dele.

- Eu vi isso, depois. Demorou um pouco, mas acabei entendendo. Sabe, achei que ele havia me abandonado, esquecido de mim...

- Isso nunca, meu irmão...

Os dois se viraram para trás e viram Miguel em pé, as costas para a caverna, a postura meiga e afável, as mãos à frente do corpo.

Arjuna, como se o mundo estivesse pesado, se levantou e ficou de frente para ele, encarando o anjo, os braços derrubados ao longo do corpo.

- Ah, meu irmão, como senti sua falta... Por longo tempo fiquei esperando por você ou por algum outro irmão, mas tive que aceitar que não iriam até mim. Então maldisse seus nomes por eras.... Mas, agora que minha mente começa a se pacificar, posso dizer que eu entendo, que agora eu sei. Obrigado, Miguel.

Miguel se virou, e viu toda a comitiva se aproximando. Seu sorriso se abriu e se iluminou.

Com um gesto simples do chão levantou várias pedras em meia-lua, tendo como palco o sol que se despregava do horizonte. Sobre uma delas, totalmente satisfeito, se sentou, logo sendo imitados por todos.

Por algum tempo todos ficaram em silêncio seguindo o sol, sorrisos miúdos abandonados no rosto, como se a guerra e tudo que acontecia de escuro no mundo fosse apenas uma fantasia.

- Por eras o procuramos, meu irmão.... – Miguel quebrou o sagrado silêncio, a voz suave e melodiosa. - Mas os demônios foram muito eficientes em o manterem oculto. Não conseguimos encontrá-lo, meu irmão. Nos perdoe...

- Sabe, na minha dor minha energia diminuiu tanto que quase..., quase me destruí, e demônio quase me tornei. Mas, havia algumas coisas de que eu não poderia abrir mão – sorriu com abandono.

- E o que seria? – perguntou Atanua interessada.

- Amigos, irmãos, sorrisos, o UM... Não me permiti esquecer, não me permiti deixar de lado... Em algum lugar, dentro de mim, me perguntava, no começo, porque havia me sujeitado àquela situação. Ainda não sei a resposta, mas, sabem de uma coisa? Isso não importa muito agora. Se pensar bem vou descobrir que era uma curiosidade que eu tinha, uma experiência que eu desejava. A escuridão, a experiência sombria... O que passei fica como uma lembrança, e vejo o valor do que me cerca. Estou bem, e sei que vou me recuperar bem rápido.

- Quem é você, Arjuna? – perguntou Axouara, se aconchegando mais em PedraVelha.

- Eu era... – parou um momento, os pensamentos ao longe, buscando, sentindo. - Eu sou... – falou lentamente, saboreando as palavras - um anjo, e eu era um anjo guerreiro. Outros superuniversos... Lembro quando a escuridão surgiu aqui, em Orvonton, e vim para examinar a situação. Eu fui um dos primeiros a combater os demônios em Lira, mas fomos derrotados, porque nunca havíamos visto algo como aquilo. Eu fui capturado... – a voz falhou, tomada pela dor.

Todos ficaram em silêncio, aguardando a retomada da narrativa.

Arjuna suspirou profundamente, os olhos procurando os olhos de Jádina. Então sorriu. Com os olhos marejados inspirou demoradamente.

> Por eras fui torturado. Os demônios tinham, em mim, um bom suprimento de energia. Eles foram instilando medo e horror, quebrando lentamente cada aspecto meu, forçando cada face, buscando sujeitar e destruir minha consciência. Nem sei mais por quantas prisões fui transferido, para que eu não pudesse ser localizado. Para falar a verdade – falou virando o rosto para Miguel, - nem mesmo sei onde estamos. Não que isso faça alguma diferença – pensou alto.

- Me permite? – pediu Miguel?

Arjuna passou os olhos pelas serras e pelo céu, e se fixou no sol.

Sorrindo voltou a face para Miguel, meneando a cabeça em consentimento.

Miguel se levantou e se ajoelhou à sua frente. Com cuidado avançou os dedos da mão direita, tocando entre os olhos de Arjuna, enquanto quase tocava a mão esquerda sobre o topo de sua cabeça.

O espaço entre a cabeça e a mão do anjo se iluminou suavemente.

Arjuna fechou os olhos, as mãos suavemente segurando o pulso de Jádina.

Por muitos minutos ficaram assim.

Então, por fim todos viram um pulso forte de luz explodindo suavemente onde Miguel tocava na testa do anjo.

Subitamente Arjuna suspirou profundamente, um sorriso se insinuando em seu rosto.

Quando Miguel se levantou e voltou para seu lugar, todos puderam ver que algo diferente havia acontecido com Arjuna.

Entre eles estava o mesmo anjo, com sua asa rota e manchada de sangue, como o que se via de seu corpo marcado por inúmeras cicatrizes. Mas ele já não era o mesmo anjo; os olhos estavam mudados, a postura estava mudada.

Lentamente uma aura de poder se mostrava e se fortalecia naquele anjo.

Uivo observou atentamente Miguel, e via claramente que algo estava diferente. Miguel estava mais sério e pensativo, como se tivesse descoberto algo quando sondara Arjuna.

Suspirou, decidindo que se Miguel mantinha oculto o que quer que fosse que tivesse descoberto, ele era mais que suficiente para mantê-lo, e assim devia ser respeitado.

Foi então que Uivo notou uma elevação de energia. Depressa se virou para Arjuna, examinando-o.

Arjuna se levantara, os olhos encarando o espaço vazio além da face da montanha, os músculos preparados, a atenção como uma adaga vasculhando a neblina.

- Você os deixou passar? – Arjuna perguntou para Miguel, que se postava ao seu lado, tal como todos da comitiva, todos encarando os dois demônios que se aproximavam.

Foi então que viram anjos surgindo no caminho, anjos que bloquearam a aproximação do séquito de mantas e sombras, no total de oito, permitindo apenas a aproximação dos dois velhos demônios.

- Sim, os deixei – confirmou. - Eles precisavam te ver. Permitimos para que vejam que você, meu irmão, que venceu uma batalha tão terrível que poucos teriam suportado, está muito fora do alcance deles ou de qualquer escuridão que mandem contra você.

- Meus amigos, está tudo bem – Arjuna tranquilizou, vendo que a comitiva estava toda poderada e nervosa. – Eles não têm poder aqui, como nunca tiveram poder sobre mim. Está tudo bem – falou caminhando lentamente até a borda do precipício, encarando Trevas e Escuridão com tranquilidade.

- Nós viemos buscá-lo, traste. Vamos embora – Trevas ordenou.

- Sabe, Trevas, talvez você compreenda o que vou lhe dizer: eu estava enganado, tal como vocês estão, até o momento. A verdade é que não foram vocês que me capturaram; fui eu que me ofereci.

- Não vim até aqui para ouvir suas loucuras... Sinto falta de seus gritos e seu medo aterrorizado. Estou faminto – falou Escuridão utilisando uma profunda voz de comando. - Vamos logo, imbecil...

- Zadckiel, Balael e Iveagha... Éramos da mesma família de mônadas, se lembram? Achei que poderia redimi-los, quando vi que vocês e a escuridão eram responsáveis uns pelos outros. Tive a experiência a que me propus, e ela terminou aqui, alguns dias atrás, nessa pequena joia que chamam de Urântia. Então, meus irmãos, se vão. Nada mais há aqui para vocês...

- Sei que sabe que não é tão poderoso. Você está muito fraco ne lembrança de ter sido Arjuna – Trevas sorriu jocoso. - Então...

- Poder... Nada pode ser resumido na busca disso que chama de poder – sorriu.

- Ah, mas eu sei que quer vingança pelos presentes que lhe demos, talismã... Agora não é uma boa hora? O que acha, Escuridão?

- Decisões, sempre decisões, escolhas a serem feitas – Arjuna falou com uma terrível e fria lentidão, enquanto todos viam uma bainha com uma espada amarelada surgir em seu quadril. – Está no direito de vocês de fazerem suas escolhas.

- Sabem de uma coisa? – Miguel se postou tranquilamente ao lado de Arjuna, fazendo frente aos dois demônios. – Arjuna despertou, e a escolha dele, agora, de forma alguma será de ser aprisionado. Acho bom vocês se lembrarem dele como guerreiro que era. Ah, sei que se lembram – sorriu.

Trevas e Escuridão observaram os dois anjos, e sorriu quando a comitiva se mostrou ao lado e acima deles, todos poderados.

Trevas, as bordas tremendo de ódio, por alguns segundos se fixou num demônio que se elevava sobre a comitiva.

Bufou incomodado.

- Um bando interessante esse. Que assim seja... – falou Escuridão examinando com ódio cada um que estava ali, preocupado com a tensão em Trevas. - Há uma guerra aqui, e as mutas estão despertando. Vamos dar tempo ao tempo, não é mesmo? Depois, vamos ver se vamos voltar a te aprisionar ou destruir, como faremos com os outros. Que o tempo breve seja longo para que desfrutem dele, enquanto podem – falou se virando e sumindo nos vales abaixo, acompanhado pelos sombras.

Uivo observou Miguel se elevar, o rosto sério e pensativo.

- Para o que pretende, Miguel? Precisa de ajuda?

- Não, meu querido amigo. Está tudo bem. E tudo ficará ainda melhor, quando os que foram tomados novamente forem novamente recuperados.

Allenda observou o anjo com atenção, vendo intenções esculpidas em sombras.

- Se precisar, Miguel, é só nos chamar – ofereceu.

- Eu sei, eu sei... Obrigado a vocês, e estejam atentos aos caminhos. As linhas de tempo estão se acelerando – falou, num estampido desaparecendo das vistas de todos.

II

- Ele despertou... – espumou Escuridão. – Mas como foi isso?

- Miguel deve ter algo com isso.

- É, realmente isso é provável... Esse miserável sempre atrapalhando as nossas vontades. Isso não é bom...

- Há muitas forças despertando contra nós...

- Ficando pessimista, Trevas? Eu vi sua reação com a presença daquele que te culpo pela existência – alfinetou.

- Quer mesmo entrar nesse jogo, Escuridão? – perguntou, a voz dura e seca observando o outro com muito cuidado.

- Sabe que estou pensando nisso? – riu maldoso. – Mas, não, esse não é o momento ideal – sorriu com azedume. - O jogo está ficando complicado demais – reclamou, o mal humor tomando sua vontade.

- Que seja! Esses vermes não têm qualquer poder substancial. Que acreditem que podem nos bater.

- Arjuna era um oponente de respeito – Escuridão puxou pela memória.

- Ara..., Miguel, Mercator... Arjuna é só mais um miserável – reclamou, tentando não parecer inseguro para o outro.

UM AVISO SOBRE ARJUNA E A COMITIVA

Qual um córrego turvo eu segui para trás o fluxo da dor, e vi sua origem. O que se pensa ter destruído então se mostra como sempre foi, como um plano pensado para mais forte e pleno se tornar. Sorri, tentando ignorar o frio que percorria o meu ser.

- Então achou seu anjinho perdido? – a voz debochada de Escuridão ecoou pelas montanhas.

De súbito Miguel surgiu alguns metros à frente dos dois demônios, mostrando os modos plácidos e serenos.

Em segredo se pegou desejando precipitar Miguel contra o solo, quilômetros abaixo, para dentro do vulcão que espumava no meio da cordilheira.

Sorriu, satisfeito com as visões que teve. Sorriu ainda mais, ao ver que Miguel sabia de seus pensamentos, que pouca força fazia para ocultar.

Trevas olhou para as costas de Miguel, vendo que um grupo de anjos de guerra se mantinham à distância. De esguelha olhou para Escuridão. Miguel era um impartido de grande poder, e duvidava que ele estava sob o código dos caídos. Aquele não era o momento de travar uma nova guerra contra os anjos, pensou, sabendo muito bem que era o mesmo pensamento que ia em Escuridão.

Escuridão bufou de frustração. Às vezes os planos eram muito bons em destruir qualquer prazer que se tinha.

- Veio para entrarmos em acordo sobre a devolução do nosso talismã? – Trevas se adiantou, examinando Miguel com arrogância.

- Pelo contrário, pelo contrário, meus perdidos irmãos. Apenas vim avisá-los que ele não está sozinho.

- E por que se preocupa assim, Miguel? Aceitamos que ele se foi – sorriu com escárnio.

- Sei que não! Sei que estão se preparando para atacar em peso a comitiva, mirando dois objetivos: aprisionar toda a comitiva e recuperar o talismã. E isso ainda vem com muitos bônus, não é mesmo, Trevas? Por exemplo, o fim de uma velha profecia quanto a um demônio, a destruição dos planos, quaisquer que eles sejam, ao terem enviado essa comitiva para cima das montanhas... É, vários ganhos, é o que veem.... Mas, querem mesmo correr os riscos que essa linha de ação irá render?

- Ora, que bondoso se preocupar assim conosco – sorriu esgarçado. – Mas, só por curiosidade, que risco seria esse, querido verme? – riu Escuridão.

- Coisa simples – Miguel sorriu de volta. – Caso não tenham percebido, Arjuna experimentou a escuridão, o estar perdido. A sua alma, a sua essência, está despertando e logo estará íntegra. Espero que não pensem em instilar nele um sentimento de vingança, porque devem se lembrar bem de como Arjuna transmutava esses sentimentos. Mas, o mais importante, é que estamos atentos e os vemos; acreditam que há alguma chance do lado de vocês em acreditar que este é o momento para a guerra não acabada de anjos e demônios? Sabem, é até justificável que pensem assim, se realmente for isso que desejam.

- O risco não é o mesmo para vocês, anjos?

- Sabe que não... Há os danatuás, e há os inúmeros poderes que se cansaram de vocês. Magos diversos de diversas terras, inúmeras pessoas de poder reunidas, há os homens que se uniram contra um inimigo que declararam comum a eles, além de nefelins e dahrars e...

Miguel parou, o sorriso bailando no rosto, ao ver que o entendimento caia na mente dos dois demônios.

- Se pensa assim, anjo, por que não deixou que o nosso plano continuasse, já que acredita que esse seria o nosso fim?

- Ah, Trevas, não se engane. Não se enganem vocês, demônios desta e de outras terras. O fim de vocês não irá acontecer aqui, porque uma pequena parcela de escuridão densa irá continuar nas densas penumbras desse mundo que a isso se permitiu, mas o malho virá, e o golpe sobre vocês já é destinado. Mas, tendo em vista que se esqueceram, tudo tem seu tempo, que é dado para que haja uma possibilidade de despertar...

- Se com "despertar" quer pensar que nós poderíamos...

- Não falo de vocês dois – Miguel interrompeu Escuridão com serenidade. – Sei bem que o tempo para vocês irá se enovelar ainda por boa medida. Sei que entendem bem que nada nunca é somente sobre vocês – sorriu confortador. – Há outros poderes despertando nesse mundo, e vocês também são instrumentos para eles. Então, sintam-se bem assim, ao se verem como instrumentos da luz.

Trevas, pego de surpresa por uma declaração que julgou ofensiva, reagiu se poderando e crescendo, mas recuou lentamente, ao ver que Miguel, de forma bem suave, sem alterar seus modos, mostrava estar plenamente capaz de refutar qualquer ataque que sofresse, mesmo que os anjos de seu esquadrão não estivessem ali.

- Eu vejo... – falou Trevas com azedume, as palavras sendo proferidas como uma ameaça – que você veio apenas pedir um tempo, até que a guerra exploda em definitivo. Concedemos-lhe esse tempo. Então, verme, pode cuidar do anjo perdido.

Preocupe-se em torná-lo um pouco mais forte, porque quando ele cair, como todos vocês irão cair, não seremos benevolentes...

- Estranho isso – cismou Escuridão, o rosto mostrando uma tensão não disfarçada. – Não é uma preocupação muito grande para um anjinho perdido? – O que mais há, anjinho?

- Esqueceram de vigiar? Eu me liguei à mente de Arjuna, que apesar de um pouco adormecido, pode ajudar... – Miguel sorriu. – Mas, que bom que chegamos a algum acordo – Miguel sorriu condescendente. Com um movimento do tronco cumprimentou os dois e os outros demônios, que o observavam em silêncio.

Sem proferir mais qualquer palavra em paz se virou e, após se juntar aos seus, sob os olhos irados dos demônios simplesmente subiu no céu sem fim, indo-se todos de suas vistas.

Desconfiado, Escuridão elevou seu nível de atenção, e o que sentiu em um lugar o deixou possesso. Então foi de lugar em lugar, sua irritação crescendo perigosamente, o que não passou despercebido para Trevas, que tomado de tensão aguardou.

Quando o grito de ódio de Escuridão explodiu no mundo, teve conhecimento do que havia acontecido: eles haviam perdido todos os talismãs, cada fonte nobre de energia que haviam conseguido ao longo de eras.

- Foi Miguel – rilhou os dentes, virando-se em imensa dor para Trevas. – Ele disse que se ligou a Arjuna...

- E Arjuna, por ter estado por tantas eras ligado conosco, sabia a localização de cada masmorra e de cada prisão – chorou Escuridão. – Uma perda imensa, uma perda imensa... – lamuriou-se, lentamente se afastando de seu irmão, a energia baixa e acabrunhada.

PLANOS OCULTOS DOS CAÍDOS

Eu sei tocar a escuridão que te apavora, eu sei observar a solidão que te assombra. Eu sei das suas fraquezas e das dores que te atormentam. Como poderia ignorar, se é o que se me apresenta, quando fecho os olhos? Sua loucura, sua perdição, sua destruição, todas também me assombrando.

- O bom e velho Miguel, ou devo chamá-lo de Matiel, ou Aganiel? Ou mesmo Denatiel? – cumprimentou com desdém.

- Tomou posição, Malaliel? – perguntou descendo à frente do grupo de anjos. Com horror viu que muitos deles estavam com a cor mais esmaecida, suja.

- Reprova nossa forma? – riu Malaliel. – Continuamos reprovando a sua.

- A cor de vocês revela o que estão se tornando – falou, a voz baixa e acusadora. – Sei das artimanhas que engendraram.

- Ora, nos acusa de agir contra seus protegidos? – riu novamente.

- Os reis... Sabemos dos reis.

- Sabem, não é mesmo? Sim, vocês sabem muito. Esse amor inocente por essas criaturas, esse protecionismo absurdo e incompreensível, é tocantemente abominável. Trovão se enganou quando se apaixonou por eles, e deles nos fez guardiões. Que se destruam, que sumam nos ares, que se desfaçam de encontro a tempestade que se formou quando foram criados.

- Você está errado, como sempre esteve. Já tivemos essa conversa antes. Não veem que a criação do nosso pai está em jogo? O que fazem para fazer sua vontade?

- Nos acusa? Você nos acusa? Os antigos caídos da quarta era estavam certos, você sabe, no fundo. Mas, agora, nós também sabemos o que o pai precisa, e lutamos por isso. Nos acusa de nada fazer, quando vimos trabalhando desde que eles foram criados? Você não sabe nada. Sempre de olhos vendados. Você é um fantoche de uma ilusão, que a outros iludiu. Sua culpa – falou com amargor.

Miguel ficou parado, a mente aberta sondando tempos, sondando almas. Então foram surgindo o que sempre evitou olhar, o que sempre evitou acreditar. Como poderia aceitar algo assim?

- O que você fez? – se assustou.

- O que precisava ser feito, o que só aqueles que amam o pai podem fazer.

- Foi você..., Sempre foi só você... – falou, a voz mostrando surpresa. - Você é cheio de artimanhas. Escapou da primeira queda, na quarta era, mas sua natureza por fim o traiu, não é mesmo? – acusou, a voz grave e tomada de poder. – Foi você que soltou os demônios ao atiçar as rainhas com sutilezas, foi você que desejou os dahrs[9], como foi você que promoveu a guerra, que fez a vontade deles se voltar para as terras baixas..., E, mais recentemente ainda, os reis...

Malaliel e os seus se remexeram incomodados. Era obvio que aquele assunto os machucava.

> Agora vejo... Os que foram abandonados sobre as montanhas, as loucuras dos que desciam, os potaraobis, a caçada sobre eles... Como puderam afundar tanto? – perguntou, os olhos compadecidos sobre as figuras tristes e rotas que se viam poderosas e majestosas.

---

[9] Nefelins de imenso poder gerados pelo cruzamento de anjos com demônios e com pessoas.

> E foi muito anterior, não foi? Suas tentativas de colocar o Trovão contra suas criaturas... Os nefelins... Deve ter sido terrível quando o Trovão não se importou, no início, com a vinda dos nefelins, na quinta era...

- Não eram os homens os brinquedos das pessoas? Brinquedos de barro – falou o anjo de olhos turvos, a voz tentando parecer cínica, mas tomada por rancor, desprezo e amargor.

- Não havia intenção de manter as almas na escuridão, então. Eram apenas experiências, de possibilidades, de sondar a escuridão..., apesar de não ser esta a intenção de vocês, não é mesmo? Agora vejo o que os motivou: vocês se mudavam para a forma humana ou de pessoas, e corrompiam e conspurcavam a criação gerando filhos e a isso incentivando, numa intenção que não tínhamos como ver então, pois não havia desconfiança em nossos corações.

- Sempre os inocentes úteis – riu, trocando a forma pela de um ser humano, o rosto duro e feroz. Então, como se fosse custoso ficar assim, logo voltou para sua aparência natural. – Sim, fomos nós, sempre, os caídos, e grandes coisas fizemos.

- Como caíram tanto? – perguntou novamente, a voz baixa e preocupada, triste.

- Caídos... Fomos lançados para a queda por essas criaturas abomináveis, esses homens imbecis, que foram criados para enganar o UM. Mas, é absurda a inocência de vocês. Vocês também foram lançados para cá, expulsos do céu, não se lembram?

- Sim, nos lembramos da queda. Mas, não fazemos o certo na busca de um perdão ou prêmio; fazemos o que é certo apenas porque... é o certo, e não há outra forma de se ver isto.

- Diferente de vocês, que aceitaram toda essa enganação – falou, o semblante pesado e meio enlouquecido de dor, – nós soubemos que uma possibilidade de ouro havia sido aberta. Estávamos no lugar e na posição corretos para trazer Trovão de volta à razão. Os homens e todos seus aliados têm que desaparecer. Assim é que se dará nossa volta ao lar.

- Jogo dentro de um jogo, a ilusão cada vez se enredando e toldando a visão... Vocês estão cegos, porque se recusam a ver.

- Tudo irá se mostrar como deve, quando o fim anunciado chegar. Há coisas que se encaminham, num futuro já traçado. Não vê que essa guerra tinha que acontecer? Se a guerra dosvivos acabou de forma inesperada, essa será a verdadeira e derradeira guerra. Depois dela poderemos ter o Trovão só para nós, e ele vai nos amar como sempre amou e...

- Você não entende, não é mesmo? Quando resolveu não ver? O Trovão está em cada criação. Ele se...

- Idiota, idiota, IDIOTA!!! – gritou o outro, os nervos estirados como cordas. - Ele está agora, mas ele se enganou ao se fragmentar e se espalhar. Ele está fraco e dividido. Quando todos esses se forem, o Trovão se recomporá e poderemos estar ao seu lado. Não há outra forma...

- Você está enganado, meu louco irmão. Se antes eu acreditava que eram anjos, caídos como nós, agora vejo que se tornaram demônios, pequenos e loucos demônios, que corromperam até mesmo os próprios demônios e os colocaram para trabalhar para suas demandas.

- Vocês que mudaram de forma – acusou.

- Nós mudamos a forma como somos vistos, mas vocês mudaram suas almas...

Malaliel soltou um grunhido profundo e baixo, e uma quantidade imensa de outros iguais a ele, parecidos com pequenos trapos adejando ao vento, se formaram ao seu lado, fazendo frente aos inúmeros anjos que desciam ao lado de Miguel.

Foi então que o silêncio caiu, fruto da surpresa e espanto, quando um gigante vermelho desceu lentamente do céu profundo, até se perfilar ao lado de Miguel, em companhia de uma demiana.

Miguel observou os dois, e leu seus silêncios. Sorriu, voltando os olhos para Malaliel, que avaliava Mercator e a demiana com profundo ódio.

- O louco demônio imbecil e sua excrecência. Tínhamos esperanças em vocês, cretinos.

Mercator nada respondeu, os olhos fixos examinando toda a quantidade de anjos caídos que lhes faziam frente.

Olhou para Arael que, após lhe dar um pequeno sorriso, se fixou nos vigilantes.

> Não diz nada, sua besta? – Malaliel falou se dirigindo para Mercator.

Vendo que Mercator se manteria em silêncio, voltou novamente sua atenção para Miguel.

Miguel os examinou por um tempo, e viu que não havia intenção de confronto. Teve pena do que via e sentia. Lá estavam eles, e viu que eles sabiam que estavam errados desde há muito tempo.

Era a experiência em um alto grau, sentiu.

- Não somos seus inimigos – Miguel falou, a voz suave e um tanto cansada, para maior constrangimento dos anjos cinzas. – Olhem um para o outro e despertem. Vocês não são assim, não foram criados assim. Parem o que fazem. Vocês são anjos e têm uma missão que não é essa que assumiram. O Trovão os criou, e os criou com amor, como criou tudo o que existe. Ele não esqueceu de vocês, de nenhum de nós. Não se esqueçam dele, não se esqueçam de nós, não se esqueçam da vida, meus irmãos.

Sob os olhares confusos e encabulados dos anjos cinzas, os anjos humanizados foram se elevando lentamente, pesados, se preparando para irem embora, em companhia do demônio vermelho e da demiana.

De súbito Miguel girou, a espada desembainhada, o corpo se deslocando um mínimo grau para a direita, bloqueando a longa garra que o outro avançava contra si. Completando o movimento Miguel elevou-se e rodou em torno de Malaliel, escapando do esporão.

Malaliel se afastou, ódio e desprezo mesclados.

Miguel olhou de soslaio para o lado.

Mercator e Arael avançavam com muitos anjos para dentro da fileira dos caídos, como uma cunha de fogo. Anjos em profusão se desfaziam. Havia fúria ali, havia desprezo.

Viu com tranquilidade a batalha terrível que se desenrolava, e viu que ela sempre fora inevitável.

> Esses são tempos estranhos, pensados, não é mesmo, Malaliel? Esse é um tempo de acertos, de expurgos, de pagas – falou, a espada girando com destreza em frente ao corpo.

> Nenhum de vocês sairá daqui – declarou. – Gostaria que não fosse assim, mas você me convenceu: não há salvação para vocês. Vocês terão que vir, e mais e mais vezes, experimentando e crescendo. Será bom para vocês – sorriu. – Não se permitam esquecer: nunca estarão sós.

- Você diz isso, mas sempre foi sua intenção me matar e tomar meu poder, assumir meu trono e o lugar que preparei ao lado do UM – Malaliel rugiu.

- Você, definitivamente, está louco pela escuridão que aceitou ser.

Num ímpeto raivoso Malaliel se atirou contra Miguel, o corpo todo energia, força bruta e ódio.

Miguel se defendeu com destreza. Quando se afastou Malaliel tinha a cara coberta de dor. O esporão com que tentara atingir Miguel fora decepado. Miguel, os olhos frios e calculistas, desconsiderou a dor infringida, desconsiderou as escolhas feitas e as possibilidades porventura ainda existentes. Sem dar tempo à Malaliel girou o corpo e a espada, passando ao lado.

Então, num movimento seco atingiu um outro anjo no alto da cabeça com o cabo espada. O anjo cinza tombou, o corpo estremecendo com violência.

Devagar fez surgir uma corrente que brilhava como um sol, que enrolou no anjo tombado.

Em silêncio se afastou, vendo os últimos movimentos da guerra.

Assim que o último anjo cinza tombou do céu que se tornara ensanguentado e cheio de tons ferruginosos, Miguel se postou à frente de suas hostes.

Sorriu para Mercator e Arael, que flutuavam um pouco mais para a direita, tomados de silêncio, ambos em completa paz.

Voltou novamente a atenção para os seus companheiros.

- Não se sintam culpados, não se sintam abatidos. Esses não são mais anjos, esses são demônios, pois que com demônios se uniram e se mesclaram – falou se postando frente à uma montanha em uma outra dimensão pesada. Com um golpe violento abriu suas entranhas, onde os anjos cinzas foram lançados. Por um momento observou as entranhas vermelhas da montanha, que fechou com um movimento seco.

O som reverberou e reboou pesaroso no mundo, desaparecendo frente ao som da brisa que vivia.

Num movimento seco guardou a espada na bainha.

Com um sinal despediu os anjos, que se foram em silêncio, pensativos. Miguel sabia do peso que carregavam, mas tinha certeza de que esse peso logo desapareceria, quando as ações dos pequenos anjos cinzas fossem descobertas.

- Sinto por vocês, irmãos – falou ao vento que se dispersava sobre as montanhas em um estranho e terrível mundo.

– Sinto pelas escolhas que fizeram. Vocês, em algum momento, estarão livres e poderão novamente se exercitar em escolhas nas possibilidades que estarão abertas, podendo retornar para casa ou continuar na experiência. Sejam sábios nas escolhas que tomarem.

- Eles têm a eternidade para aprender – falou Mercator, flutuando ao seu lado, os olhos na cicatriz ígnea da montanha que lentamente esfriava.

Devagar Miguel se voltou para Mercator.

Havia carinho em seu olhar, um carinho e uma paz que somente os mais poderosos podiam exprimir, Mercator conferiu.

- Obrigado, Mercator. Obrigado, Arael.

Miguel não pode deixar de sorrir quando Mercator, com um movimento das mãos, fez surgir em vários pontos da montanha inúmeras flores azuis.

- Que elas possam lembrá-los.

- E será, meu irmão. Cada gesto, cada toque uma flor depositada sobre uma lápide que nunca está lá – Miguel falou, fechando aquela dimensão com um gesto simples e carinhoso.

Então os três foram se elevando lentamente, se afastando para o Sul.

Mikael Lenyer

UMA DÂMIA JUGUENA E UM YBYNÉTÉ FELIZ

*O toque gentil da mão que empunha a
arma, a arma que avança para proteger,
destruir enquanto se preocupa em manter
a vida. Decisões...*

Os exércitos estavam perfilados em dois grandes blocos. Era nítido que algo grande parecia estar tomando forma no horizonte.

Uivo suspirou, vendo as formações thianahus se preparando.

Então, súbito, a dâmia apenas surgiu ao lado de Uivo, que se virou e sorriu.

- LuaEscura – Uivo cumprimentou feliz. – Que bom que veio.

- A batalha sua e de Arael, no Norte – falou Allenda, também feliz pela sua presença, - contra os demônios, ecoaram por todos os lados. Fizeram um belíssimo serviço – cumprimentou. - E obrigado por ter vindo ao nosso encontro.

- Por nada, Allenda. E você viu? Um demônio agradecido – LuaEscura riu satisfeita. – Ah, saibam que é um prazer estar com vocês. E quanto a você, Allenda, por tudo o que vi sua força deve ser monumental, para controlar esse aí – riu.

Allenda não pôde deixar de sorrir também. Nunca poderia acreditar, mesmo que lhe jurassem que era possível, que algum dia estaria lutando lado a lado com uma juguena, e justamente com uma que, no primeiro encontro, ficara desesperada para matá-la.

- Largue de ser chata. Você bem sabe que o prazer é meu, LuaEscura – cumprimentou. Pelo canto dos olhos viu os dois, Uivo e LuaEscura, dois demônios de névoas se revolvendo ao seu lado. Encheu o peito com a maravilha que via. Os inimigos iriam se arrepender do que estavam para encarar.

- Eles estão para nos testar – Uivo avisou.

- Que bom – falou LuaEscura, os olhos analisando o exército inimigo, vendo um grande batalhão se destacar, tomando a direção do batalhão mais avançado dos danatuás.

- E aí, demiana? – Allenda cumprimentou Arael, que descia tranquila ao lado. - Veio se divertir um pouco?

LuaEscura se voltou feliz para Arael.

- Que bom que voltou, Arael. Estava sentindo sua falta. Mas vá lá, me diga: como está o terrível Mercator? – riu, conferindo a felicidade na demiana.

- Bem. Estávamos agora há pouco com alguns anjos, ao Norte daqui. Eu vim, e ele vai ficar mais algum tempo por lá, com Miguel. Mais tarde lhes conto tudo direitinho. Só para adiantar, digo-lhes que grande parte da armadilha que enrodilhou a nós, os demônios e os anjos foram engendrados pelos anjos caídos. Até os reis foram criação deles – contou.

- Sério? – assombrou-se Uivo, sob os olhares confusos de Allenda e LuaEscura.

- Hum, hum.... Mas, agora está tudo bem. Miguel os trancou dentro de uma montanha, em uma outra dimensão pesada.

- Pois também temos notícias – falou Allenda, enquanto se dirigiam para o exército. – Jádina e um anjo...

- Como? Isso deve ser bem interessante – sorriu Arael.

- Depois vamos todos querer saber de tudo direitinho, do que sabemos e do que sabem – falou LuaEscura, se voltando para encarar o exército thianahu que se formava, vendo que dois demônios imensos se formavam sobre eles. - Acha que eles estão preocupados? – zombou, vendo Trevas e Escuridão se preparando para atacar.

Uivo a observou de soslaio, e aos outros que aguardavam ao seu lado.

- Se não estão, deveriam – sorriu.

Então tudo se precipitou, quando os grandes batalhões se chocaram.

Allenda apenas avançava junto com FogoDeMontanha, labaredas queimando de longe, setas de fogo e o ar que se incendiava. E havia os dois demônios, que apenas destruíam, farpas longas destroçando e matando, sombras e mantas.

Ybynété parou, bloqueando o avanço de dois grandes mantas. Com um estrondo bateu as mãos uma na outra, e sorriu quando os mantas pareceram ficar indecisos. Allenda e Uivo rapidamente olharam de soslaio para ele, e enquanto continuavam a batalhar ficaram se perguntando se o mapinguari não devia ter desconfiado de que algo estava diferente na reação dos inimigos. As bordas estavam se movendo ameaçadoras. Então, elas simplesmente ficaram estáticas. Num movimento súbito se foram.

Ele gritou feliz e satisfeito, orgulhoso.

Então se virou, percebendo que LuaEscura estava atrás dele. Ele estava radiante.

- Esses eram muito fraquinhos, né Lua? – falou enquanto, como se fosse algo casual, atingiu mortalmente um colorido que passava ao lado com sua lança apontada para um danatuá.

Ela riu.

- Mas, também, o que você queria, Ybynété? Eles ficaram apavorados com você.

Uivo se desvencilhou do atacante e se aproximou de Allenda, que tinha à sua volta um largo círculo onde nenhum thianahu ameaçava entrar, nem lançar nada lá para dentro.

- Você viu? – Uivo perguntou assim que ficou ao seu lado, o sorriso enorme.

- O que?

- Ora... Dois mantas estavam para atacar o Ybynété. Mas LuaEscura apareceu atrás dele e abriu algumas de suas farpas. Olha que até eu tive medo. Os dois deram no pé, e Ybynété acha que foi por causa dele. Quando ele se deu conta dela, ela ficou normal, deixando ele pensar que ele impusera medo nos mantas.

- Eu vi, Uivo... – falou recolhendo suas armas, ao ver que o batalhão thianahu recuava e voltava para seu exército. - É bom de ver o quanto um faz bem ao outro.

Uivo, atento aos thianahus, se despoderou um bom tanto.

- E, como ele é o Ybynété, se ele descobrir que se enganou e que foi por causa de LuaEscura que os mantas fugiram, aposto que ele ainda vai rir muito disso.

- É bom ter a alma leve, não é? – falou Arael se aproximando dos dois, os olhos presos em Trevas e Escuridão que pairavam sobre as fileiras thianahus à frente da cidade, conferindo que eles pareciam tranquilos demais.

Trevas, Escuridão e uma legião de mantas e sombras se adiantaram um pouco, fazendo frente ao batalhão de Uivo.

- Parece que as coisas estão, finalmente, para começar – falou, os olhos seguindo as caudas dos demônios se recolhendo, enquanto os exércitos se moviam um contra o outro.

Com um sorriso para Allenda Uivo foi se elevando, vendo que Trevas e Escuridão, seguidos por enormes sombras, se postavam acima dos exércitos. Sorriu ao ver que Arael e

LuaEscura logo estavam ao seu lado, fazendo frente aos demônios.

A GUERRA DE UMA ERA

*Agarro a luz e a esmigalho em minha
mão e a torno pó, que espalho ao vento
da tempestade. Cansei de esperar que a
escuridão se canse de si mesma.*

I

Trevas e Escuridão, com um sorriso de satisfação, mostraram o portal ao longe, onde seres estavam presos nos nichos esculpidos. Uivo gritou de ódio ao ver sacis e caiporas e pumayacayas em estado de transe acondicionados nos nichos, os olhos desmesuradamente abertos, com os quais os demônios pretendiam abrir o portal e trazer mais sombras.

- Não lhes dê o que desejam – falou Arael, sem tirar sua atenção dos demônios.

Uivo inspirou profundamente e se tranquilizou um pouco.

- Espero que estejam preparados para o que conjuraram – falou Uivo, se dirigindo para os dois demônios.

Sem qualquer aviso Trevas se lançou contra os três. Uivo se esquivou, fiapos de neblina trevosa se retorcendo. Arael girou o corpo, rodando em volta de Escuridão, a espada cortando parte da cauda do demônio, que a olhou ameaçadoramente.

Trevas e Escuridão, tomados de desvario, se fizeram de veias rubras, conjurando todo o poder de que dispunham.

Mas, antes que atacassem, ao lado dos três se perfilaram dois anjos, que lançaram esferas de energia contra Trevas e Escuridão.

Tomados de surpresa e ódio os demônios se puseram a alguma distância, examinando os que os desafiavam.

Uivo cumprimentou Miguel e o outro anjo, um sorriso confiante no rosto.

- Então, Trevas – Uivo falou tirando os olhos dos anjos e pondo-os sobre o demônio, - espero que se lembre da lenda que te assombra.

Trevas projetou a caretona para frente, todo ódio, todo desprezo e rancor nela estampados.

- Que bom que se lembrou dela, porque hoje ela será destruída com você.

- Ora, então não acredita mais nela? – Uivo zombou.

Escuridão olhou para Uivo, e depois para Trevas, o significado do que falaram claro demais para ser ignorado. Por fim, vendo todo o ódio de Trevas, deu de ombros.

- Que morram os dois – falou entre dentes, que Trevas ignorou.

- Logo você irá saber. Mas, que bom... – falou, os olhos passeando pelos dois recém-chegados. Também teremos dois anjinhos para diversão... – sibilou Trevas.

> Ah, e Mercator também. Que ótimo dia será hoje – saboreou, vendo Escuridão retornar para o seu lado assim que Mercator se mostrou. – Aqui a turminha toda – riu sarcástico, conferindo a formação ao seu lado de dezenas de sombras.

Mercator sondou os lados e sorriu para Arael, Uivo, Miguel, LuaEscura e um anjo grande e robusto que se mantinha em silêncio, observando os inimigos.

Mercator seguiu os olhos de Uivo e viu que ele tentava manter Allenda sob uma discreta atenção. Não pode deixar de admirar a desenvoltura e leveza com que ela se movia dentro das terríveis batalhas com que se envolvia na terra abaixo.

Miguel cumprimentou os três amigos com um largo e afetuoso sorriso. Então se voltou novamente para os demônios.

- Aqui é a guerra final – falou para os dois demônios, vendo formado em torno deles inúmeros sombras e mantas, muitos dos quais acabados de sair do portal, sob os gritos dos prisioneiros que se desfaziam. - Não mais adiada, não mais postergada. O tempo chegou, e não haverá perdão.

- Ora, então a esperança deixou esse mundo? Agora reconhece, tal como nós, que ela nunca existiu?

- Engana-se – lhe sorriu Miguel. – A esperança não termina nem mesmo com a morte.

Escuridão pareceu se agigantar, fazendo frente à Miguel e ao exército angélico que descia ao seu lado, conferindo que agora, também no céu, exércitos estavam para se confrontar.

Seus olhos estavam atentos ao arcanjo, notando alguma coisa diferente.

Subitamente Escuridão soltou uma risada sarcástica e debochada, os olhos presos nos de Miguel.

- Então o anjinho descobriu... Falou com eles, não falou? Aposto que ficou com pena deles... Foram vocês que os sacrificaram, que os trocaram por algo pequeno demais...

Miguel o observou por um tempo, até que as coisas foram fazendo sentido. Agora via a confirmação de que os caídos tramavam contra os homens desde há muito tempo. Então, em sua mente ficou girando a pergunta: quem usara quem? Talvez tivessem sido os demônios que tinham usado os caídos, e não o contrário. Por fim deu de ombros, vendo que isso pouca importância tinha.

- Contam com eles para enlouquecer e destruir os homens? Você não sabe, não é mesmo? Procure-os, e não os encontrará; invoque-os, e não ouvirá resposta. Ninguém se colocará em sua presença. Não podem mais tomar as almas dos vivos – declarou com tranquilidade.

Uivo viu o momento em que os demônios pareceram entrar em choque, os olhos procurando.

- Vocês se mataram... Anjo contra anjo...

- Não... Hoje apenas se cumpriram as escolhas feitas. Eles escolheram, eles colheram. Vocês não têm mais a vantagem. Perda sobre perda, não é mesmo? Os talismãs, agora os caídos...

- Se você acha que nos enfraqueceu ao tirar todos eles de nós, está enganado. Eram apenas peças. As mutas estão do nosso lado... Vocês não resistirão a elas.

- Estamos todos sob as vontades delas, e isto porque a vontade delas foi dada e destinada pelo Trovão. Não iremos contra a vontade dele.

- Vontade... Então devo entender que esta guerra que está acontecendo ali embaixo, e prestes a ser desencadeada aqui, é a vontade dele? Ele quer que nós todos nos matemos, é isso que que dizer?

- Esse é o livre-arbítrio – falou com calma e paciência.

Trevas olhou para os lados, onde as aves guerreavam, e para a terra, onde o exército danatuás se batiam com os thianahus.

- Ela será meu troféu – riu Trevas encarando Uivo, que seguia Allenda na guerra.

II

Otag chamou Ashassin. Com rapidez girou, saindo do alcance de um gigante thianahu enquanto lhe cortava uma das pernas. O gigante gritou de dor, caindo em estertores, enquanto alguns danatuás o atingiam com violência.

- Proteja Allenda – gritou o aviso. - Ela não pode ser colocada em risco, sob pena de Uivo se tornar um demônio negro.

- Isso já está sendo feito. Tenho cinco jubaus ao seu lado. Ela não sabe, mas está sob proteção.

- Pois que aumente o número de protetores e os aproxime dela. Não podemos correr o risco. A vontade dos demônios está contra ela. Eu vi, eu senti – gritou.

Ashassin segurou a cara de um colorido e o esmagou, enquanto seguia a batalha no céu. Sorriu satisfeito ao ver que Uivo se poderava fortemente em demônio.

- Será feito – gritou para Otag.

III

Tomados de ódio os demônios atacaram.

Uivo, todo poderado, atingiu Trevas com terrível violência.

Trevas riu, uma risada cortante e ferida.

O céu pareceu se contorcer. As nuvens se avermelharam e o sol, ferido, se tingiu de vermelho, agonizando para o horizonte. Explosões pipocavam e ondas de energia varriam muitos guerreiros, de ambos os lados.

Uivo viu Escuridão cravando suas garras na nuca de um anjo, parecendo se deliciar. A força com que LuaEscura atingiu Escuridão o descontrolou, empurrando-o para o meio de um batalhão de anjos. Enquanto Escuridão lutava para escapar dos anjos Uivo amparou o anjo ferido e o entregou para os seus, que o levaram embora.

Uivo se virou e aguardou.

Escuridão conseguiu se desvencilhar do último anjo e partiu furioso para cima de Uivo.

A sequência de ataques era tremenda, e Escuridão acabou cedendo, as forças nitidamente fraquejando.

Uivo não desistia, não parava, não diminuía a força com que atacava Escuridão.

De repente parou e desceu veloz.

Trevas sorria, enquanto isolava Allenda, da qual se aproximava perigosamente.

Allenda olhou ao longe, para Uivo, que lutava nas alturas. Allenda examinou seus lados e viu que havia muitos mortos, e alguns outros que, para sua estranheza, se preocupavam em protegê-la. Quando o último inimigo caiu à sua frente, esticou os músculos doloridos, a atenção debochada no grande demônio que se aproximava. Com carinho afagou o longo pescoço de FogoDeMontanha.

Devagar conferiu suas armas e o poderamento que conseguia imprimir.

Satisfeita se preparou para Trevas que, após se desvencilhar com facilidade de um anaquera, voou em sua direção.

Allenda, totalmente em chamas, atingia aquele ser sombrio com tudo o que tinha, mas via que não havia como prevalecer. Sorriu satisfeita ao ver como o quinua atacava e se punha fora do alcance do demônio, tirando dele parte da atenção. Sua raiva cresceu quando, num golpe de volteio, Trevas conseguiu acertar o animal, que foi lançado para longe. Tomada de fúria sacou suas armas curtas. Tornando-as rubras disparou para cima do demônio.

Se assustou quando se sentiu empurrada com firmeza e suavidade, enquanto sons de uma furiosa batalha se desenrolavam. Ao levantar os olhos deu com Uivo poderado como demônio como nunca vira antes, atacando Trevas com violência.

Gritou o mais alto que pode quando viu Escuridão cair às costas de Uivo, a espada se preparando para atingi-lo.

Não conseguiu se segurar quando Mercator atingiu Escuridão com dureza e Arael, com uma frieza perigosa, ia contra Trevas.

Como se um imenso peso lhe fosse tirado gritou de alegria e desabafo.

Foi de relance que ela viu a lança avançando pelo canto dos olhos, e teve tempo apenas para girar o corpo.

O golpe foi duro e rude, e a dor foi intensa. A lança entrou pelo ombro, um pouco abaixo da clavícula.

Ela segurou a lança e a quebrou, se voltando para enfrentar o grande thianahu que a olhava desafiador e zombeteiro, suas tatus se tornando quase brancas pela intensidade que imprimia.

Não pode deixar de sorrir quando um anjo de asas rotas limpou uma grande área ao seu redor, onde uma manira ellos parecia dançar, impedindo que mais thianahus se aproximassem dela, fazendo os dois um grande arco de defesa, que agora crescia com a ajuda de FogoDeMontanha, que se mostrava furioso demais.

Pelo canto dos olhos reconheceu quem se aproximava, e diminuiu seu poderamento para que não os machucasse.

Sentiu um solavanco forte quando foi tirada da terra. Olhou para cima e viu que Tunta Van a levantara, enquanto Tenus Gal matava um thianahu que tentava se colocar no caminho. Foi então que percebeu que fora completamente isolada dos seus. Lá embaixo os procurou, e viu Uivo e Mercator se batendo duramente com Trevas e Escuridão, enquanto um pouco ao lado Arael mantinha alguns sombras afastados deles. No chão viu Arjuna, num voo súbito, tomar Jádina, voltando para junto dos seus.

Um pouco à frente no céu, muito acima de uma alta montanha branca, viu anjos e demônios em terrível luta, e viu LuaEscura, batalhando, fluida e desenvolta.

Então a viu parar e olhar para baixo, e despencar violentamente para o distante chão, impactando com fragor ao lado de um gigante que lutava contra um enorme cerco de coloridos.

Quando as harpias a deixaram com os seus, logo recebeu os cuidados necessários, como FogoDeMontanha, que já estava lá sob cuidados. Da retaguarda viu quando, ao longe, subiram Mercator e Uivo. Teve esperanças de que os dois demônios tivessem sido mortos, mas logo os viu subirem bem mais à direita.

Por várias horas ainda se estendeu a batalha, até que lentamente os exércitos se afastaram.

Inspirou demoradamente, sentindo o cheiro de carne e sangue, cheiro de morte que o sol vermelho procurava esconder ao morrer naquele dia enquanto sorria, vendo Uivo flutuar lentamente em sua direção.

O DEMÔNIO CONFUSO E O ANJO MALTRATADO

Que mais posso dizer? Meu irmão voltou...

Allenda e Jádina logo encontraram os dois em animada conversa, numa pausa rara que a guerra fornecia, de quando em quando. Enquanto se aproximava Allenda conferiu que Uivo se curava de alguns ferimentos.

- Vai se manter assim por muito tempo? – Allenda riu, fazendo menção às cicatrizes de Arjuna, sentando-se ao lado de Uivo, no qual se prendeu num abraço apertado. – Se afeiçoou muito a elas?

- Ah, não me incomodam. Para falar a verdade, me acostumei com elas – sorriu.

- Troféus... – Allenda sorriu.

Subitamente sons vieram de uma trilha à direita, e Arjuna pareceu ficar mais atento, pesadamente se levantando. Uivo ergueu o olhar, ao notar que o ar parecia ter se alterado um pouco.

Então eles surgiram, Ybynété e Mercator.

No momento em que Mercator viu Arjuna ele estacou, um ar de reconhecimento pairando em seu semblante. No ato Allenda percebeu a reação de Mercator em resposta à presença do anjo maltratado.

Uivo relaxou, vendo que não havia qualquer animosidade na energia de ambos. Antes disso, parecia haver um certo alívio, um com a presença do outro.

- Iveagha... – reconheceu Arjuna com serenidade e uma pontada triste na voz, encarando o demônio.

Mercator, após tê-lo estudado por um curto tempo, em passos medidos se aproximou, parando à sua frente.

- Eu o conheço, e sei seu nome também – falou.

- Eu sei que sim. Noto grandes mudanças em você, velho irmão. Estou feliz com isso – sorriu satisfeito, para alívio dos que observavam.

- Irmão – cismou Mercator. – Faz um tempo imenso demais, desde a última vez que assim fui chamado. Quase não acreditei quando Arael me contou sobre você.

- Estranho, não é? – falou Arjuna, convidando todos a se sentarem com eles. – Se você fosse meu captor, provavelmente teria me matado nos primeiros dias.

- É muito certo que sim – falou, a voz tranquila de quem diz apenas uma verdade.

- Ainda bem que não estava lá – sorriu.

- O que foi bom para nós dois, meu irmão – falou, a voz num tom mais suave que Arael quase não reconheceu. – Não sabe como é bom ter você aqui.

O clima logo estava tranquilo, quando LuaEscura e Arael se juntaram a eles, porque tinham parado no acampamento para cumprimentar os outros.

- Por que mantém essas cicatrizes de tortura, Arjuna? – quis saber LuaEscura.

- Viu? – riu Jádina. – Não acha que está na hora de deixar isso de lado?

- Não me incomoda a atenção das pessoas. Acho que vou me sentir estranho sem elas – sorriu.

- Tudo a seu tempo – cismou Uivo.

– Isso mesmo. Por enquanto, deixe estar. E quanto a você, Iveagha? Sua forma...

- Ah, assim sou conhecido, e assim me conheço – sorriu.

- Ele gosta de pôr medo – zombou LuaEscura.

- Não, não é isso. É assim que me vejo – sorriu curto. – Não sou demônio ou anjo, mas apenas um ser – falou.

- E não é assim com Arjuna, com todas suas cicatrizes? – debochou novamente.

- Não, não é. As cicatrizes são marcas de dor e de tudo de inútil que há nesse sentimento.

- Pois eu acho que não – contestou Arael pensando sobre o assunto. - Sabem, já vi muitos seres que ligam suas identidades à suas aparências. Como se sentiria um tutu se seus pelos começassem a cair?, e um lobisomem se os pelos da cabeça caíssem?, ou um humano, quando perdem um membro, sabendo que não vão crescer novamente?

Mercator ficou em silêncio, cismando.

- Pensando assim, você está certa. A visão de dor causada pelas cicatrizes é a minha visão. Acho que é porque me causa uma certa... tristeza, ao pensar que eu poderia ter participado em colocá-las ali...

- Se você tivesse participado, eu acho que eu não sobreviveria muito para que elas cicatrizassem – riu Arjuna.

Mercator balançou a cabeça, um leve sorriso insinuado no canto da boca.

- Se continuar assim, Mercator, vou te chamar de Iveagator – LuaEscura riu. – Sabe, anjo que virou demônio, que volta a ser anjo...

- Éééé... Você nunca vai deixar de ser um demônio, héim, LuaEscura? – Uivo riu.

- Espero que não... – falou Ybynété, o que foi motivo de risada entre todos.

- Miguel? Foi ele quem te achou? – Mercator perguntou diretamente para Arjuna.

- Não, não foi... Ele nem sabia onde eu poderia estar. A guerra teve algumas coisas boas, sabem? Por causa dela pude guardar um pouco mais de minhas forças; por causa dela consegui escapar do meu cativeiro, o que me deu condições para resistir por algum tempo quando Balael e mais dois sombras me acharam. Então, foram essas pessoas que se veem como família que me acharam e me resgataram. Miguel apareceu logo a seguir, quando me sentiu. Foi Miguel quem impediu que Zadckiel e Balael, quer dizer, Trevas e Escuridão, viessem atrás de mim, e que depois me ajudou a despertar e me inteirou de tudo, desde que fui capturado.

- Os marcadores no caminho – Mercator suspirou satisfeito e maravilhado. – Você fez boas escolhas – parabenizou, passando os olhos por Jádina e pelos outros. – Valeu a pena, irmão?

- Ah, Mercator, valeu muito. Tudo agora se torna lembranças do aqui e agora, e sinto que fui impulsionado muito fortemente por tudo o que passei. Mas, pelo que vejo, seu impulso foi ainda mais forte, e seus marcadores foram em maior número – sorriu feliz.

- Está bem... Eu, um dos marcadores para anjos e demônios? É isso que querem dizer? Sei... – LuaEscura sorriu descrente.

- Isso é uma verdade – falou Arjuna com tranquilidade. – Há pontos na experiência que se propôs, para indicar o caminho a seguir, para alertar, para redirecionar, para ser um ponto de auxílio ou para... para mostrar que a experiência está finalizada. Parece que vocês são os pontos de marca, para mim e para o Mercator, ou para outros que ainda não se apresentaram, ou que se apresentaram e nem foram percebidos, de que a experiência escura devia acabar.

- Nossa... – Allenda não conseguiu esconder seu assombro. – Essas são coisas de anjos e demônios, sem dúvida.

- São sim, Allenda – Mercator concordou. – Na minha dor não via, mas vejo cada vez com mais clareza. Toda consciência veio do UM, e UM então sendo. Você, Allenda, e cada um que aqui está, e cada um com quem nos batemos, também são o UM. Não há separação, porque tudo está dentro do UM, nunca tendo saído Dele.

- E aí está o velho Iveagha, que apesar de ter sido consciente assim por um período muito pequeno, nunca o deixou de ser – falou Arjuna, visivelmente satisfeito.

- Isso não quer dizer que vão parar de lutar contra os escuros, não é mesmo? – se preocupou LuaEscura.

- Não, juguena – Arjuna sorriu. - Cada qual com suas escolhas. Isso sempre é respeitado. E as consequências também, porque é assim que a experiência se desenvolve – falou, os olhos pensativos na cidade ao longe.

- Eu ouvi boatos – falou Mercator, a voz pensativa, confidencial.

Todos se voltaram para ele, estranhando sua voz quieta e, de certa forma, alegre.

- Que boato, meu irmão? – perguntou Arjuna.

- De que Miguel, de alguma forma, conseguiu libertar centenas de... de... de talismãs – falou, sabendo bem a força das palavras que pronunciara.

- O que? Havia outros, então? – Arjuna se surpreendeu, bem como todos da comitiva.

- Desde o início os demônios fizeram cativos, e deles se alimentavam. Desconfio que foi através de você que ele descobriu a localização de cada um deles.

- Por que diz isso? – estranhou.

- Ele, Miguel, se ligou a você?

Arjuna ficou em silêncio, e após alguns segundos sorriu.

- Não por vingança, mas por amor... – murmurou. – Acho que esta é uma verdade. Agora que isso foi falado, sinto que eu devia mesmo saber onde eles estavam, porque Escuridão e Trevas também me alimentaram com informações – sorriu novamente. – Que bom.... Mas, não importa como, o importante é que isso foi conseguido. Gostaria de ter ido com ele...

- Todos gostaríamos – Allenda sussurrou, imaginando centenas de correntes sendo quebradas, enquanto seres amarfanhados e rotos eram recuperados com carinho. - Teria sido incrível ver os rostos dos aprisionados se perdendo num sorriso de alívio - imaginou, se abraçando mais fortemente em Uivo.

A MORTE DE CANVAS

Como podemos avaliar a força com que uma alma irá se imprimir em nossas memórias, se tornando, sutilmente, até mesmo parte de nós mesmos?

I

Danbara suspirou, vendo o carinho com que Jádina se despedia de Arjuna, que decidira ficar um pouco mais próximo de Miguel e de seus irmãos angélicos.

Em silencio, abraçada com Túnis, de longe ficaram observando quando Arjuna, após um breve cumprimento para a comitiva, simplesmente se elevou e se foi.

- Ela vai ficar bem – falou Túnis, estreitando Danbara um pouco mais fortemente.

- Eu sei que sim, mas.... Mas Arjuna me preocupa um pouco – murmurou, os olhos sorrindo para a irmã que sorrindo, tomava a direção deles.

- Sei que sente isso, como muitos de nós, e acho que até mesmo Miguel. Ele aceitou ser prisioneiro por desejar descer na experiência. Também acho que ele não está totalmente satisfeito com a parcela que experimentou até o momento. Bem, meu amorzinho, escolhas e escolhas, não é mesmo?

- É, eu sei, como sei que Jádina também sente isso, que será por algum tempo. Ela é bem adulta, e bem resolvida. Na verdade, acho até que ela gosta da independência que tem. Sem amarras, sabe?

- Está tudo bem, Jádina? – Túnis perguntou para a manira, já bem próxima deles.

- Sim, tudo bem – sorriu.

- Chateada? – Danbara perguntou, os olhos vasculhando discretamente toda a face da irmã.

- Ele tem a vida dele, e eu a minha. O que deve ser, será, de forma leve e suave – sorriu. – Ele disse que voltará amanhã, mas sei que, cada vez mais, ele irá ficar ausente. Que seja, se isso o deixar mais feliz.

- Que bom, minha irmãzinha. Eu, Túnis, Trília e Canvas vamos subir um pouco mais a montanha, como batedores. Quer vir conosco?

- Não, irmãzinha. Vou ficar por aqui. Mas, vocês, tomem bastante cuidado. Apesar desses caminhos estarem bem mais limpos e desimpedidos, é bom não relaxarem, está bem?

- Claro que sim, irmãzinha – Danbara riu, se soltando de Túnis e dando um grande abraço na irmã. Com carinho deu um beijo demorado em sua face.

- Amo você, irmã. Se cuide, está bem? Qualquer coisa, estou por perto, está bem?

- Amo você também, minha irmã. Vão com o Trovão. E cuidado, está bem?

- Sem dúvida. Tchau, Jádina. Se cuide – se despediu Túnis, puxando Danbara, pois Trília e Canvas já se mostravam prontas como batedoras do outro lado do acampamento.

II

Danbara, Túnis, Canvas e Trília resolveram estender um pouco mais a patrulha, tomando a direção do lado norte, visto que tudo estava muito tranquilo por aqueles lados.

Trília e Canvas sorriram, vendo que Túnis e Danbara apenas procuravam alguns momentos para ficarem a sós. Por isso as duas se adiantaram, deixando os dois um pouco para trás, coisa que eles nem mesmo perceberam.

Eles não souberam precisar quanto tempo estavam distraídos, até que ouviram os gritos de ódio e sons de batalha.

Depressa se vestiram e correram para o local. Mas, o que viram, os deixou congelados por algum tempo.

Eram dezenas de mantas e sombras que se revolviam à volta das duas. Trília estava de joelhos, sua energia já muito baixa, sangue em seu lado esquerdo. Canvas estava toda ígnea, lutando desesperadamente, impedindo que os demônios se aproximassem da filha, que desesperadamente tentava se recuperar.

Ainda atordoados viram Trília se erguer, conseguindo no ato matar um demônio que se aproximava pelas costas da mãe.

- Pelo trovão, eles querem destruir os magos – murmurou Danbara, depressa se agachando e tocando com energia o solo. Precisava chamar a comitiva, e o tempo estava por demais exíguo.

Pelo que percebera as duas já estavam mais que enfraquecidas, seus poderes mágicos quase à mingua.

Levantou-se no momento de ver Túnis correndo desesperadamente na direção das duas, parecendo mais um borrão contra as faces das montanhas. Em suas mãos pode ver uma energia que crepitava e com a qual atingia os demônios mais perto delas.

Danbara se apressou, as armas riscando o ar tão logo chegou no local, atacando como uma máquina desenfreada, tal como Túnis, tentando fazer um arco em volta das duas, para que tivessem tempo de se recuperarem um mínimo. Danbara, de quando em quando olhava por cima das rochas, na curva do caminho, por onde sabia que a comitiva viria.

Vendo como tudo estava muito perigoso focou toda sua atenção na batalha, fechando-se para qualquer sensação externa.

Com satisfação viu Trília, com esforço, controlar sua respiração, recompondo satisfatoriamente sua energia.

Então os demônios forçaram com violência a linha de defesa que Danbara e Túnis haviam criado, tentando abrir caminho para as duas feiticeiras.

Danbara girava e deslizava, mantendo sob si a atenção de um dos demônios, infringindo a ele inúmeros ferimentos, o que o deixava cada vez mais raivoso, e mais exposto aos seus ataques.

Por fim, num galeio elegante, galgou seus ombros e enfiou com violência a espada bem fundo pela nuca.

Se virava para o grupo para ver como estavam enquanto seu demônio tremia e se abatia quando viu que o demônio mais feroz, que coubera à Canvas, forçava seu esporão no peito da flor-do-fogo, tão tomada de chamas que parecia uma tocha. Assustados a viram, com um sorriso feroz, em um giro seco e rápido trazer a espada para junto do seu braço e o passar com violência pela garganta do demônio, degolando-o num só golpe.

Trília foi a primeira que chegou até ela, no momento em que, respirando com dificuldade, caia de joelhos no chão duro, o corpo começando a tremer, as chamas rapidamente se esvaindo.

Em desespero a menina ajoelhou-se ao seu lado, apressadamente aplicando enorme energia no ferimento, fazendo-o ser tomado de chamas.

Canvas sorriu, segurando suas mãos com carinho, sinalizando a inutilidade daquele tratamento.

Trília, tomada de desespero, ia de seus olhos ao seu ferimento, tentando encontrar alguma forma de ajudá-la.

Então voltou os olhos para os outros, e para Túnis, que alheio se esforçava em manter os demônios um pouco afastados.

Trília deixou os braços tombarem ao lado do corpo, os olhos apenas observando o sorriso da mãe.

Trília gritou alto, o corpo se incendiando de forma feroz quando Canvas foi, nitidamente, desmoronando. Com urgência cobriu a mãe com todas suas chamas.

Túnis então se voltou. Seus olhos se abriram apavorados quando viu o que acontecia. Porém se forçou a continuar a lutar, tal como Danbara, apenas procurando manter os demônios afastados.

Foi então que Uivo, Mercator, Arael e LuaEscura atingiram o solo no frágil arco que Danbara e Túnis se esforçavam em manter.

Liberado de defender o grupo dos demônios Túnis correu para a mãe a irmã, que agora já não mais sustinha as chamas, mas apenas chorava abandonada.

Com os olhos perdidos ele se ajoelhou com elas, o mesmo fazendo Danbara.

Tomado de carinho Túnis se aproximou um pouco mais da mãe. Devagar esticou as mãos, suavemente acariciando o rosto de Canvas.

Danbara, emocionada, viu quando lágrimas de fogo suave desceram dos olhos de Canvas, que observavam os filhos com intenso amor. Então, ante todos, sua cabeça foi tombando, no que foi amparada por Túnis, enquanto a alma os deixava.

De joelhos Trília se aproximou de Tunis e do corpo de Canvas. Com carinho os dois a acolheram em seus colos, até que ela foi se desfazendo.

Danbara tinha os olhos molhados quando se virou para a comitiva, que se perfilava em silêncio ao redor deles, enquanto via, ao lado, Uivo rasgar em pedaços o último sombra.

- Eles vieram atrás dos magos – murmurou Danbara para a comitiva, a voz dolorida e rouca. – Eles sabem o valor deles. Eles os temem.

- Assim é a guerra – ouviram Otag falar, a voz distante e impessoal, observando tudo como se fosse um filme, sem qualquer emoção.

Não houve tempo para que pudessem fazer nada. De repente Trília segurava seu pescoço, as mãos rubras, os olhos ardentes enquanto uma força parecia pulsar e esmagar o atandé como um envelope.

- Não foi culpa dele, minha irmã – falou Túnis, a mão carinhosamente posta em seu ombro, os olhos duros e críticos em Otag, avisando para ele não reagir.

Otag, com um sorriso maldoso, teve sua atenção chamada para a direita, onde estavam Uivo e Allenda. Seu sorriso aumentou ao ver que Uivo suavemente se poderava como um aviso, mantendo sob atenção a garra translúcida do atandé dirigida para o estômago de Trília e de Túnis.

Devagar, bem lentamente, Uivo sinalizou para Otag não se arriscar em atacar os dois.

Sob os olhares compassivos de todos Trília foi se despoderando, os olhos duros mantidos sobre o atandé.

Uivo suspirou aliviado e se despoderou, quando o atandé voltou-se definitivamente para os irmãos, as garras translúcidas desaparecidas.

- Vamos? Trília, Túnis? A missão de vocês junto ao exército danatuás parece ter chegado ao fim – falou Allenda.

Trília, lentamente se despoderou totalmente, afastando com terrível lentidão as mãos da garganta do atandé, que a olhava com desinteresse.

Então, lentamente, acompanhado da comitiva de Danbara, foram se afastando, deixando para trás um atandé que aparentava indiferença, apesar de Allenda poder ler sem muita dificuldade uma pergunta que bailava em seu rosto, se questionando sobre o que fizera de errado.

VOLITORA

Avancei o toque na pena do anjo. Uma concussão desfez o sol que eu via e a escuridão avançou sobre o mundo. Silêncio e solidão. Um brilho caindo ao longe, pequena lâmpada na perdição densa e escura. Corri no encalço do fugidio brilho. Lá a pena, que pousou em minha mão, e o mundo se recompondo, cálido, gentil. Meus medos se foram, e ao olhar as vi. Eram suas as asas, era sua a pena que eu tocara. E seu era o sorriso que julguei ser o sol que me iluminava.

I

Uivo se aproximou em passos pensativos. À sua frente via Allenda, agachada, como se pensasse sobre as rochas.

- Me disseram que estaria aqui, Allenda. Precisamos nos arrumar para...

Mas a voz emudeceu quando deu a volta e se postou à sua frente.

- Ela surgiu no meio das pedras – a ouviu sussurrar, as mãos tombadas ao lado do corpo enfraquecido.

Com horror Uivo viu, encostada em sua mão direita, uma caveira apagada.

O desespero ameaçou tomar tudo o que era, ao sentir a dor e a destruição que ela sentia. Sem forças caiu de joelhos, os braços tombados ao lado do corpo, os olhos pregados nos olhos tristes de Allenda. Com tristeza viu que suas tatus estavam quase sumidas, pálidas como um moribundo.

Depressa rodou os olhos ao redor, não vendo o inseparável FogoDeMontanha.

- Tire-a! – conseguiu sussurrar, controlando o medo e o desespero que o ameaçavam. – Diga que não a quer, diga que...

- Ela está crescendo, ela não irá embora... – ela gemeu.

Uivo se aproximou tomado de dor e a abraçou, o soluço sentido tomando-o. Como relâmpago em sua mente os sorrisos que ela podia sorrir, as lagrimas que ela podia chorar, o amor que ela sabia amar, o universo que ela sabia ser. Sua alma foi sendo corroída, destroçada, enquanto sua dor ameaçava destruí-lo.

Sua alma se revolveu e se contorceu dentro de seu corpo, o desespero ameaçando-o, fazendo a penumbra se acercar da noite. Aquela era uma muta de muito poder, e receava que Allenda não iria sobreviver a ela por muito tempo.

> Volitora... Esse é o nome dela, e ela quer acordar – Allenda chorou.

Horrorizado viu quando as forças de Allenda falharam. Os olhos se abriram para o céu e o corpo amoleceu suavemente.

Uivo se desesperou, a mente fervilhando, os pensamentos sufocando-o.

Com ódio se maldisse por não ter parado Ashassin. Tinha certeza de que Allenda e a muta fora um lance dele. Ele devia saber que uma muta estava por aquela região, e queria que Uivo a tomasse. Ele sentira isso naquele dia que fora atacado por ele. E foram tantos avisos, de Allenda, dos Anjos, do próprio Ashassin...

Com determinação se poderou como demônio com toda a força que podia, um torvelinho negro se revolvendo. Com cuidado envolveu Allenda com intenso carinho Allenda, que após um curto suspiro tombou em seus braços de cinzas.

Em todo seu desespero Uivo tirou de si todas as amarras, todos os medos, deixando-se ser completamente o demônio. As neblinas escuras que o rodeavam subitamente se tornaram negras como piche, brilhantes, nervosas, fazendo o ar se revolver como um gemido. Farpas negras se revolveram ao seu lado, enquanto cresciam como se fosse asas vivas e independentes. Os olhos incendiaram-se e o mundo pareceu escurecer.

- Sim, é o que ela quer – sussurrou Uivo na voz grave e estranha, olhando com carinho para Allenda. – Tome a mim, Volitora – pediu, a respiração em paz, o corpo se libertando definitivamente de qualquer cuidado, se poderando violenta e de vez em demônio, deixando passar qualquer resquício de medo de ser demônio. O ar parecia estar sendo percutido, vibrando em um diapasão estranho e perigoso, calmo e pensado, perigosamente premeditado.

Uma onda estranha de concussão atingiu todo o lugar e se afastou para além das montanhas.

Sons de correria, pios febris no ar, gritos de desespero.

- Uivo, Uivo... O que você fez? – Itanauara gritou assustada, os olhos presos em Uivo, que se mostrava como um demônio que nunca pensara ver algum dia.

- Não os toquem – gritou Minas Dhan pousando ao lado. – Ele a está protegendo – avisou.

- É Uivo que está aqui, e ele sabe o que faz – falou Ashassin com autoridade, surgindo à frente de todos como num passe de mágica.

Todos pararam, confusos. Para eles era um demônio estranho, imenso e negro sufocando Allenda.

- Eles estão certos... – interveio Trília, tomada de urgência. – Vejam, ele está cuidando dela.

Todos se voltaram para o demônio, e seus corações se apertaram. Havia uma dor no rosto demoníaco de Uivo, os olhos parados na flor-do-mato, parecendo doloridos demais. E viram a forma como ele parecia abraçá-la, cuidando dela. Quando ouviram sua voz puderam medir sua dor.

- Veja, sou como você... – o ouviram dizer como um lamento. - Posso ser só demônio. Deixe-a ir. Tome a mim... Ela é apenas... um lado. Ela é apenas... minha... – ouviram a voz estranha parecendo retumbar no céu e na terra.

Nos segundos que se seguiram havia aquele gemido lúgubre, como havia algo mais, como um peso, como de um poder que tentava se decidir.

De repente viram a pele de Allenda se acender numa cor indefinida, pulsando suave como se decididamente avaliasse possibilidades.

Por um tempo ficou assim, pulsando no corpo mole de Allenda, caída nos braços tenebrosos de Uivo, como se estivesse avaliando, pensando, pesando com um certo cuidado.

Então, como se tivesse se decidido, a luz cresceu. Com rapidez avançou e tomou Uivo.

Uivo estremeceu, seus braços arriando lentamente.

Allenda, com o apoio se desfazendo, foi tombando para o lado.

Jádina e Túnis, aproveitando que o demônio parecia estar em transe, correram e rapidamente arrastaam Allenda para longe daquele estranho ser.

- Então essa é uma muta? – Arjuna perguntou para Jádina, olhando com intenso interesse para Uivo.

- O que sente, Arjuna? – Archabarr perguntou, sem tirar os olhos de Uivo.

- Um poder imenso... Vejo a intervenção do Trovão aqui... – suspirou maravilhado.

Então, subitamente, enquanto Allenda era amparada no meio da comitiva, ela despertou violentamente. Apoiada nos cotovelos olhou assustada para os lados, procurando, vasculhando. Foi quando percebeu Uivo de joelhos, a cabeça de sombras tomada no peito, os braços de escuridão densa caídos ao longo do corpo. Foi nesse momento que o entendimento do que acontecera a atingiu.

Tomada de urgência se desvencilhou dos que estavam ao seu lado e se levantou, avançando para Uivo.

- Não, Nãoooooooo!!! – gritava desesperada. – Não você! Você não tem o direito, você não pode fazer isso. Deixe-o, saia dele. Não faça isso... Veja, não faça isso... – gritou tomada de dor e desespero.

Mas não houve resposta, nem mesmo qualquer reação. A luz continuava a pulsar em Uivo, que parecia, cada vez mais, adormecer.

A comitiva se entreolhava, indecisa sobre o que fazer, tal como os que rodeavam Uivo.

Tomada de desespero Allenda se acendeu e avançou contra o que parecia dominar Uivo.

Mas ela não chegou a tocá-lo.

Houve uma concussão no ar e Allenda estacou, paralisada, o fogo crepitando suave.

Arael e LuaEscura seguraram Ybynété, impedindo-o de interferir.

- Não podemos interferir – Arael avisou. - É Volitora que está aqui... – falou, a voz distante.

- Todas elas estão acordando – sussurrou Danbara.

- Os demônios sabiam que uma muta de imenso poder estava para despertar – Trília reconheceu os sinais. – Por isso essa batalha desesperada, por isso o ataque anterior contra nós, os magos. Eles estavam com esperanças...

Sob os olhos de todos a luz foi esmaecendo, parecendo mergulhar cada vez mais em Uivo, que permanecia como que adormecido.

Então o viram abrir os olhos e se levantar, todo demônio, como nunca o tinham visto ser. Era um poder terrível ali, se revolvendo pensativo, ensimesmado, em total silêncio.

Com um pequeno e descuidado gesto liberou Allenda, que ficou do mesmo jeito, olhando-o tomada de dor.

- Não o destrua. Não mate o meu Uivo – gemeu, os olhos em um mudo pedido.

- A preciosidade da vida... – ouviram Uivo falando naquela voz estranha e cativante. – Seu Uivo... Que sentimento é esse que vocês têm? Trovão, Trovão... – falou enquanto se elevava suave, fumaça espessa e negra se enrodilhando à volta.

Então, num estampido, apenas sumiu.

Allenda caiu de joelhos, os olhos perdidos no ar tomados de dor e lágrimas.

Otag baixou a cabeça, uma dor no coração que nunca acreditara que poderia sentir. Devagar procurou Ashassin, e o viu sério e pensativo, mirando onde Uivo desaparecera.

Mercator, que a tudo assistia, se perdeu pensando em Arael, que tinha os olhos voltados para o alto, onde o demônio sumira. Devagar se aproximou dela, e ficou também olhando para as alturas.

- Que a força desse sentimento te comova, Volitora – falou Mercator para as nuvens escuras do entardecer.

- Que veja do que são capazes, do que a vida é capaz... – Arael completou, comovida com o que vira.

II

Ashassin procurou ao lado, mas não tinha como saber onde estavam as mutas que já estavam acordadas. Em sua mente ficava rodando uma preocupação imensa.

Devagar tocou uma mente distante.

- Maestra não aconteceu. Uivo tomou Volitora, não a Maestra – avisou aos outros.

Ashassin tomou novamente consciência, no momento exato de se esquivar da lança ígnea. Com um salto se distanciou, os olhos duros presos em Allenda, que tomada de chamas avançava.

O golpe quase o atingiu. Poderado em demônio Ashassin saltou para o alto do morro, vendo que ela dera um sinal para a lhama em fogo cercá-lo pelo outro lado.

- Por que me ataca, mulher?

Allenda se ergueu, a lança ao lado do corpo, enquanto rodeava o morro, os olhos presos no potaraobi, sob o olhar confuso dos outros.

- Allenda, sabemos de sua dor, mas por que atacar Ashassin? – perguntou LuaEscura confusa, os olhos desconfiados em Ashassin.

- Foi ele que me induziu a ir naquele lugar; foi ele que mostrou o que acontecia a Uivo. Agora eu sei, agora eu vejo. Vocês, potaraobis, com seus jogos enrodilhados. Era Uivo que perseguiam. Vocês queriam que Uivo tomasse a muta.

Ashassin se empertigou, os gestos majestosos.

- Assim é! Vejam, Uivo estava destinado para uma delas. Pensávamos que poderia ser Maestra, mas quem se apresentou perigosamente foi Volitora. Se não fosse Uivo, possivelmente ela te destruiria e procuraria alguém de poder. Trevas e Escuridão sentiram isso, e é por esse motivo que eles estavam rondando por esses lugares já faz alguns dias. Não havia outra forma... Maestra e Volitora só podem imergir em alguém de grande poder.

- E por que você não se ofereceu? – gritou Allenda saltando e avançando a lança. Ashassin se esquivou e saltou para o chão, ao lado da linha dos danatuás. Mas foi obrigado a saltar novamente, escapando por pouco do cuspe de ácido e fogo da lhama, que levantou as patas e tentou rasgá-lo quando se distanciava para outro monte.

- Eu me ofereci, Allenda. Mas, ela não aceitou... – revelou.

Allenda saltou e parou à sua frente, os olhos duros e abatidos.

> Você sabe que estou falando a verdade. Você sente, você sabe...

- Mas... É o meu Uivo que me tiraram... – sussurrou saltando para o chão e se afastando em companhia de FogoDeMontanha.

- Para onde você vai, Allenda? – perguntou Arael se aproximando, tomada de preocupação.

– Eu vou achar o meu Uivo...

- Ele não está mais lá, Allenda – falou LuaEscura.

- Ele está sim! E eu vou trazê-lo de volta.

EU SOU

*Na lua pulsa um coração - eu sei, eu vi.
Na terra abaixo pulsa um coração - eu
sei, eu vi. Então olhei tudo o que havia e
perguntei ao deus que vivia em mim: "por
que não me disse dos corações?". "Por
que? Eu não disse, eu te mostrei inúmeras
vezes. Veja, somos nós ali, em cada um
deles", ele me disse com um enorme
sorriso.*

Jádina viu Arjuna um pouco distante. Ele parecia distraído, os olhos postos com discrição em Allenda, que cismava triste de saudades, sentada à frente, acompanhada de Arael.

Sem qualquer palavra se sentou ao seu lado, o rosto pesaroso, também observando as duas.

- Gostaria de poder ajudá-la – disse Arjuna.

- Não tem como – suspirou Jádina. – A alma dela está ferida.

- Soube que você e Uivo ficaram juntos por um tempo.

- Ficamos sim – falou, riscando distraída o chão com a ponta de um pé. – Nos ajudamos. Ele é uma pessoa de muito valor.

- Tenho certeza de que é... Um demônio, um descendente de Zadckiel... Trovão e seus ardis, sempre procurando melhorar a experiência. Não é incrível isso?

- Não dizem que ele está em nós? – suspirou Jádina, a voz magoada e abandonada. – Fico pensando... O sofrimento terrível de Mercator que se martirizava desde tempos muito recuados; você, que era martirizado pelos que um dia chamara de irmão... Não vejo sentido nisso...

- Ah, mas é tudo simples, Jádina, quando se sabe olhar, o que olhar, como olhar.

- E como seria isso? – perguntou num risco de voz.

- Olhe – pediu Arjuna, levantando em suas mãos uma pedra.

Subitamente, Jádina, apesar de ainda poder ver a pedra, começou a vê-la ir se fragmentando, cada vez mais, formando-se de pedregulhos, de areia, de bolinhas de luz, da própria luz.

> Vê? A pedra ainda está aí, apesar de ser feita de pequeninos riscos de luz, que pode se tornar qualquer outra coisa apenas pela vontade.

E, dito isto, moldou a luz em uma arma, que se tornou uma flor, que se fez apenas uma bolha de água, que fez voltar a ser a pedra, que fez pousar no exato lugar de onde a tirara.

> Assim somos nós. Não fomos partidos, separados, empurrados para fora do UM. Apesar de nos sentirmos pequenos e únicos, separados, somos todos apenas uma coisa, porque nela existimos. Nada pode existir fora do UM, porque não há como não ser o UM. Não há qualquer possibilidade de separação. É como se tudo isso fosse apenas... um teatro. A grande e única verdade, Jádina, é que nunca, nunca deixamos o UM.

E, sem qualquer palavra, gentilmente puxou a cabeça de Jádina em sua direção, colando sua testa na dela.

Jádina sentiu como uma explosão silenciosa. Ela estava feliz, flutuando num vazio, sem qualquer coisa que não fosse a presença de todos aqueles seres angelicais, que sabia ser a sua família. Ali reconheceu Balael, Malala, Iveagha, Miguel, Zendra Zá, Zadckiel, Lázarus, Zanael, Argenta, e muitos e muitos outros seres. Na verdade, podia ali reconhecer cada partícula desprendida do UM, porque via ali que o tempo não existia. Passado e futuro e presente num único momento, onde o UM se divertia sendo cada um deles. E ali estava Arjuna, como podia ver as representações de Allenda e Uivo, e Mercator e Arael, e Ybynété e LuaEscura, sabendo bem o que cada um era para o outro. Então procurou por Danbara e a encontrou, e ela estava feliz, sendo o que suas decisões a faziam ser.

Sua alma cresceu e sua garganta se fechou, os olhos ardendo com suavidade. Seu peito parecia sufocado.

Abriu os olhos marejados, fixando-os em Arjuna.

Sorriu ao não ver mais as cicatrizes e as asas machucadas. Havia paz nele, e havia algo mais, que lhe dava uma compreensão que acreditou que nunca conseguiria nem sequer almejar.

Ao sorriso de Arjuna retribuiu.

Inspirou profundamente e voltou o rosto para onde estava Allenda. Não conseguia mais sentir a dor e a tristeza terrível que sentira agora há pouco. Allenda e Uivo estavam juntos no início. Se separaram, se encontraram, se perderam, voltaram... Não existia a perda. E as próprias mutas, em sua frieza terrível, sabiam disso. Nada podia ser destruído, morto, aniquilado, porque cada coisa que existia e existe era e é o próprio UM, perdido em suas brincadeiras de ser.

Jádina observava as visões se espalhando e crescendo em sua alma. Então, lentamente, tudo foi se aglomerando num tecido onde tudo fazia sentido.

Jádina levantou o rosto, encarando os olhos do anjo, se perguntando quem ajudava quem.

- Obrigada, Arjuna. Obrigada por me lembrar...

Quando Jádina aproximou seu rosto e colocou seus lábios nos dele, Arjuna sentiu uma onda suave e calorosa correr por seu corpo, e então soube, no fundo de sua velha alma, que tudo sempre estaria bem. Devagar embalou uma dúvida em seu coração: onde estaria seu coração, seu destino?, se perguntou, sua vontade se voltando para os espaços além de Gaia.

O AMOR DO TROVÃO

Ergui meus braços frente à ventania que ameaçava tirar minha alma e lançar longe nas montanhas do Oeste, onde o sol descia. Não aceito ir assim, desistir assim, disse à tempestade. As Árvores e pedras se foram, mas eu permaneci no meio da tormenta aguardando seu retorno, seu sorriso, seu calor, minha salvação.

Allenda parou, a cabeça baixa, a dor imensa em seu peito. Com força apertou o coração e tentou segurar as lágrimas. O soluço veio fácil e os olhos inundados encheram o mundo de água.

Os braços caíram, pendendo ao lado do corpo. Teve receio de sucumbir, de desmoronar de vez. Como poderia lutar contra um poder como aquele, criado pelo próprio trovão? Como faria para trazer seu Uivo de volta?

- O Trovão não criou só as mutas – ouviu à sua direita.

Depressa se levantou e, enxugando desesperada as lagrimas, virou-se para encarar o que a seguira.

Então viu o anjo.

Ele estava encostado na sombra de uma rocha, os modos suaves e amigáveis.

- O que quer, Miguel? Vai me ajudar, vai ajudar Uivo?

- Amor é a força que comoveu o Trovao, quando ele viu as formas de barro   falou com suavidade, ignorando sua raiva e sua dor e seu pedido. – Por amor criou, por amor se desfez em compartilhamento.

- Amor... Me tiraram o que eu amo. Vou trazê-lo de volta, Miguel – falou determinada.

- Tenho certeza de que irá sim – concordou o anjo se despregando da rocha e se aproximando suavemente. – Mas, isso que pretende é a forma errada e só irá aumentar as chances de que ele seja destruído de vez. As mutas são uma energia, uma força, e elas funcionam assim – alertou.

Allenda ficou estática, os olhos desconfiados e sérios fincados no anjo.

- O que quer dizer?

- Quero dizer que, se você despertar Uivo e o fizer lutar, e se uma muta acreditar que não poderá conviver com aquele que assumiu, então o destruirá para diminuir os riscos. Só isso... E a Volitora é muito poderosa. Além disso, podemos chamar as mutas de... amoral, e a Volitora bem mais que as outras. Certo ou errado, bem ou mal, bom ou mau, justo ou injusto..., para ela são apenas palavras. Ela enxerga o contexto geral, e não por um curto período de tempo. O tempo que ela pensa é um tempo em que passado e futuro são rápidos, mutáveis e enrodilhados.

Allenda deixou os braços caírem, abatidos.

- Como posso saber que isso é verdade?

Allenda não viu como, mas num piscar de olhos ele estava ao seu lado.

Com suavidade o anjo avançou sua testa, e com ela tocou a testa de Allenda. Allenda pensou em recuar, mas havia um sentimento de tranquilidade em volta, e ela deixou que o contato acontecesse.

- Eu sou Miguel, e eu estava lá quando Trovão criou as mutas.

Allenda sentiu que se afogava, tal a força das imagens. Ondas e ondas de imagens e sons e de sensações e sentimentos tão gigantescos que pareciam que a esmagavam.

> Não posso deixar que seus sentidos sejam expostos, senão você será destruída – ele avisou. - Mas sinta, menina, uma pequena parte do amor do Trovão quando criava a vida – ouviu em sua cabeça.

Allenda sentiu que seu coração explodia. A paz era destruidora, esmagadora. Podia sentir em um grau absurdo a alegria e gentileza e amor na criação da vida. Sua respiração fraquejou e o mundo foi se tornando mais escuro. Das profundezas em que se desfazia sentiu uma mão a acolhendo e sussurrando com profundo respeito e amor o seu nome. Num estampido acordou e caiu de joelhos sobre as pedras.

- O... o que foi... o que foi isso? – conseguiu sussurrar com muito custo, enquanto arfava e sentia a cabeça doer com intensidade.

Miguel sentou-se de cócoras à sua frente, a mão esquerda acariciando a cabeça da lhama, que o olhava com intenso carinho. Com suavidade levantou o indicador da mão direita e tocou a sua testa.

A dor se foi e rapidamente se sentiu melhor. Com uma paz que nunca sentira antes olhou diretamente nos olhos do anjo.

- Tenha fé... Ame, e Uivo voltará. Não há nada que possa resistir a uma força como essa. Uivo resistirá em paz, e permanecerá. Volitora perceberá o coração que bate naquele que assumiu.

Allenda sorriu, feliz e tranquila.

- Agora eu sinto que você está certo. Tenho que aceitar... – gemeu. – E que sentimentos... Eu iria morrer, não ia?

- Você estava abdicando da vida, para ficar ali...

- Obrigada por me salvar...

- Não fui eu... Não percebeu, Allenda? Ele ainda vive, Trovão ainda vive. E ele estava aqui, conversando com você... – falou Miguel se desfazendo no ar.

MAESTRA

Respire fundo. Aquiete sua mente, e se prepare. Tudo vai começar novamente, tudo vai se repetir, tudo de uma forma diferente e inesperada.

I

Allenda se assustou assim que o viu. Nunca havia visto Ybynété assim, assustado, com medo.

Allenda sentiu uma dor imensa ao ver o que acontecia, como quase todos que se postavam ao lado dele.

Allenda se voltou para os lados e viu que podia se concentrar no gigante sem risco de qualquer ataque. Os exércitos se davam uma trégua desde quando as mutas começaram a se mostrar. Quem iria querer, mesmo por engano, atacar uma muta?

E era isso que estava acontecendo: uma muta "pegara" Ybynété.

Allenda gemeu de dor, num mudo pedido. Apesar de ter entendido o que Miguel lhe mostrara, sua dor estava ali. E, como se não bastasse terem levado Uivo, agora levavam Ybynété.

Então viu LuaEscura, Trília e Arael, paradas ao lado. Arael e Trília estavam abraçadas em LuaEscura, que mostrava os olhos tristes parados sobre o gigante que, em pé, os olhos desfocados, parecia estar em transe. Depressa se aproximou das três.

Sentida, chorou abraçada nelas.

Ao lado viu Archabarr, Danbara, Túnia, Jádina, Arjuna e Otag, observando o mapinguari com muito cuidado.

LuaEscura apenas olhava, os olhos perdidos, abandonados. As sombras de que era feita estavam quase paradas, adormecidas.

Então adiantou levemente o rosto para Ybynété.

- Por que não sou como Uivo – a ouviram gemer... Ela quer Ybynété. Ela não quer a mim. Ela veio por ele, só por ele... – soluçou.

Allenda, Trília e Arael a estreitaram com imenso carinho, enquanto observavam a gigante.

O brilho que o envolvia era enorme.

Allenda levantou os olhos. Acima da terra Trevas e Escuridão flutuavam a uma distância segura de Mercator e do mesmo anjo que se batera com eles não fazia muito tempo.

Tudo parecia aguardar alguma coisa, que poderia decidir todo o rumo do futuro.

Allenda prestou atenção neles, e pensou perceber que os demônios pareciam desesperados, aterrorizados. Eles pareciam querer descer na direção de Ybynété, provavelmente com a intenção de matá-lo e tomar-lhe a muta, apesar de saberem, ela desconfiava, que nunca a poderiam ter, porque ela já manifestara sua vontade. Ela, a última, a detentora de tudo.

- Se afastem, agora! – ouviu a ordem que não admitia desculpas.

Era um anjo enorme que descera e apressadamente empurrava com jeito os que estavam mais perto de Ybynété.

> É a Maestra que está aqui – avisou. – Se afastem depressa – insistiu.

Murmúrios se levantaram enquanto as pessoas tentavam se afastar, aos atropelos. Em pouco tempo havia uma grande clareira em torno do gigante.

O tempo se tornara escuro, penumbroso. Um cheiro de poeira suspensa parecia mergulhar toda a montanha.

- Os portões estão se abrindo – Archabarr chamou a atenção para a cidade.

- Se afastem, façam uma linha – gritou Otag. – Os thianahus estão vindo – avisou, vendo uma grande massa escura se avolumar e tomar a direção de onde estavam.

O silêncio se fez, as duas linhas de exércitos mantendo Ybynété entre eles.

Havia no ar um silêncio enorme e pesado, feito de expectativas e medos.

Uma luz intensa pulsava e se intensificava em volta de Ybynété, que caiu de joelhos, a grande mão fechada sobre a pequena muta marrom, as veias poderosas mostrando a tensão que o percorria.

Para espanto de todos, a muta simplesmente explodiu sob a imensa pressão.

Subitamente a luz que envolvia Ybynété pulsou forte, uma concussão gentil se espalhando como onda. Ybynété respirou profundamente várias vezes, o rosto não mais mostrando qualquer sinal de dor. Devagar tombou a cabeça para a frente, deixando-a se apoiar no chão.

Com uma terrível lentidão, os movimentos revestidos de imenso poder que parecia transpirar intensas ameaças, ele ergueu a cabeça e se levantou.

Ali não mais Ybynété, notou Allenda. Não mais o gigante bondoso e destemido, não mais o amigo. Ali, cercado pelos exércitos, o poder divino, nu, cru, frio e perigoso. Observando os rostos que seguiam atentamente tudo o que se desenrolava, viu que todos sentiam que Ybynété não estava ali.

Curiosa, Allenda e todos os outros fixaram os olhos no gigante, sentindo um imenso arrepio varrer todo o seu corpo.

Os olhos eram duros e firmes, e aquele ser parecia examinar a alma de cada um que estava ali.

- Essa não é uma guerra – sussurrou Jádina para Danbara e Arjuna. – A mão de Trovão está aqui. Olhem os demônios e os anjos. Eles sabem.

- Essa guerra, essas vontades, essas paixões tão à mostra, não são nada para as mutas, a não ser uma oportunidade – concordou Danbara.

Allenda olhou em volta.

Os thianahus e os danatuás estavam em silêncio, apenas observando o gigante coberto de luz. Havia uma aura de admiração, respeito e medo em toda a vida. Suspirou, sentindo que estava como que em uma partícula do tempo aprisionada, onde tudo estava em suspensão.

Apertou-se mais em LuaEscura ao ouvir um gemido triste e baixinho vindo dela. Olhou para Arael e Trília, e viu que as amigas também sofriam pela dor de LuaEscura.

Então se voltou e observou cada um da comitiva, cada um daqueles com quem dividira tantas dores e alegrias, tantas vitorias e fracassos. Seus olhos pesaram, quando os voltou para o céu. Sentia a falta de Uivo.

Levou um susto imenso quando sentiu o que estava para acontecer. De forma súbita LuaEscura se desvencilhara e se poderara antes que pudessem impedi-la.

Ela era toda sombras e farpas negras. Havia tanto poder que ela invocara que até mesmo o ar parecia ter se modificado, ficado mais pesado e sombrio.

- Estou aqui, Maestra. Ele é bom, deixe-o..., por favor – pediu num lamento estranho para todo aquele poder.

No momento em que ela fez menção de se aproximar o gigante virou rápido o rosto e a encarou. Havia um certo desprezo em seus modos, e um aviso.

LuaEscura suspirou desalentada, um peso imenso no coração. Então, as três amigas a tomaram novamente e a puxaram para trás. O coração de Allenda pesou quando LuaEscura sentiu a inutilidade de sua tentativa, se despoderando como se estivesse alheia, perdida em seus próprios pensamentos. Com o corpo parecendo arriado ela se manteve quieta, os olhos doloridos no gigante, as linhas cinzas em seu corpo quase apagadas.

Foi uma concussão suave o que todos sentiram.

No céu, para o Sudoeste, um pequeno brilho à distância, e outro à Nordeste. Então várias luzes no céu foram se postando, alto no firmamento. Nove, Allenda contou. Havia nove mutas à vista.

Atenta, viu que os anjos e os demônios se afastavam daqueles lados, de onde ficavam guardando uma distância que julgavam segura.

Em vão procurou desesperadamente por Uivo. Mas, por mais que tentasse, tal a distância, não conseguiu encontrá-lo. Sorriu, pois sentia no fundo da sua alma que ele estava por perto.

No entanto, não podia esconder um princípio de medo, medo de que as coisas se precipitassem.

Esse medo cresceu quando Maestra levantou o rosto em direção aos demônios.

- Alegoria e Canhestra... – ela chamou.

Allenda se assustou quando ouviu aquela voz. Ela era cava, profunda e cheia de poder. Sua alma se apequenou e ela arfou. Nunca imaginara existir um poder assim. Se esse era um poder criado pelos deuses, como seria estar na presença dos deuses? Sua respiração ameaçou falhar, e ela respirou profundamente.

Allenda viu quando Trevas, tomado de urgência e horror, empurrou sua muta contra um sombra imenso e poderoso que estava ao seu lado. O sombra o olhou estupefato, mas não teve como se desfazer da muta. Alegoria despertava. Escuridão olhou para os lados à procura de algum assecla a quem entregar sua muta, mas não encontrou ninguém, porque todos, ao verem o que Trevas fizera, haviam se afastado apressadamente. O desespero o tomou quando Canhestra emitiu um suave brilho e se fixou nele. Como se fossem linhas se estendendo dentro de seu corpo, fixando-se, se enraizando em estonteante velocidade, ele viu que não tinha mais como escapar.

Trevas e todos os outros se afastaram do sombra e de Escuridão. Hirtos, as caveiras emitiram um breve pulso, e sumiram.

Houve muito grito e terror quando as duas mutas, Canhestra e Alegoria, despencaram do céu com extrema violência. O ar parecia gritar e se destruir, se chacoalhar com uma rocha caindo de uma montanha. Alegoria atingiu com impiedade o exército thianahu, onde seres foram esmagados ou consumidos pela luz, enquanto Canhestra atingia o solo, entre os danatuás e thianahus. Muitos morreram no impacto.

Os anjos se agitaram e acorreram, tomando a frente das duas mutas, sob o olhar indiferente de Maestra.

Como se não estivessem lá as duas mutas se ergueram, atingindo com um abanar indiferente de mãos duas fileiras de anjos, que se despedaçaram no ar.

Houve correria e desespero dos vivos, thianahus misturados com danatuás, tentando se colocar a salvo de tamanho desprezo.

Allenda suspirou forte, tal como todos, amigos ou inimigos. Como um só fincaram os pés e encararam as três mutas, Alegoria, Canhestra e Maestra, todos poderados, todos preparados para a batalha.

Uma grande fileira de anjos foi varrida para longe quando um impacto imenso atingiu o solo, à direita de Maestra.

Allenda viu que os anjos, desta vez não haviam sido mortos. Eles se erguiam das distâncias em que foram lançados, e se aproximavam novamente, guardando distância das mutas.

Allenda sentiu que suas forças se iam. Sem forças caiu de joelhos, o coração dolorido.

À sua frente, ao lado de Maestra, Uivo descera, poderoso e orgulhoso, majestoso como demônio que era.

- NÃO! – falou Volitora. E havia tanto poder e determinação em sua vontade que até mesmo as montanhas se aquietaram.

O ar se tomou de expectativa e esperança, os corações pulsando suavemente nos peitos, apenas aguardando.

Para alívio dos vivos, após alguns segundos Alegoria e Canhestra deixaram o chão e se elevaram, perfilando-se ao lado das outras mutas, que aguardavam alguma decisão do que deveria acontecer.

Os anjos se afastaram e as mutas se aquietaram, observando com cuidado Maestra e Volitora.

> As vontades não foram definidas – disse Uivo. – Não estamos em guerra com a vida, como não estamos em guerra entre nós.

- Se tem o direito de os defender, há o direito de os atacar dos que estiverem pendentes a isso – declarou Maestra.

- O julgamento não é seu.

Nem bem dissera isso no céu as onze mutas aumentaram seu brilho, envoltas em luz de variados tons. De repente algumas delas impactaram a terra, onde abriram vastas crateras, que mais tarde se tornariam lagos. Mas, as que ficaram no céu, quatro ao todo, permaneciam como em estado de vigília, aguardando.

Ybynété e Uivo se olharam, frios, imutáveis. Havia um poder pulsante nos dois, um poder incontestável. Os olhos estavam diferentes, as auras estavam diferentes.

Ybynété se voltou para os outros, os modos graves e majestosos, como nunca haviam visto.

- Aqui as crianças, a vida infantil e inconsequente... – falou. – A vida, cheia de promessas... Vimos observando a vida por muitas eras, desde que decidimos nos ocultar. Sem salvação, nos dissemos.

Allenda sentiu um princípio de terror crescendo dentro dela. Como era estranho um julgamento como aquele, onde qualquer defesa seria impossível, porque não há como se defender quando o juiz tem acesso à sua alma. E ali estavam as mutas, com o peso da destruição total.

Uivo levantou os olhos, observando com indiferença a chegada de anjos de grande poder. Allenda sentiu o coração palpitar. Eram arcanjos, pressentiu.

> Uma arrogância perigosa, uma ambição desmedida, uma inveja que parece não ter limites – continuou Ybynété, a voz grave e pausada. – Um desejo insano, cruel e vazio de tudo dominar. Mas, como olhávamos a vida infantil, nos demos mais tempo. E, no tempo vimos o ódio crescer, tal como a ambição e a inveja, e o desejo desprezível por poder, e até mesmo a vontade de submeter o próprio Trovão – falou, os olhos se fixando por alguns segundos em Trevas, que se mantinha alerta e recuado. - Anjos, demônios, pessoas, humanos... Todos os reinos se lambuzando no afastamento premeditado e irreal da luz, no desejo infame de dominar, de possuir... Medo, medo é o que corrompeu a criação. O que observamos aqui? Tudo isso...

- Ahhhh... Não foram neles, nos seres dos reinos variados, o espelho em que nos observamos – interrompeu Uivo. – Foi na vida... Trovão, Iraci e Inti estavam em dúvida sobre o destino da vida... Para isso fomos criados, tirados do coração da criação. Trovão providenciou isso porque ele amou a vida quando a viu, e a construiu como um jardineiro, apesar de tanta dor desenvolver ao ver essa mesma vida evoluir. Num momento fraquejou e quis recomeçar, extinguindo o que havia criado. Mas o amor o fez ceder, e ele nos enviou para avaliar. E aqui estão eles, todos eles, com uma pequena partícula do Trovão, partícula que se dispersou não para julgar, mas apenas para se deixar ser. Ah, apenas amor... Ele não julga, mas apenas vive em cada um, homens e pessoas, e anjos e... demônios, cada um deles sendo – falou erguendo a cabeça, olhando diretamente para Trevas, que pareceu ficar chocado com o que havia acabado de ouvir.

Allenda estudou o velho demônio por alguns segundos, e notou a perturbação nele. Ele devia estar chocado com a consequência do que Volitora revelara: que ele também era amado pelo Trovão, e que nele pulsava uma partícula dele, que era o próprio Trovão.

- Não vejo futuro aqui... – declarou Nahan Pakan[10] se aproximando.

- É a sua opinião, que é passageira – repreendeu Uivo, a voz retumbando. – A divergência faz parte do Trovão... Ele é a divergência: bondade e maldade, frieza e calor, amor e ódio. Não é diferente conosco...

- A extinção contempla até mesmo a nós – intrometeu-se DosVivos descendo ao lado deles.

Uivo ficou em silêncio, os olhos indo de uma muta para outra.

O ar estava carregado.

Então ele baixou os olhos e os fixou em Allenda, que ficou imóvel, mesmo quando Uivo caminhou em sua direção.

Ele então estendeu a mão e a ajudou a se levantar. Uma luz se estendeu e a envolveu. Quando a luz a tocou tudo pareceu

---

[10] Esse general thianahu foi tomado pela muta Maresia, como está descrito no livro 04 de "Os danatuás", do mesmo autor.

aumentar ainda mais. E a luz atingiu Jádina e os anjos, se estendendo para os thianahus e danatuás.

Trília e Túnis se poderaram, uma energia violenta pulsando em torno dos dois, enquanto se uniam a luz que vinha de Uivo.

Lentamente, tudo passou a brilhar intensamente.

Os arcanjos se adiantaram e entraram na luz, que começou a pulsar. Um ribombo suave passou a tocar nas montanhas e a se enovelar no ar. Os demônios tentaram se afastar, mas foram impedidos. Quando a luz os tocou ficaram hirtos, apesar de sentirem uma paz como nunca haviam sentido. A luz se esticou para dentro das montanhas e para o interior do planeta e para os rios e o ar, e todos os animais que e aves e insetos e tudo que tinha consciência. As mutas permaneceram onde estavam, enquanto a luz as tocava e as envolvia com suavidade.

Havia um silêncio sagrado no ar, como uma reverência. Uivo suspirou e sorriu, porque parecia que o próprio Trovão estava ali, sobre as montanhas.

Então Uivo se desconectou e se aproximou de Maestra.

- Sinta o ser que ocupa o mesmo espaço que você. Seu nome é Ybynété, um guerreiro. Eles foram criados assim, para evoluírem na adversidade...

Maestra fechou os olhos, se recolhendo por poucos instantes. Quando os abriu, sua face parecia sorrir ao olhar para Uivo, tal como todas as outras mutas, que se aproximaram das duas principais.

II

Com um gesto fez desaparecer a penumbra e fez surgir uma lágrima que colheu. Ela era límpida. Do sol colheu um raio de luz que fez passar pela gota, fazendo surgir uma tira de luz multicolorida em 7 fitas diferentes, que enrodilhou em torno de seu dedo, onde ficou como um anel de fogo intenso e multicolorido.

- Que a vida continue, pois vimos que não precisa ser reiniciada. As crianças crescem, evoluem, vimos isso. O mal não existe como mal, mas como um ser primevo, em seus estágios iniciais, seguindo numa experiência desejada. Por vontade do Trovão celebramos a vida com a vida, e com ela renovamos o acordo, selado há muito tempo.

Num movimento suave e simples soltou o anel de fogo multicolorido, que lançou atrás do horizonte. A metade se mostrando imensa no céu.

- O arco-íris, feito de luzes separadas, que branca se mostra unida quando há movimento, e a vida é movimento em si mesma – falou, a voz retumbando sonhadora no mundo. - Que o olhem e se lembrem dele, desse acordo renovado. Os homens devem continuar. As pessoas e nefelins terão ainda seu tempo e sua terra, mas não mais aqui, nesta dimensão opressiva. Manita se abre, e a era dos homens se anuncia.

- Não, não haverá acordo com esses bonecos – vociferou Trevas – Vocês foram enganadas. A nova era não foi decidida ainda. Olhem, vocês ainda não despertaram; vocês não estão completas para decidir - vociferou.

Trevas, tomado de ódio, lançou os sombras e mantas sobre as mutas. A nuvem cresceu e começou a se revolver ameaçadora.

Foi o momento em que os anjos se revolveram e, como um aríete, atingiram as hordas de demônios, sob o olhar indiferente das mutas.

Na terra os danatuás baixaram os olhos para os thianahus, que se posicionavam ostensivamente, ignorando as mutas.

III

Maestra apenas fez um gesto, e houve no céu uma concussão. Assustados os combatentes, a guerra no céu se desfez, com cada exército recuando para suas linhas.

Os exércitos na terra também se separaram, apesar de muitos thianahus permanecerem dentro das linhas dos danatuás, onde foram acolhidos.

Lentamente, as mutas que flutuavam acima das outras foram descendo, e com as outras se unindo em um círculo que cada vez brilhava mais intensamente. Então levantaram os braços. Os seres que alojavam as mutas foram caindo de joelhos, os braços estendidos à frente. Com uma suavidade maravilhosa as luzes de cada uma das treze mutas foram escapando dos corpos e se irradiando tortuosas em direção ao centro do círculo, onde foram se concentrando. Uma esfera de luz se formou, branca, iluminando o mundo como um sol frio. Todos baixaram os olhos, porque era difícil de se olhar.

Tomada de medo Allenda olhou para Uivo. Com carinho sentiu a mão de Trília segurando seu braço, como se fosse um pedido para aguardar mais um tempo. No entanto, queria correr até ele, segurá-lo, pedir que o deixassem ficar com ela. Foi então que um pulso se fez um rosto dentro da esfera de luz. E era o rosto mais perfeito e lindo que ela já tinha visto. Volitora a observava, e agora havia carinho naquele olhar.

Com esperança sentiu as mãos de Trília aliviarem a pressão e deixarem seu braço.

Ela devia ter sentido algo importante, pensou, voltando com esperança seus olhos para Volitora.

- O que foi tirado, criança, nunca a abandonou, nunca aceitou te abandonar – ouviram, enquanto a luz se intensificava.

Súbito, um estampido grave e oco ribombou, a todos derrubando.

Quando voltaram sua atenção para o círculo das mutas a luz se dissipava rapidamente.

Allenda abriu os olhos desesperada. Mesmo zonza se obrigou a se levantar, os olhos correndo alucinados, procurando entre os que estavam caídos e abandonados, movendo-se debilmente pelos que haviam sido libertados pela mutas, até que o viu. Correu para cima dele, afastando com o pé a caveira que estava abandonada em sua mão.

Allenda viu Nahan Pakan e o rei sendo pegos por dois sombras, tomando a direção da cidade. Nem se importou, ou pensou em atacá-los.

Seu Uivo retornara.

Antes mesmo que Uivo abrisse os olhos ela o abraçou e chorou longamente, de alívio e alegria.

- Você voltou, você voltou, você voltou... - repetia em soluços.

Lentamente Uivo abriu os olhos e tomou consciência. Por fim sorriu, feliz e satisfeito.

- Como senti sua falta – confessou como que em um sussurro, abraçando-a apertado.

Súbito, Uivo se poderou com imensa facilidade e simplicidade, totalmente como demônio negro e completo. Girou o corpo, ficando à frente de Allenda, a atenção no céu.

Trevas e Escuridão e seus demônios tentavam descer para tomar as mutas, enquanto Mercator, Arjuna, Arael e os anjos tentavam impedi-los, se batendo novamente com eles.

- Há uma guerra nos céus! – gritou Tenebe já lúcido. – Recolham as mutas e as protejam – gritou tomado de urgência.

Como um formigueiro os seres avançaram e tomaram as mutas e se puseram num arco defensivo, todos poderados, observando com atenção a guerra que se desenrolava no firmamento.

Foi então que Jádina observou Ybynété, calmamente sentado sobre uma rocha quase enterrada sob seu peso, abraçado com LuaEscura.

Ela cutucou Danbara, que o observou com estranheza, notando sua expressão feliz e tranquila.

Ybynété sentiu a atenção e sorriu.

- Não se preocupem... Maestra me falou que isso ia acontecer. Essas caveiras aí não são mais as mutas. Agora elas são apenas pedras de poder. As mutas se foram - riu. – Não precisam se matar por elas. – finalizou se levantando junto com a juguena. – Trovão estava aqui. Ele recolheu as mutas de verdade e as dispersou com ele – revelou com um grande sorriso.

- Acabou tudo, Uivo? – perguntou Atanua se aproximando, vendo que os confrontos no céu e na terra se davam uma trégua, para se reorganizarem.

- Não, de forma alguma. O mal ainda está no mundo – falou apontando para os demônios no céu e para os thianahus na terra que se aglutinavam. – Ainda temos um serviço para fazer.

- A guerra não terminou – concordou Ybynété. - O fimdeera ainda não chegou – falou dando uma pancada na mão aberta, se preparando para atacar os thianahus. – Agora estamos sós, e por nossa conta. Logo teremos que ir, deixar essas terras e esses tempos. Eu vi isso, mas não será hoje, não será agora! – falou com um sorriso imenso, voltado para LuaEscura, que se poderava, tomada de alegria.

Mikael Lenyer

GUERRA FIMDEERA

Luz e escuridão, penumbra. As risadas soltas nas lagrimas roladas, rios tornados, labaredas vivas em brasas preparadas. O tempo que aquece e esquece, guardando-se em pedaços, como joias perdidas. Vendaval somos nós, no turbilhão do tempo que não se mostra, para então, um nada em tudo se mostrar.

Otag olhou para os lados e sorriu.

Uivo o observou e sorriu de volta. Não era comum um demônio como aquele sorrir, e mais ainda quando se tratava de Otag.

Em linha os danatuás se preparavam para a grande guerra. Vendo os rostos duros e os olhos fixos, avaliando e estudando, via que, agora, tudo seria decidido. Não haveria perdão, não haveria desculpas ou fugas.

Suspirou fundo, satisfeito. Os thiahus agora estavam misturados aos danatuás. PinaGui ao lado de Archabarr, Manira e TrêsOlhos postados em linha, ao lado de Ashassin e seus jubaus. E lá estava Dhorn, pálido e enfraquecido, tal como da última vez em que o vira. E Allenda estava alerta, postada ao seu lado. E viu Ybynété feliz bem próximo de LuaEscura que descera à terra para ficar ao seu lado, e Mercator e Arael, altos no céu. Encheu o peito, vendo os seres das montanhas perfilados, Danbara e seu danush atentos às linhas inimigas. Tudo, tudo agora se tornava os danatuás, e a velha guerra, finalmente, seria decidida naquele tempo, porque assim decidiram.

Devagar, como se saboreasse aquele agora, se poderou completamente em demônio, feliz, em paz.

- Esse demônio agora ficou irado – riu LuaEscura, se aproximando mais de Ybynété, que a olhou, rindo satisfeito, tirando os olhos de Uivo, total e completamente demônio, pairando poucos metros sobre as fileiras que se preparavam para o combate.

Ashassin se virou e observou o grande demônio, e seus olhos brilharam como um reconhecimento de que, ao final, ele tivera razão em acreditar que Uivo faria diferença. Uivo o cumprimentou com um movimento de cabeça, sinalizando que estava em paz.

Ashassin olhou à volta, reconhecendo muitos do seu grupo. Agora não eram somente os jubaus; os potaraobis também estavam sobre as montanhas.

Uivo sentiu seu coração doer.

Enquanto estivera como muta pudera examinar o pulso da vida, e agora entendia como nunca a fragilidade da vida e sua raridade, apesar de reconhecer sua força e sua persistente resiliência. A respiração controlada de Allenda logo abaixo lhe deu uma certa dose de urgência. Urgência em que a guerra acabasse logo e Allenda e seus amigos, e toda a vida, até mesmo daqueles que se julgavam caídos ou escuros, passassem rapidamente por tudo aquilo. Olhando disfarçadamente para Allenda, sua mente ameaçou resvalar para pensamentos de como seria a vida sem ela, e depressa ele se recusou a deixar esses pensamentos prosseguirem. Num movimento súbito lançou de si as últimas amarras, se poderando no verdadeiro demônio que era, que até o momento não se permitira ser, a não ser quando volitora o incentiva a se mostrar.

Com suavidade desceu ao lado de Allenda, observando as fileiras escuras que se revolviam.

Mercator, Arjuna e Arael desceram ao lado de Itanauara, Jádina, Trília, e de Túnis e Danbara, os olhos marcando as posições de Trevas e Escuridão, que flutuavam ameaçadores sobre as linhas dos thianahus, à frente de uma imensa quantidade de sombras e mantas.

Coris-negras e harpias, e anjos, muitos deles, se alinhavam no céu.

O momento se aproximava.

Subitamente, como um estampido o grito explodiu pelos dois exércitos. Era como uma onda, oprimindo e sufocando o céu e a terra, repleta de ameaças de destruição e danação.

Uivo observou Allenda.

Ela avançou um passo, e logo outro e mais outro, iniciando uma corrida feroz. Uivo se envolveu em um manto ameaçador de um negror sombrio e atacou.

Ele, Arjuna e Mercator foram os primeiros a atingir as linhas inimigas, logo seguidos pelos anjos e coris-negras, com as harpias logo a seguir.

Então tudo se amalgamou numa selvageria terrível quando os dois exércitos se tocaram.

Mercator, Arael, Arjuna e um anjo atingiram com força Trevas e Escuridão, isolando-os dos thianahus. Demônios se destroçavam nos dois lados, enquanto a guerra no céu e na terra e nos lagos crescia.

Entre a balburdia da guerra Uivo viu quando um grande sombra atingiu Itanauara e Otag, lançando os dois para um canto. Num movimento brusco o viu se lançar sobre os dois, cobrindo-os.

Uivo se preparava para intervir quando viu o manta ser rasgado por dentro e Otag surgir, um sorriso macabro no rosto, arrastando Itanauara pelos cabelos e deixando-a estirada no chão.

- Fraquinho – lhe gritou Otag, atingindo dois thianahus com medonho prazer.

Uivo fez um cumprimento curto enquanto se virava e atingia um pequeno grupamento de mantas, subindo com rapidez, para dar cabo de dois sombras que haviam cercado uma harpia.

Uivo respirou fundo, se elevando um pouco mais para ver a extensão da guerra. Ao lado reconheceu a batalha violenta das harpias, conduzida por Thir, Minas Dhan, Tunta Van e Tenus Gal. Na terra seguiu as flechas de fogo, lançadas por uma mulher em chamas, e além, talvez a maior batalha de todas: o anjo Miguel, reconheceu, combatendo Trevas e Escuridão e alguns dos maiores sombras ao lado de Arjuna, Mercator, LuaEscura e Arael.

Tomado de fúria se lançou para aqueles lados.

O poder deles era impressionante. Por mais que atacasse, era como se estivesse se batendo contra um muro. Os golpes se sucediam em uma sequência desesperada e alucinante.

De repente sentiu, por alguns segundos, que seu poder desfalecia, quando dois sombras de poder o atingiram de surpresa. Havia como que uma aura neles, e eles estavam tomados de veios ígneos. Preocupado se recriminou, pois vira que, por segundos, se preocupara com a segurança de Allenda, o que deixou a oportunidade para os demônios.

Depressa se deixou cair em grande velocidade, enquanto se recuperava.

O impacto no chão lhe deu a força que precisava.

Com ódio, sob o olhar assustado de Allenda, se ergueu em velocidade do chão, todo abismo, e atingiu um dos dois sombras, que rasgou enquanto passava. A explosão atingiu tudo o que estava por perto. Uivo parou e se deixou envolver pela dor da morte do sombra, e sentiu-se ainda mais forte. Num giro lançou uma lança de sombras e escuridão contra o outro sombra, que se preparava para atacá-lo com uma descarga de energia.

Num avanço rápido o imobilizou, uma espada negra e luzidia se enfiando lentamente em sua cabeça, se embebendo no medo do sombra enquanto morria, os olhos vermelhos se desfazendo.

Num mergulho passou à frente de Allenda, desfazendo um batalhão de thianahus que ameaçava diretamente a ela e a seus companheiros.

À direita viu Túnis e Trília parecendo valsar, ondas de energia imobilizando e esmagando uma parede de thianahus.

Enquanto subia deixou que seu demônio crescesse, totalmente livre.

Trevas urrou de dor e raiva quando Uivo, em sua subida, o cortou pelas costas, até a nuca. Mercator se adiantou e o imobilizou. Uivo fez uma curva rápida e desceu, tomando Trevas de Mercator, levando-o para baixo, para desespero de Escuridão que, tomado de urgência, avançou contra Miguel.

Jádina viu quando Arjuna, numa velocidade absurda, impediu o ataque de três sombras contra Miguel, matando dois deles num golpe terrível de sua espada amarela que parecia incendiada. Com prazer viu o terceiro sombra bater em retirada, enquanto o anjo fazia guarda aos amigos.

Miguel girou, a espada descrevendo um arco completo, atingindo Escuridão em sua passagem.

Nem bem Escuridão se voltava Miguel o atingiu duramente uma outra vez. Quando caíram na terra houve uma explosão surda.

Uivo desceu ao lado deles, segurando Trevas, uma espada negra atravessando todo seu lado direito, cravando-o na terra, o que aumentava a agonia do demônio.

Trevas urrou de ódio, vendo que Escuridão também era imobilizado contra o chão por Miguel.

Como se um aviso tivesse sido acionado a guerra cessou e os exércitos se separaram e se puseram em silêncio, apesar de tensos, observando os dois velhos demônios imobilizados.

Mikael Lenyer

FIM DOS TEMPOS – lendas, sombras e fantasmas

A tempestade passou violenta e me envolveu, e eu a reneguei. Queria canções e melodias suaves de brisas, queria luz e calor, queria a vida que eu via. Foi só então que vi a necessidade da tempestade, e nela me envolvi.

I

- Ajude-o! Você nos deve isso! – Trevas gritou para Mercator que, com indiferença, observava a Uivo e a ele.

- Vocês negaram a si mesmos essa possibilidade. Não há, em seus corações, qualquer promessa que possa ser ouvida agora. Não há preces, não há mantras que recitem, sobre buscas e dúvidas sobre o que são. O tempo para esse caminho que escolheram termina agora, com essa era. Mas, não se desesperem, porque o caminho continua...

- Mas, você.... Você é meu descendente. Você me deve sua existência... – voltou os olhos para cima, se dirigindo para Uivo.

Uivo não falou nada, os olhos duros fixos em Trevas, que percebeu que o que dissera nem sequer arranhara a alma do outro.

- Você nos deve sua vida, Arjuna – falou para o anjo que tocava o solo um pouco à frente. – Nós o mantivemos vivo. Mercator o teria matado, você sabe. Nós o salvamos, o mantivemos protegido...

- Chegou a hora da colheita – Arjuna falou, a espada pulsando com força.

- Seu verme desprezível. Veio buscar sua vingança?

- Não há do que me vingar – falou o outro, dando por finda a conversa, Trevas percebeu.

- Pois vocês, seus vermes, devem agradecimentos a mim e a Escuridão. Fomos nós que exigimos as almas a revelar tudo de que são capazes. Fomos nós que fizemos avançar a alma da vida e...

- Quando vai aprender, perdido irmão, que nunca nada foi só sobre vocês? – sorriu Miguel. – Vocês foram apenas marcadores do caminho para o mundo destinado.

Mercator mirou os olhos agonizantes de Trevas, vendo que sua a atenção estava em Miguel, que mantinha Escuridão imobilizado. Mas os olhos caíram e perderam a cor quando Miguel, com um golpe potente e rápido, trespassou o coração de Escuridão, que fraquejou. Trevas virou o rosto, se recusando a ver. Com um som macabro ouviu quando a lâmina saiu do corpo daquele que agora entendeu ser irmão. Ele pressentiu o início do giro, a força, a energia aumentada, a lâmina descrevendo um curto e potente golpe, cortando a cabeça de Escuridão. Quando voltou os olhos para os dois viu Escuridão começando a se desfazer, enquanto Miguel avançava para o seu lado.

Trevas abriu completamente olhos, num pedido mudo.

Mercator fez sinal para Miguel não se aproximar.

Trevas então levantou os olhos para Uivo.

Subitamente sua raiva explodiu, vendo que nada mais podia fazer.

- Vai cumprir agora a profecia? – gritou para Uivo, tomado de ira.

- Eu não sou obrigado a nada que eu não queira, muito menos à uma profecia que te conduziu e te aprisionou, e te manteve certo em seu ódio e loucura – falou, girando o corpo o mínimo, sem diminuir a força que mantinha Trevas preso, expondo-o para Mercator.

Mercator se aproximou um pouco mais. Com delicada lentidão passou sua espada na grossa garganta, rubra de poder. Trevas sorria, simples e em paz, quando se desfez.

Allenda suspirou e relaxou, aliviando a pressão no arco, as setas que apontava para Trevas apagando-se ao lado do corpo.

- Vejam a liberdade... – sorriu Miguel se voltando para os exércitos, apontando para as fileiras Thianahus.

Por um momento tudo ficou suspenso. O mundo havia parado, sufocado em algo estranho e confuso.

Os danatuás recuaram alguns passos, tentando entender o que acontecia, e o que se anunciava.

À frente, os thianahus, em um movimento como se fosse premeditado e há muito esperado, se voltaram contra os coloridos e mantas, enquanto condores e carcaras e aves de combate investiam contra os mantas e sombras que flutuavam aparvalhados sobre o exército, assustados pela morte de Trevas e Escuridão.

Tomados de energia os danatuás avançaram, somando forças com os thianahus.

Devagar os demônios foram sendo dizimados, enquanto recuavam para o centro da cidade.

Ybynété saltou sobre dois mantas, que rasgou com um puxão violento das mãos, os olhos fixos no portal, por onde os demônios entravam a toda a velocidade para escapar desse mundo, jogando prisioneiros desesperadamente nos nichos, para manter o portal aberto.

Tomado de euforia, com um grito medonho Ybynété saltou. LuaEscura, que já pressentira sua intenção, o pegou no espaço e, com um giro violento e seco, aumentou sua força de descida.

Quando Ybynété atingiu o portal em sua queda, o seu murro ecoou como uma explosão.

Ao tocar o solo se levantou devagar.

Os sombras que tentavam fugir estavam parados no ar, os olhos estupefatos observando o portal, que rachara no topo, uma trinca profunda e irregular no canto superior esquerdo.

Um urro de desespero se levantou das hordas dos demônios, que observavam horrorizados o grande portal.

Os voadores se lançaram desesperados para dentro dele, mas apenas atravessaram o espaço vazio, porque o portal fora silenciado. Quando se voltaram para avaliar onde estavam viram que não havia como escapar. Coris, harpias e condores e carcaras e caracarás bloqueavam o céu, enquanto os exércitos combinados os cercavam.

O grito macabro morreu nas montanhas, perdendo-se num eco frágil, quando o último sombra se desfez sob a adaga do rei.

Mercator se virou para Miguel, o corpo se transmutando, assumindo ainda mais a forma dahel.

Miguel sondou levemente a mente do outro, e sorriu.

- Então você sabia... – sorriu Miguel.

- Talvez os demônios já soubessem como escapar do fimdeera, o que em nada os ajudaria. Eles não iriam conseguir transmutar suas mentes. Eles ainda tinham grande necessidade de experimentar a escuridão – sorriu.

- Nunca há fim, não é mesmo, Mercator?

Arael, que descia ao lado dos dois, sorriu.

- Vou ter que ter um tempo para me acostumar com seu novo você – riu feliz, dando um beijo em Mercator. - Ainda não falou para o Miguel? – perguntou, tomando o braço do gigante.

Mercator deu um sorriso.

- Mercator... Não, meu amigo, Mercator morreu também com essa era que finda. Se havia um segredo para avançar para essa nova era, há outro, vindo da própria natureza do homem. Acho que Lúcifer, EstrelaDaManhã combina melhor, não? E aqui está Lilith – sorriu, apresentando Arael.

Miguel ficou em silêncio, observando os dois em paz.

- Outros e outras já usaram esses nomes... – murmurou.

- Sim, e fizeram seus destinos, e os cumpriram – falou Arael com a voz pensativa e suave.

- Estão dispostos a isso? Vocês serão vistos como a origem do mal, os responsáveis pelos dores dos homens, pelas injustiças...

- Sabe que não há outra forma. Trovão providenciou isso. Eles, essas crianças, só crescem no combate, na agonia, na vicissitude. Eles têm que se desafiar, sempre. Eles possuem a alma imortal, e não sabem disso, presos sempre num recomeço enganador sob um esquecimento denso. Mas sempre avançam, sempre buscam o próximo horizonte. Nós lhes daremos isso, esse fogo, o saber fazer. Vamos empurrá-los, forçá-los.

- Por isso seu nome? EstrelaDaManhã? – falou, os olhos em Mercator. – E senhora da noite, é isso?

- Sim... Estaremos no primeiro dia e primeira noite dos homens, e vamos velar por eles, pelas experiências desejadas, como pretendia o Trovão, por esse dia que vai durar na vontade do UM.

- Como pretende o Trovão, meus amigos – corrigiu Miguel.

Miguel inspirou forte.

> Conseguirão conter os anjos cinzas no seu... reino, dentro desse planeta?

- Só irão aonde permitirmos – Mercator sorriu. - Eles aprenderão com o tempo, tal como os mantas e sombras que sobreviveram.

- Desde o começo ele confiava em você, Lúcifer. E foi por isso que uniu vocês dois...

Então Miguel se virou, vendo Arjuna se aproximar com um sorriso imenso no rosto.

Miguel o abraçou forte e demorado. Quando se separaram Miguel estava feliz, vendo que ele estava como no início, antes de ter sido aprisionado.

> E meu irmão também se recompôs. Quanta evolução.

- Não vem não, Miguel... Você também mudou bastante – riu por sua vez.

Miguel, com a mão apoiada em seu ombro, examinou todo o entorno. Havia uma certa leveza e brilho em seus modos, como um profundo alívio.

- Trovão, Trovão... Que experiência incrível se deu... - falou Miguel se alçando para o céu, onde suavemente foi se distanciando.

Arjuna, Lúcifer e Lilith se voltaram para os grandes exércitos, agora misturados. Havia um ar de estupefação e luz. Tudo parecia mais luminoso, como em um dia de festa.

Os três saltaram suaves da encosta da montanha e pousaram ao lado da comitiva original que estava reunida, que os recebeu com genuína alegria.

Uivo se despoderou e se adiantou, dando um forte abraço em Mercator, que diminuíra sua altura para a altura dos amigos, enquanto Lilith se juntava às amigas. Satisfeito, Uivo se virou e aplicou forte abraço em Arjuna.

– E você quase perdeu isso, héim? – brincou com Arjuna.

- Pensou que prejuízo iria ser? – riu feliz.

- Que bom que estão aqui conosco – Uivo falou, totalmente satisfeito. – Esse é um dia e tanto.

- Que bom que tempos assim, tão perigosos assim, puderam contar com vocês – congratulou Lúcifer, enquanto cumprimentava Minas Dhan, Thir, Tenus Gal e Tunta Van que desciam.

Então, sem que houvesse um acordo, surgiram Allenda, Jádina, Danbara, Otag, TrêsOlhos, Manira, Pathua-Náh e PinaGui e muitos outros dos danatuás.

II

Uivo, abraçado com Allenda, sorriu feliz, os olhos brilhantes.

- Uma família incrível, não é mesmo?

- Gostei disso, Uivo – sorriu Allenda. – Realmente, uma bela família... – suspirou enlevada, vendo Jádina e Arjuna se procurando no meio do grande grupo.

Uivo examinou o semblante de todos, e todos sorriam e conversavam alegres. Até Mercator, o anjo sombrio, sorria e conversava solto, cutucando de quando em quando Tenebe, que ria feliz.

- Acho que nunca tinha entendido a verdadeira força da amizade. Olhe só que incrível, Allenda. Se pudesse, gostaria que esse tempo, esse momento, não se fosse...

- Isso não importa, Uivo – sorriu ela, apertando-se mais nele. – Esse momento é nosso, estamos aqui, vivendo-o, sentindo-o. Me sinto privilegiada – falou se soltando e correndo para o meio dos amigos.

Uivo respirou fundo, a alma em paz. Então ouviu a risada clara e forte de Jádina agora abraçada com Arjuna, o barulho alegre de Ybynété socando a própria mão, o pio forte de

Tenus Gal, a risada contida de Ashassin, os gritos satisfeitos de LuaEscura, a voz grossa de Túnis, a risada luminosa e franca de Trília, e deu razão a Allenda. Não tinha que ficar triste porque esse momento passaria, mas tinha que participar dele, se embeber nele, se concentrar nele.

Riu quando Itanauara o puxou para ouvir algo que PisaManso dizia aos outros, cheio de risos.

CONVERGÊNCIA

Quando deixar de fazer planos para alguns poucos anos e passar a se planejar para milênios, terá a verdadeira medida do que tem valor.

I

Havia pompa naquele dia. O sol brilhava gentil e o ar estava fresco. Itanauara baixou a cabeça, uma imensa paz enovelando-se em seu coração.

Por mais incrível que pudesse parecer, a guerra acabara. E a guerra que acabara não era uma guerra qualquer. Ela era uma guerra decisiva, que decidia guerras antigas, como as dos entes e homens, dos anjos e demônios, do Trovão contra si mesmo, a guerra dos dahrars e muitas outras mais, porque sempre fora isso, e os deuses sempre souberam disso.

Todas essas guerras era porque havia conflito no Trovão, porque havia um desejo de se ver, como amor que era.

E ali estavam, reunidos com eles, o rei e seus generais, orgulhosos e constrangidos, mas felizes também.

Eram livres, agora.

Ashassin se virou para o rei, sob o olhar de todo o imenso conselho, que agora reunia os representantes dos thiahus, Manira, TrêsOlhos, Pathua-náh e PinaGui.

- Agora vocês estão livres. Congratulo-os pela liberdade conseguida para seu povo.

Os olhares dos conselheiros se viraram para ele, confusos com aquela declaração.

> Sim, porque tudo foi premeditado, não foi? – perguntou Ashassin.

O rei respirou fundo.

- Não havia outra alternativa – falou após uma pausa pensativa. - Meu pai também sabia disso, mas não podíamos falar sobre isso, nem pensar sobre isso – revelou. – Apesar de tantas mortes e sofrimentos, não havia outra forma. Se não fosse agora, quanto mais tempo corresse, mais vidas seriam exigidas. Os demônios tinham que ser destruídos, ou expulsos desse mundo. E só uma guerra nessas proporções poderia fazer isso acontecer. As mutas tinham que surgir, e justiçar.

Allenda olhou nos olhos do rei.

- Foi muito arriscado.

O rei balançou a cabeça, em sinal de assentimento.

- Sim, claro que foi! – declarou o general Nahan Pakan com simplicidade. Mas, não contávamos com a sorte, contávamos com nossas orações...

Otag respirou fundo, se levantando. Como se pesasse demais, deixou a cabeça pender.

- Guerras assim não devem mais acontecer. Fiquem aqui sobre suas montanhas, cuidem desse pedaço de mundo. Estamos de partida – avisou. – Essas terras, apesar de tão incríveis, não são as nossas.

O rei se levantou, os olhos passeando felizes ao redor.

- Incríveis... – saboreou com prazer. - Sim, agora elas são!

II

Ybynété, sob os olhos meigos de LuaEscura, com grande cuidado, com sua mãozona ajeitou Dhorn, que sorriu agradecido. Com um suspiro olhou todos os que estavam à sua volta.

Uivo sentiu uma pontada no coração ao ver os dois amigos deitados no chão, suas vidas quase se desfazendo.

- Que bom morrer assim, entre amigos – Dhorn gemeu num fio de voz.

Itanauara se ajoelhou entre Dhorn e Legião. Havia dor naqueles olhos, e suas tatus estavam desbotadas, bem como os musgos e liquens estavam enfraquecidos.

Os semnome estavam quietos, as almas em silêncio. Havia dor, havia resignação.

Allenda e AchaDeLenha levantaram os torsos, os rostos tristes.

- As batalhas que travaram foram duras – suspirou AchaDeLenha. – Não temos o que fazer.

- Sentiremos muito, muito a falta de vocês – Allenda falou com mansidão e carinho, acariciando em cada mão, a mão dos amigos.

Dhorn estremeceu, sem perder o sorriso. Legião arfou suave.

Atanua se ajoelhou e afastou totalmente os cabelos. Dhorn suspirou.

- Você é linda demais – suspirou.

Atanua pôs com delicadeza a mão sobre o peito dos dois.

Allenda sentiu muita tristeza quando a última tatuagem na pele clara de Legião pareceu tremer, esmaecendo ainda mais.

- Sentirei falta de vocês... – Dhorn sorriu, os olhos se fechando.

Allenda olhou os dedos fraquejando e soltando sua mão, enquanto em luz ia se desfazendo lentamente.

Chorou em silêncio, quando sentiu que Legião também deu o último suspiro.

INÍCIO DE FIMDEERA

Na luz da explosão vi o começo, no ruir
um novo levantar-se. O peito pesado
nada pode fazer. Devagar avanço o dedo
e toco os escombros. Um mundo novo...

A neblina se esticou langorosa acima da
atmosfera do planeta, e sorriu antes de desaparecer.

I

- Já está começando para nós, não está? – Allenda perguntou para Uivo. - Somos tão poucos, hoje em dia...

Uivo abraçou Allenda, admirando as montanhas da terra sagrada que se avistava de cima da Pedra Riscada.

- Sim, está começando. Vai terminar logo, meu amorzinho. A paisagem está ficando mais fugidia – sussurrou.

- Na guerra, sobre as montanhas, senti falta desse lugar, Uivo – suspirou ela feliz. – Como é bom estar aqui, não é?

- Sem dúvida... Tanto tempo – suspirou. - Parece que foi em outras vidas que saímos daqui.

- Desde que voltamos fico vendo os rios e as matas, sentindo o ar e os cheiros. Nós mudamos, meu querido.

- Mudamos, para que nada mudasse aqui – falou Uivo. – Ou, ao menos tentamos. Em todo o caso, foi uma troca justa.

- Sentirei tanta falta daqui – declarou Allenda, a voz em um fio.

- Todos sentiremos...

Uivo levou um choque.

Isso já vinha acontecendo há algum tempo, desde o fim da guerra, desde que as mutas se foram. Mas, agora, estava bem mais intenso e frequente. O mundo parecia tremeluzir, falhar a imagem, as cores se esmaecendo e se avivando em pequenos impulsos. Um arrepio o tocava e ele voltava. Olhou para Allenda e viu que ela percebera, que entendera.

- Os anciãos estão falando que não nascem mais tantas pessoas quanto antes. Quer dizer, nascem, mas não mais nesse mundo mais pesado. Há relatos de muitos que desaparecem, muitos em plena luz do dia, à vista de alguns. Contam também que os homens que estão nascendo, a maioria deles, está nascendo sem lembranças, nenhum tipo de lembrança. Os mais velhos até lhe deram um nome: maya, véu de maya, o grande véu de esquecimento... Então será assim, a era dos homens? Renascendo sem lembrar, recomeçando, tendo apenas sentimentos renovados... Me parece um pouco triste, e assombroso.

Uivo respirou fundo, os olhos vagando pela paisagem.

- Acho que sim.... Mas, que seja; isso não me causa dor ou preocupação. Tenho o que vim buscar nesse mundo.

Allenda se virou para ele, a pele se tornando rubra.

- O que o demônio quer dizer?

- Amigos, Allenda, como nunca pensei ter, neste e noutro mundo. E, o mais importante, a que dá vida à minha vida, você. Que mais eu poderia querer? – perguntou se poderando em demônio e abraçando Allenda com carinho.

Allenda sorriu.

- Amigos... Ybynété, Tenebe, Archabarr, Itanauara, Ashassin, Mercator, Túnis, Canvas, LuaEscura, Arael, Trília... São muitos, não são? Improváveis – suspirou, - mas tão importantes e queridos...

- PedraVelha, Axouara, AchaDeLenha, Jádina, Danbara...
- Adanu, ArrancaToco, FuraTerra, PinaGui, Dhorn, Legião...
- Minas Dhan, Thir e os renegados...
- Atanua, FogoDeMontanha, PisaManso, Otag, DenteDeAlho, Ybytu...
- RelvaDeLuz, Dene-dene, Lúcifer, Dantro, Aleshia, Arjuna... Pelo Trovão, são tantos, e tão inestimáveis... – Uivo suspirou.

- E poucos deles estão ainda por aqui – falou Tenebe, se aproximando em companhia de Itanauara, a voz suave e um pouco cansada.

Uivo virou o rosto, cumprimentando os amigos. Devagar se sentaram na mesma pedra comprida.

- Sim... Poucos de nós ainda estamos por aqui, nesse mundo.

- Não sente falta, velho amigo? – perguntou Allenda, acariciando o braço do velho.

- Sim, claro que sim, minha querida.... Mas, sabem? Desde que aquela muta me pegou, fiquei bem mais desperto. Eu vejo a todos, quando quero. Por isso a saudade não me pega... – sorriu.

- Você também se sente diferente, Uivo? – perguntou Allenda.

- Sim, muitas vezes.

- Eu também, apesar do pouco tempo que ela me envolveu – Allenda confessou, se lembrando como Volitora se irradiara dentro dela. – Mas, mesmo assim, sinto falta deles.

- Esse mundo vai ficar muito estranho, não vai? – sussurrou Tenebe, o olhar distante.

Itanauara, Allenda e Uivo se entreolharam, e sorriram.

- Como assim? – perguntou Allenda.

- Ora, imagine esse mundo só com nós, homens. Não temos poderes. Não controlamos as águas ou o céu, não podemos voar nem nos incendiarmos, não podemos... Somos muito fracos e frágeis... Não temos magia – resumiu.

- Talvez a magia seja essa – reagiu Itanauara, a voz pausada e pensativa. – Vocês podem não ter os poderes que mencionou, mas são seres mágicos também. Se ainda não têm, aposto que não demorará para que consigam correr mais que nós, ou voar mais que nós, ou se verem à grande distância. O Trovão ama e confia em vocês. Sim, aposto como são mágicos.

- Durante a guerra um anjo me mostrou o amor de Tupã – lembrou Allenda. – Era tão intenso, tão imenso, tão... Não existem palavras para descrever. E, o mais importante que eu aprendi naquele dia, é que ele nunca nos abandonou, nunca abandonou nenhum de nós, nenhuma de sua criação. Ele sempre está aqui, quieto, presente – falou tocando coração. - Nada há realmente a temer, nessa aventura que Tupã criou, no final, para ele mesmo – sorriu. – Ele está em nós, nós somos ele...

- Bom ouvir isso – suspirou Itanauara, a face mais alegre. – Que caminho incrível – ela suspirou. – Às vezes me vejo no início, e vejo o quanto fomos exigidos e o quanto mudamos. Em alguns momentos não dá para acreditar que agora estamos aqui, assim...

- Uma incrível aventura, que não está para acabar – Uivo sorriu.

- Uivo, está para acontecer, não está? – Tenebe perguntou, a voz um tanto embargada.

Itanauara, Uivo e Allenda se entreolharam, e sorriram um pouco tristes ao confirmar que suas formas tremeluziam levemente.

- Sabe, Tenebe, talvez por eu ter ficado tanto tempo com Volitora, o que está para acontecer é até lógico.

Tenebe sorriu.

- Era um assunto que queria discutir com você – confessou. – A muta que estava comigo tinha Volitora em altíssima conta. Você deve ter tido acesso a muitas informações...

- O que você percebeu sobre fimdeera? – devolveu para Tenebe, sob o olhar curioso dos outros.

- Algo meio enovelado. Algo como elas serem os marcadores das eras, ou de mundos...

- Marcadores de eras e planos – corrigiu Uivo. - Desde que Trovão se foi elas assumiram o poder sobre as coisas criadas, com a aceitação de limites dos outros deuses. Um movimento, as eras se alteravam, um movimento e as forças de mudanças se aquietavam ou se intensificavam.

- Elas finalizam e iniciam as eras? – estranhou Allenda.

- Não. Elas lhes dão validade.

- Então, essa nova era, a nona era que se inicia... Um dia ela vai acabar e...

- As mutas se foram, Tenebe. Os mundos se separaram. Alguns ainda ficarão, em todos os níveis, em todos os planos, porque viverão na fronteira deles, e poderão interagir, mas serão poucos. O causador das eras era a diversidade de entes e de forças envolvidas. As mutas se foram, e muitos mais planos foram formalizados. É por essa razão que estamos deixando esse mundo, esse plano. Aqui é o plano dos homens.

- Morte?

- Você bem sabe que não. Sem as mutas as energias se aglutinam ou se expulsam. Nossa energia não é compatível com esse nível, apesar de que, sob certas condições, isso ser possível. Vamos dizer que apenas estamos deixando de... de viver nesse nível, nesse plano, por enquanto - sorriu.

- E agora vocês se vão – sofreu Tenebe. – Vejo esse mundo, esse plano – se corrigiu com um sorriso abatido, - mais pobre. Que pena... E ainda tem maya, que nos fará esquecer... – lamentou.

- Assim tem que ser... – falou Allenda, olhando para Uivo.

Seu rosto se contraiu um pouco ao ver a forma de Uivo e Itanauara falharem, desconfiando que o mesmo acontecia consigo.

Allenda se levantou, puxando Uivo com suavidade. Então se virou para as montanhas, o coração batendo forte, sentindo que Itanauara pegava sua mão. Os três ficaram ali, perdidos, olhando para as montanhas distantes.

Tenebe se afastou um pouco, os olhos num misto de tristeza e resignação. Com força segurou um soluço doloroso e desamparado, os olhos molhados e indefesos para o que acontecia.

Então se soltaram e se viraram, os olhos passeando pela floresta, parando finalmente em Tenebe.

- Vou sentir muita falta de você, meu filho, e de vocês, minhas amigas – falou, os olhos molhados, a que pouca importância deu.

- E eu de você, humano – sorriu Itanauara meigamente.

- Seja feliz, meu pai – desejou Uivo, a face amorosa posta no velho rosto.

- Amo você, velho amigo – suspirou Allenda, uma lágrima de fogo escorrendo esquecida no rosto.

- Chegou a hora – suspirou Itanauara, olhando seus braços, que começavam a ficar iridescentes. Então os levantou e olhou diretamente para Uivo e Allenda, cujos corpos pareciam tremeluzir. A hora de partir havia chegado.

- Como sentirei saudades – Allenda suspirou, se abraçando em Uivo.

Itanauara deixou os braços caírem, entrelaçando os dedos à frente do corpo. Os olhos vasculhavam rápidos o mundo que deixavam.

Tenebe sorriu em paz, vendo os amigos se transformando em pó de luz, desaparecendo no ar.

A cabeça pendeu, o olhar triste no chão. Bem devagar levantou a cabeça.

- Sei que vou sentir a falta de vocês, imensamente, meus queridos amigos, meu querido filho. Apesar de saber que estarão bem, sentirei muitas saudades de vocês. Mas agora, finalmente, eu entendi: O UM nunca abandonou o mundo, nunca se partiu em miríades de partículas. Ele nunca deixou de ser Tupã, apesar de tantas e tantas divisões. Suas partículas..., todas lutando para experimentar os mundos criados. E, esse mundo – suspirou passando os olhos por aquele cantinho do mundo, - é apenas um dentre tantos, em tantas diferentes vibrações. Nesse mundo vocês não cabiam mais...

> Adeus, velhos amigos, adeus. Akindará – soprou à brisa, saudando as sombras suaves que valsavam na luz da floresta. - Apesar de saber que somos a mesma coisa, vindos do mesmo lugar, que somos apenas um, sentirei imensas saudades...

II

Allenda, Itanauara e Uivo viram o mundo pulsar suave e começar a se desvanecer, como também Tenebe, com seu rosto tão amado, pulsar suave, e surgir em seu lugar um outro mundo, bem mais colorido e claro.

Allenda ia dizer algo quando viu Ybynété e LuaEscura se aproximarem calmamente, os rostos felizes.

Estavam numa montanha cheia de árvores. Às costas subia uma cadeia imensa e serrilhada, que se perdia alta no céu, e à frente havia a borda de um imenso precipício, que uma trilha contornava. Um regato passava ao lado, com seus sons suaves e gentis, antes de se precipitar, transformando-se em névoa uma boa parte, que voltava a subir além da borda do penhasco quando o vento batia mais forte ali.

- Ah, finalmente vocês chegaram – reclamou LuaEscura tomada de alegria pelos amigos.

Allenda deu um grito feliz abrindo os braços para os dois, que apressaram os passos, vindo ao encontro deles pelo estreito caminho rente ao pé da montanha. Satisfeitas, Allenda e Itanauara se aninharam nos braços deles.

Mais felizes ainda ficaram ao ver que, ao lado deles, surgia Lúcifer e Lilith.

Uivo riu quando Lúcifer puxou a ele e Ybynété em um grande abraço, que logo foi aumentado com as meninas.

- Olha, ainda bem que, finalmente, vocês apareceram – Lúcifer reclamou feliz, desfazendo o apertado abraço. – Já lá se vão anos e anos. Achávamos que tinham dado um jeito de permanecer por lá.

- Ora, mas fazem apenas poucas horas que vocês se foram, Lúcifer – reclamou Itanauara.

- Lá, não é? O tempo aqui corre diferente. E, por sinal, não sou mais o Lúcifer. Agora um outro assumiu essa posição. Sou Mercator, novamente – sorriu.

- Ora, e não é que você aprendeu a sorrir mais abertamente? – riu Itanauara.

- Ele está tentando. Tem dias que é o velho rabugento e bravo, mas até que está indo bem – Lilith riu também.

- E você? Voltou a ser Arael? – perguntou para Lilith.

- Não, agora ela voltou a ser Éfrera – riu LuaEscura. – É tanto nome que estou ficando confusa – reclamou com um enorme sorriso. - Vou acabar chamando ela de Efraraelith, juro – riu...

- Chata! – Éfrera reclamou, dando uma cotovelada na amiga.

- Então, vamos? – Mercator chamou. - Estão esperando por nós lá embaixo, na Chaleira de pedra.

- Chaleira de pedra? – Uivo estranhou.

- É uma estalagem aconchegante lá embaixo, no vale – Éfrera esclareceu.

- Estão lá? – Allenda não conseguiu segurar sua felicidade. – Os outros estão lá? – gritou de felicidade.

- Sim, todos – confirmou Ybynété. – Seu pai, sua mãe, Allenda; FogãoDeLenha; Ybytu; DenteDeAlho; Dhorn; seus pais, Uivo; Legião; e... Ah, todo o mundo – falou, desistindo de enumerar os que os aguardavam.

- Estão lá mesmo? – Allenda não conseguia se segurar de desejo de rever os que lhe eram tão caros.

Mercator os chamou para a borda do precipício e apontou para um povoado já com luzinhas acesas de lampiões, muito lá embaixo, dentro das sombras do vale.

- Eles estão lá, na estalagem, e estão nos esperando – avisou. – Temos muita coisa para conversar. Vamos?

Sem dar tempo para mais nada Mercator saltou em companhia de Éfrera, em direção ao vale, logo seguidos por Ybynété e LuaEscura.

Itanauara abriu um enorme sorriso, olhando para Uivo e Allenda.

- Que bom, que bom... Pelo Trovão, me sinto uma criança... Nós ainda somos uma família – riu feliz, correndo atrás de Mercator, Éfrera, LuaEscura e Ybynété, que haviam se lançado do despenhadeiro, sendo carregada velozmente para baixo por cipós e galhos.

- Família... Por Tupã – riu Allenda. – E aí, demônio? – se virou para Uivo. - Vamos?

- Estamos perdendo muito tempo aqui, Allenda – riu para os seus olhos luminosos.

- Então, vamos ver a família – falou, puxando-o atrás de si em direção ao abismo. - Me leve logo para lá... Vamos Uivo...

III

Os outros frequentadores da estalagem sorriam, vendo a reunião daquele enorme grupo, animado e feliz. Eram tantos risos e falas alegres, e abraços e lágrimas, que a todos envolvia.

Allenda conversava animadamente com Arjuna, Trília, Jádina e Danbara, quando ouviu alguém gritar seu nome.

Allenda olhou para Uivo, que sinalizava para ela se aproximar. Ele estava com um casal, que ela logo desconfiou serem seus pais. Allenda sentiu seu coração crescer, ao ver os dois.

- Este é meu pai, Pucaya, e esta é minha mãe, Nanaia – apresentou, tomado de felicidade.

- Eu sei da estória de vocês, e me sinto muito honrada de conhecê-los. Vendo vocês, assim, agora entendo o coração de Uivo – disse.

- Que bom que o Trovão te escolheu para salvar o meu filho – falou a dâmia se abraçando gentilmente em Allenda, que se deixou perder ali, naquele abraço.

- Tinha vezes que eu tinha vontade de estapear vocês dois – riu Pucaya. – Vocês apimentaram demais o começo.

- Diversão, pai. Apenas diversão...

O tempo correu, o dia avançou, as pessoas se foram da estalagem, ficando apenas eles, a grande comitiva.

Uivo sentiu quando um silêncio foi se fazendo.

- Vamos? Mercator, que chamou essa reunião, parece ter algo muito importante – chamou o pai, se virando para Mercator, que estava sobre um tablado improvisado.

Mercator deu um longo pigarro, chamando a atenção de todos.

- Vocês sabem que este é um plano diferente do que estávamos antes – começou. – A era dos homens já se iniciou há um bom tempo por lá. Cada um de nós teve uma experiência, forte, determinante, que nos marcou além de tudo o que se esperava, que nos impulsionou além de qualquer ponto que fosse premeditado ou esperado. Guerras e mais guerras, enfrentamentos terríveis e... e encontros marcantes e imensos – sorriu. – Se achávamos que tudo estava resolvido, e que agora ficaríamos aqui em estado de contemplação, graças e sorrisos, então erramos muito longe. Felizmente! – sorriu novamente. - Nós estamos sendo convocados...

- Por quem? – Uivo quis saber.

- Por alguém a mando de poderes bem maiores – Mercator sorriu. – Os anos aqui foram poucos, mas lá, dentro da era dos homens, muitas centenas de milênios se foram. Os homens, ao que parece, estão meio perdidos. Em suas almas eles têm saudades de algo muito forte, que maya os impede de descobrir. Talvez por isso eles enveredaram por poderes sombrios, além de seres de outros mundos bem mais adiantados terem descido naquela dimensão e providenciado alterações profundas em seus corpos. Em suma, está uma grande bagunça por lá. As sombras estão pesando sobre aquele mundo. Porém, há um ser de grande poder que resolveu que vai descer até eles, para lhes mostrar o caminho.

- É ele quem nos chama? – perguntou Atanua.

- Sim, é ele. Só que a energia daquele mundo está baixa demais; as sombras estão muito densas para ele poder descer e fazer alguma diferença. Então...

- Então... – Allenda incentivou, vendo que Mercator ficara em silêncio, os pensamentos tocando outros tempos.

- Me desculpem. É que isto que estão pedindo irá mexer profundamente com o que somos. Muitos foram convocados, poucos responderam. Nos perguntaram se aceitaríamos descer até os homens, deles fazendo parte de alguma forma, para elevar a energia até um nível crítico para que os mostradores do caminho possam encarnar.

- O livre-arbítrio é que está impedindo uma ação mais direta.

Mercator olhou para Uivo com interesse.

- Volitora lhe mostrou isso?

- Sim, isso e mais coisas. Ela me mostrou esse salvador e os que irão acompanhá-lo, ela me mostrou o que precisaria ser feito antes, e o nível de dificuldades que os que aceitarem descer irão experimentar para preparar o caminho para eles e o que teriam que enfrentar. Ela me mostrou que muitos vão se perder pelo caminho, e vão ficar errando por tempos imensos demais.

Então todos olharam para Mercator, e entenderam a apreensão que estava em seus olhos.

- Não somos obrigados a descer, Mercator. Você já ficou perdido por eons.

- É por isso, minha querida Allenda, que nos convocaram. Vocês ainda não sabem, mas são uma família muito unida, que aceitaram a mim e à Éfrera. Nós somos um grupo muito unido, e só grupos assim, com tal nível de... amor, terão capacidade para resgatar quem quer que se perca.

- E, além disso, não podemos esquecer que tudo não passa de uma experiência – interveio Ybynété, - e que o tempo é uma ilusão como a separação que é sentida. Você sabe disso melhor que ninguém, Mercator.

LuaEscura virou o rosto de Ybynété para si e lhe deu um grande beijo. Então se virou para os outros:

- Ele é surpreendente, não é?

Todos riram.

- Claro que é... Afinal, Maestra o escolheu, não escolheu? – riu Uivo, aplicando uma cotovelada no gigante.

- Mas, há coisas que precisam saber: o véu em nós, nos que aceitarem descer, será parcial, e nossos poderes serão reduzidos. E, ainda, não iremos morrer..., a não ser que se queira desistir ou se queira mergulhar em definitivo na experiência dos homens – completou.

- Na verdade, é uma nova aventura, não é? – ouviram alguém falando ao lado, depois de um silêncio demorado.

Quando se voltaram viram Miguel se aproximando, tendo ao lado um ser de modos gentis e calorosos, acompanhado de duas lindas mulheres.

Então riram quando perceberam que não estavam mais na estalagem, mas sim num campo, perto de um largo rio que marulhava ruidoso à esquerda.

- São vocês os mostradores do caminho? – Éfrera perguntou num sussurro maravilhado, vendo aquele homem sorridente e feliz parando à frente deles, e nas duas mulheres que os acompanhavam, com os sorrisos mais luminosos, que encheram a sua alma.

- Sim, meus queridos amigos. Meu nome é Yeshua – se apresentou, com o sorriso mais luminoso que já tinham alguma vez visto. – E estas são as minhas Marias... E este aqui será o meu pai – falou, apresentando Emanoel. – Além deles, estes dois aqui serão os observadores, os AnjosAolado, pois que anjos na terra eles serão, enquanto lá estivermos, nesse primeiro momento. Vocês já os conhecem, mas se esqueceram. Este é Lázarus, e esta linda mulher é sua companheira de alma, Ariel...

- Fim -